Mitch Cullin   A Slight Trick of the Mind

福尔摩斯先生

〔美〕米奇·库林 著　王一凡 译

山东文艺出版社

图书在版编目(CIP)数据

福尔摩斯先生/(美)库林著;王一凡译. —济南:
山东文艺出版社,2016.1
　　ISBN 978-7-5329-5157-4

　　Ⅰ.①福… Ⅱ.①库… ②王… Ⅲ.①长篇小说-美
国-现代 Ⅳ.①I712.45

中国版本图书馆 CIP 数据核字(2015)第 268806 号

图字:15-2015-165

Mitch Cullin
A SLIGHT TRICK OF THE MIND
Copyright © Mitch Cullin 2006
Published by agreement with The Steinberg Agency,
Inc., through The Grayhawk Agency
Simplified Chinese translation copyright ©
Shanghai 99 Culture Consulting Co., Ltd. 2016
ALL RIGHTS RESERVED

福尔摩斯先生

〔美〕米奇·库林 著 王一凡 译

主管部门　山东出版传媒股份有限公司
出版发行　山东文艺出版社
社　　址　山东省济南市英雄山路 189 号
邮　　编　250002
网　　址　www.sdwypress.com

读者服务　0531-82098776(总编室)
　　　　　　0531-82098775(市场营销部)
电子邮箱　sdwy@sdpress.com.cn

印　　刷　山东临沂新华印刷物流集团
开　　本　890mm×1240mm　1/32
印　　张　8
字　　数　171 千字
版　　次　2016 年 1 月第 1 版
印　　次　2016 年 1 月第 1 次印刷
书　　号　ISBN 978-7-5329-5157-4
定　　价　32.00 元

丛书说明

"黑色系列"遴选全球推理、惊悚、黑色类通俗作品，为读者呈现最经典、最好看的故事，回归阅读原初的乐趣所在。

谨以此书献给我的母亲夏洛特·理查德森，
她一直喜欢悬疑小说和生命沿途的美丽风景；
也献给已逝的约翰·伯纳特·肖恩，
感谢他曾经让我掌管他的图书馆。

至少我确定自己终于看见了在我生命中扮演着重要角色的一张脸，它比我梦中的脸更加人性，也更加天真。除此之外，我便一无所知，因为它又已经消失不见。

——北杜夫，《幽灵》

这个对着蜜蜂静静说话，而其他任何人都听不到的奇怪声音是什么？

——威廉·朗古德，《女王必死》

目 录

Ⅰ 养蜂艺术一

1

一个夏日的午后，他从国外旅行归来，走进自家石砖墙的农场小屋，把行李留在前门让管家处理。他躲进书房，静静地坐着，很高兴能置身于书本和家中熟悉的气息之中。他出去将近两个月，乘军队的火车横穿了印度，坐皇家海军的大船去了澳大利亚，最后，还踏上战后仍被占领的日本海岸。去程和返程同样漫长——与他为伴的都是吵吵闹闹的军人，可几乎没人知道这位与他们一起用餐、坐在他们身边的老绅士到底是谁（他步履缓慢，老态龙钟，总是在口袋里找火柴，可从来没找到过，嘴里却老是叼着一支没点燃的牙买加雪茄）。只有在极少极少的情况下，某位见多识广的军官可能会认出他，而这时，所有人红扑扑的脸上都会露出惊讶的表情，仔细打量起他来：他虽然拄着两根拐杖，身体却保持笔挺，岁月的流逝未让他灰色的双眸失去敏锐的光芒；他雪白的头发和他的胡须一样浓密、一样长，都向后梳着，很有英国风范。

"真的吗？你真的就是他？"

"惭愧，惭愧，正是本人。"

"你真是夏洛克·福尔摩斯？不会吧，我简直不敢相信。"

"没关系，我自己也很难相信。"

最后，旅程终于结束，可他却很难回忆起在国外那些日子的细节。整段旅程就像一顿丰盛的晚餐，让他当时觉得十分满足——但回过头看，却显得遥远莫测，只有一些碎片般的记忆零星散落着，但很快，它们也变成了模糊的印象，最终不可避免地被遗忘了。然而，他这幢农舍的房间没有变，规律的乡村生活没有变，他的养蜂场也没有变——这些东西不需要他绞尽脑汁去回想，甚至连动一动脑筋都不用；在他几十年与世隔绝的生活中，它们早已根深蒂固。还有那些需要他照料的蜜蜂：世界在变，他也在变，但它们会永远存在下去。他闭上眼睛，听着呼吸声在胸中回响，这时，一只蜜蜂欢迎了他的归来——一只非要打断他的思绪，找到他，并落在他的喉头，刺他一下的工蜂。

当然，他知道，如果被蜜蜂蜇到喉咙，最好是喝点盐水，以避免严重的后遗症。在喝盐水之前，当然要先把刺从皮肤里拔出来，由于毒液释放很快，所以，最好在被叮后几秒内就赶紧拔出。他在苏塞克斯小镇南边的山坡上养蜂已有四十四年——这片地区位于锡福德和伊斯特本之间，离它最近的村庄是小小的卡克米尔港——在这四十四年时间里，他被工蜂蜇过整整七千八百一十六次（几乎都是叮在手上或脸上，偶尔才会叮在耳垂、脖子或喉咙上；每次被蜇，他都会认真思考被蜇的原因及后果，并记录在笔记本上，他阁楼的书房里已经收藏了无数本这样的日记）。长此以往，这些并不是很痛的经历倒也让他摸索出了各种各样的治疗方法，至于具体要用哪种方法就要取决于身体被蜇的部位和蜂针扎入的深度：有时候，要用盐加冷水；有时候，要把软肥皂和盐混合，再用半个生洋葱敷在伤口处；而如果伤口非常难受，可以每小时敷一次湿泥巴或黏土，直至消肿，这个方法有时效果很好；可如果要在止痛的同时避免感染，最有效的还是把湿的烟叶迅速揉在皮肤上。

然而，现在——当他坐在书房里，在空壁炉旁的扶手椅上打盹时——他却在梦中陷入了恐慌，蜜蜂突然在他喉结上一蜇，他想不起来该怎么做了。他眼睁睁看着梦中的自己突然在一大片金盏花中站了起来，用患了关节炎的细长手指抓住喉咙。喉咙已经开始肿了，仿佛手掌下暴出的青筋。恐惧让他好像瘫痪了一样，当肿胀的部位不断向里向外蔓延时，他已经一动也不能动了（他的脖子肿得像个气球，把手指都撑开了，喉咙也被完全堵住）。

就在那儿，就在那片金盏花中，他看见了一片红色和金黄色花丛之上的自己：全身赤裸，皮肤苍白，像一具裹着薄薄糖纸的骨架。他退休后一直穿的整套行头不见了——羊毛衫和粗花呢外套，从第一次世界大战前开始，到第二次世界大战期间，直至他生命的第九十三个年头，他每一天都是这样穿的，可现在，衣服都不见了。他飘逸的长发也变得短到贴着头皮，胡须只剩下尖尖下巴和凹陷脸颊上的一点胡碴。他用来走路的拐杖也在梦中消失了——可在书房里，他明明就把它们横放在自己膝盖上的。他的喉咙越来越紧，无法呼吸，可他还是站着。只有嘴唇在动，无声地吸入空气。除了他颤抖的双唇和一只在他满是皱纹的额头上不断蹭着黑腿的工蜂，其他的一切——他的身体、盛开的鲜花、高空的云朵，都没有一丝移动的迹象，都是静悄悄的。

2

福尔摩斯喘着气，醒了过来。他抬起眼皮，环顾书房四周，清了清嗓子。接着，他深吸一口气，看到了从西边窗户斜射进来的淡淡阳光：光影投在整洁的地板上——像时钟的指针慢慢移动着，正好触到他脚下波斯地毯的褶边——告诉他，现在的时间正是下午五点十八分。

"你醒了？"年轻的管家蒙露太太问。她此时正背对着他，站在旁边。

"醒了。"他回答。他盯着她瘦削的身材——她把长长的头发梳成很紧的圆髻，几缕深棕色的卷发垂落在纤细的脖子上，黄褐色围裙的腰带系在屁股后面。她从书房桌子上的一个柳条筐里拿出好几捆信件（有盖着外国邮戳的信，还有各种小包裹和大信封），遵照每周整理一次的指示，开始按照大小对它们进行分拣。

"你睡午觉的时候又发出那种声音了，先生。那种喘不过气的声音——又出现了，跟你走之前一样。我倒点水来吧？"

"我觉得现在还不需要。"他心不在焉地拿起两根拐杖。

"那就随便你。"

她继续整理——信件放左边，包裹放中间，大信封放右边。在他出国期间，平常空荡荡的桌子已经堆满了摇摇晃晃的一沓沓信件。他知道，里面一定会有从远方寄来的奇怪礼物。会有杂志或电台的采访请求，还会有各种各样的求助（宠物走丢了，结婚戒指被盗了，小孩不见了，以及其他各种最好不予理会的无趣琐事）。当然，还会有尚未出版的稿件：根据他以往经历写成的耸人听闻、容易令人误解的小说，对犯罪学自以为是的研究，悬疑故事集的样书。也会有溜须拍马的信件，请求他为即将出版的某部小说美言几句，留下一两句赞美的话好让他们印在书的封面上，又或者，可能的话，帮忙写篇正文简介。他一般极少回复这些信件，也从来不会满足记者、作家和沽名钓誉者的任何要求。

尽管如此，他通常还是会浏览每封信的内容，查看每个包裹的情况。无论寒暑冬夏——每周都有一天，他会坐在桌子旁，让壁炉里的火燃烧着，把信封撕开，迅速扫一眼大概的内容，再把信纸揉成一团，扔进火焰。所有的礼物则会被小心地挑出来，放进柳条筐，让蒙露太太拿给镇上的慈善组织。但如果有哪封信说到了什么特别有意思的事，不用谄媚奉承的赞美，只要恰好在他感兴趣的事上表达出了共同的爱好——例如，如何从工蜂的卵中培育出蜂后、蜂王浆对健康的益处，又或者，在培育少数民族烹饪用香料如藤山椒方面的新发现等（藤山椒是自然界广泛分布的一种奇特植物，他相信它就和蜂王浆一样，能够减缓老年人身体和思维方面的退化萎缩）——那么，这封信就很有可能逃脱被焚化的命运，就有可能进入他的外套口袋，待到他坐在阁楼里的书桌旁，他就会将它重新拿出来，进行细致的思考。有时候，这些幸运的信件也会把他指引到别的地方：例如，沃辛附近一个废弃修道院旁的香料种植园，在那里，一种牛蒡和红草的奇怪杂交种正繁茂地生长；或都柏林郊外的某处养蜂场，由于当季的气候过于温暖，蜂巢被湿气所笼罩，所以造成那一批的蜂蜜都带着一点点酸味，但又不至于难以入口；而他最近才去过的地方则是一个名叫下关的日本小镇，那里有以藤山椒为原料的味道独特的料理，还有美味的味噌汤和纳豆，这样的饮食习惯似乎让当地人都特别长寿（他在独居的这些年里，最主要的追求就是寻找有关这些能延年益寿食物的记载和第一手知识）。

"这一大堆乱七八糟的东西，够你忙活的了。"蒙露太太一边说，一边对着堆积如山的邮件点了点头。她把空的柳条筐放到地上，转过身又对他说："还有更多呢，你知道吧，放在外面大厅的柜子里了——那些箱子简直到处都是。"

"很好，蒙露太太。"他严厉地说了一句，只希望能阻止她的喋喋不休。

"我要把其他那些都拿进来吗，还是等你把这一堆先处理完再说？"

"等一等吧。"

他朝门口瞥了一眼，用眼神暗示她赶紧离开。但她无视他的眼神，而是停下来，整了整围裙，又继续说："真是多得可怕——在那大厅的柜子里，你知道吧——我简直没法告诉你有多少。"

"我知道了。我想，现在我还是先集中精力处理眼前的这一堆吧。"

"我觉得你压根就忙不过来，先生。如果你需要人帮忙——"

"我能处理好——谢谢你。"

这一次，他再次把目光坚定地投向门口，并把头也偏了过去。

"你饿了吗？"她又问，问完试探性地踏上波斯地毯，走到了阳光下。

他皱起眉头，这阻止了她的前进，可当他叹了一口气再说话时，表情却缓和了不少。"一点也不饿。"他回答。

"今天晚上你要吃饭吗？"

"我想还是要吃的。"他突然想象着她在厨房里手忙脚乱的画面，不是垃圾倒在了餐台上，就是把面包屑和好好的奶酪片掉到地上，"你还打算做那个一点也不好吃的香肠布丁吗？"

"你不是已经跟我说了你不喜欢吃吗？"她的语气听起来有点惊讶。

"我是不喜欢吃，蒙露太太，真的很不喜欢吃——至少是不喜欢吃你做出来的那个味道。但话说回来，你的牧羊人派还是很好的。"

她皱起眉头开始思考，但表情却变得轻松了。"哦，那好吧，星期天做烤肉的时候，还剩了一点牛肉，我能用上——不过我知道，你更喜欢吃羊肉。"

"吃剩的牛肉也能接受。"

"那就做牧羊人派吧，"她的语气突然变得急促起来，"还有，要告诉你，我把你带回来的行李都拿出来整理好了。只有那把奇怪的匕首，我不知道该怎么办，所以就把它放在你枕头边了。你注意点，别划伤了自己。"

他重重地叹了一口气，紧闭双眼，好让她从自己的视线中完全消失。"那叫九寸五分刀，亲爱的，谢谢你的关心——我也不想在自己床上被一刀刺死。"

"谁会想呢。"

他把右手伸进外套口袋，用手指摸索寻找着那支抽了一半的牙买加烟。但让他失望的是，他大概是把那支雪茄放到了别的什么地方（也许是他从火车上下车时弄丢的，当时，拐杖从他手中滑落，他弯下腰去捡——那支雪茄说不定就在那时从口袋掉到站台上，被人踩扁了吧）。"可能，"他嘟囔着，"或者，可能——"

他又去另一个口袋里找，一边找，一边听着蒙露太太的脚步从地毯上走到木地板上，又继续走过门廊（七步，足以让她离开书房了）。他的手握住了一根圆柱形的管子（它的长度和直径都和那支只剩一半的牙买加雪茄几乎一样，但从它的重量和坚硬程度，他立马判断出那并不是雪茄）。他睁开眼，摊开的掌心里立着一个透明玻璃小瓶，里面封存着两只已经死去的蜜蜂——它们交叠在一起，腿相互纠缠着，像是在亲密拥抱中共同赴死一般。

"蒙露太太——"

"怎么了？"她回答着，在走廊里转过身，急匆匆地走回来，"这是什么——"

"罗杰呢？"他把玻璃瓶放回口袋。

她走进书房，仍然是她离开时的七步。"您刚刚说什么？"

"你儿子——罗杰——他人呢？我到现在还没看见他呢。"

"可是，先生，是他把你的行李拿进屋的呀，你不记得了吗？后来，你让他去养蜂场等你，你说想让他去查看一下那边的情况。"

他苍白而满是胡碴的脸上掠过充满困惑的表情，每当他察觉到自己的记忆又出现衰退时，这种困惑总是会在他心里产生阴影（还有别的什么事情是被我忘记了的吗？还有什么也像那紧攥在手中的沙悄悄溜走了呢？还有什么事是我能确定的？），但他还是努力把这些担忧置于一旁，为时不时出现的困惑找一个合理的解释。

　　"哦，当然，是的是的。我这趟旅行太累了，你看，都没怎么睡觉。他等了很久了吗？"

　　"等了好一会儿了，连茶都没喝——不过我觉得他压根不介意。我可以告诉你，自从你走了以后，他对那些蜜蜂比对他自己的妈妈还好。"

　　"真的吗？"

　　"很不幸，但确实是真的。"

　　"那好，"他把拐杖拿好，"那我想，我不能让那孩子继续等下去了。"

　　他拄着拐杖，从扶手椅上慢慢站起来，朝门口走去，默默地数着自己的每一步，一步、两步、三步——他没有理会蒙露太太在身后的唠叨（"你想让我陪你去吗，先生？你自己去没问题吧，啊？"）。四步、五步、六步。他艰难前行，不愿去想象她此刻皱起的眉头，更没有料到，他刚一出房间，她就找到了他的牙买加雪茄（她在扶手椅前弯下腰，从椅垫里把那难闻的雪茄捏起来，扔进了壁炉）。七步、八步、九步、十步——十一步才走到走廊，比蒙露太太多走了四步，比他平时多走了两步。

　　他在前门喘气时，得出了结论——他的行动迟缓一点也是理所当然的：他刚绕了半个地球，探完险回来，一直都还没能吃到每天早上的例行早餐——涂着蜂王浆的烤面包。蜂王浆富含维生素 B，还有大量的糖分、蛋白质和部分有机酸，是他维持身体健康、精力充沛所必需的；他确定，如果没有蜂王浆的滋养，他的身体和记忆力都会受到影响。

可一走到外面，傍晚阳光下的大地让他的精神立刻为之一振。四周是茂密生长的植物，树下的阴影也让他暂时忘却了失忆的烦恼。这里的一切都和过去几十年来一样——当然，也包括他。他轻松地走在花园小道上，走过野生的黄水仙和香料园，走过深紫色的醉鱼草和向上卷曲的大蓟草，呼吸着各种植物散发出的芳香。一阵微风吹来，周围的松树轻轻摆动，他聆听着脚下的鞋子和拐杖与砂石小路摩擦发出的沙沙声响。他知道，如果此刻他回过头，会看到他的农舍小屋已经被隐藏在了四棵大松树后面——那爬满玫瑰花的前门和窗棂、那窗子上方雕花的遮阳罩、那外墙砖块之间的竖框，都已被茂密的松枝和松针所掩盖。在前方小路的尽头，有一整片长满了杜鹃花、月桂树和映山红的草坪，草坪后面，高耸着一排橡树。而橡树后面——每两个蜂箱一组，排成一竖排的，就是他的养蜂场了。

不一会儿，他已经和年轻的罗杰一起在视察蜂房了——罗杰急切地想向他展示，在他离开期间，蜜蜂得到了多么好的照料。他从一个蜂箱穿梭到另一个蜂箱，没有戴头罩，还把袖子也挽得高高的。他解释说，四月上旬，蜂群被安置好以后没几天，福尔摩斯就去了日本，从那以后，蜜蜂们就把巢框里的蜂蜡底完全挖空，并建造了新的蜂巢，把每个六角形的蜂窝里都填满了蜂蜜。实际上，福尔摩斯还欣喜地发现，男孩已经把每个蜂箱里巢框的数量减少到了九个，从而让蜜蜂有了充足的繁衍空间。

"太好了，"福尔摩斯说，"你把这些小东西们照顾得太好了，罗杰，我很感谢你在这里的辛勤付出。"他把那个小玻璃瓶从口袋里拿出来，用弯曲的食指和大拇指捏着，递给罗杰，作为对他的奖赏。"这是给你的，"他看着罗杰接过玻璃瓶，好奇地看着瓶子里的东西，"这是日本特有的一种中型蜂类——或者，我们可以简称它为日本蜂，你觉得怎么样？"

"谢谢你，先生。"

男孩朝他露出一个微笑——而他，看着罗杰漂亮的湛蓝眼睛，轻轻拍着男孩头顶乱糟糟的金发，也露出了微笑。他们一起面朝蜂房站着，很久很久都没有说一句话。在养蜂场里，这样的沉默总能让他心满意足；而从罗杰轻松站在他身边的姿态来看，他相信，这男孩也和他一样感到满足。虽然他不是很喜欢小孩子，但他又不可避免地对蒙露太太的这个儿子产生了慈父般的情感（他经常想，那么一个唠唠叨叨的女人是怎么生出一个这么有前途的儿子的？）。可即便是到了这把年纪，他发现自己还是没法表达出自己的真实情感，尤其是面对一个失去了父亲的十四岁少年。罗杰的父亲是英国军人，在巴尔干半岛牺牲了，福尔摩斯认为，罗杰应该是相当思念父亲的。不管怎么说，在对待管家和他们的子女时，是应该在情感上保持一定的自我克制的——反正，跟这个孩子这样站在一起就已经足够了，当他们共同看着眼前的蜂房和摇晃的橡树枝，静静感受着从下午到傍晚时分大自然的细微变化时，两人间的沉默早已胜过千言万语。

没过多久，蒙露太太站在花园小道上，叫罗杰去厨房帮忙。于是，两人很不情愿地穿过草坪走了回来，他们走得很悠闲，还停下脚步去看一只蓝色的蝴蝶在芬芳的杜鹃花丛中盘旋。终于，天黑之前，他们走进了厨房，男孩的手轻轻扶着他的胳膊——就是这只手，一直搀扶着他走进农舍大门，安全踏上楼梯，走进阁楼书房之后，才最终松开（虽然爬楼梯对他来说，还不是那么困难，但每当罗杰充当拐杖扶他上楼时，他还是很感激这个孩子的）。

"晚饭做好以后，需不需要我来接您下去？"

"你要是不嫌麻烦的话，当然好了。"

"没问题，先生。"

于是，他坐到桌子前，等着男孩再来扶他走下楼。在等待期间，他也让自己忙碌了一会儿，他查看了旅行之前自己写下的笔记，随手撕下的纸片上用潦草笔迹写成的全是密码般晦涩难懂的文字——左旋糖为主，比右旋糖更易溶于水——他自己也忘记了是什么意思。他环顾四周，发现在他离开期间，蒙露太太又自作主张地给他收拾了房间。原本散落在地板上的书现在被摆得整整齐齐，地板也被打扫过了，但是，蒙露太太还是遵守了他明确的指示——所有东西上的灰尘都没有被掸过。他越来越烦躁，只想抽支烟。他把笔记本推到一边，又拉开抽屉，希望能找到一支牙买加雪茄，哪怕香烟也行。可一番搜寻后，什么也没找到，他只得放弃，回过头去看那些他感兴趣的信件。他拿过一封梅琦民木先生写来的信，梅琦之前寄来过很多封信，这一封是他在出国旅行前收到的：亲爱的先生，万分感谢您认真考虑并接受我的邀请，决定来神户做客。无须多言，我十分期待着带您去看一看日本这一带众多的庙宇花园，还有——

可这封信同样让他没有看懂：刚开始看没多久，他的眼睛就慢慢合上了，下巴也渐渐耷拉到了胸口。在睡梦中，他不会感觉到手中的信正从指缝滑落，也不会听到自己喉咙里又发出了那种喘不过气来的声音。而当他醒来以后，也不会记得他曾经站过的那片金盏花丛，不会记得让他再次回到花丛的这个梦境。他猛然惊醒，只看到罗杰俯身站在他面前。他清了清嗓子，盯着男孩略显为难的脸庞，沙哑而不确定地问，"我是不是睡着了？"

男孩点点头。

"哦——哦——"

"您的晚饭马上就好了。"

"好，晚饭马上就好。"他喃喃自语着，把拐杖准备好了。

和以往一样，罗杰小心地扶着福尔摩斯，帮他从椅子上站起来，陪着他走出书房，又和他一起穿过走廊，走下楼梯，进了餐厅。在餐厅，福尔摩斯终于离开了罗杰轻柔的搀扶，自己朝前走去。面前是一张巨大的维多利亚风格的描金橡木餐桌，桌上是蒙露太太为他摆好的一人份餐具。

"等我吃完以后，"福尔摩斯头也不回地对男孩说，"我很想和你讨论讨论关于养蜂的一些事情——我希望你能告诉我在我离开的这段时间，都发生了一些什么状况。我相信你能详细准确地汇报清楚吧。"

"当然没问题。"男孩回答。他站在门口，看着福尔摩斯把拐杖放在桌旁后坐了下去。

"很好，"福尔摩斯盯着站在房间对面的罗杰说，"那一个小时后，我们在书房见，行吗？当然，前提是你妈妈做的牧羊人派没有让我一命呜呼。"

"好的，先生。"

福尔摩斯伸手拿过折好的餐巾，把它抖开，把一个角塞进衣领下面。他笔挺地坐在椅子上，花了一点时间，把餐具摆放得整整齐齐。然后，他从鼻孔里叹了一口气，把手对称地放在空盘子两侧。"那女人在哪儿呢？"

"来啦来啦。"蒙露太太的声音突然传来。她猛地出现在罗杰身后，手里端着的餐盘上是她做好的热气腾腾的晚餐。"靠边站，儿子，"她对男孩说，"你这是在帮倒忙呢。"

"对不起。"罗杰挪开他纤瘦的身体，好让她进门。等他妈妈经过身边，又匆匆走向餐桌后，他慢慢地往后退了一步——又一步，又一步——直到最后，他已经从餐厅悄悄走了出去。但他知道，他不能磨磨蹭蹭的，否则妈妈就会叫他赶紧回屋，或者也可能喊他去厨房帮忙打扫。为了避免这不幸，他必须趁她服侍福尔摩斯时悄悄逃走，在她能离开餐厅、大叫他名字之前，赶紧消失。

但这孩子并没有像他妈妈以为的那样，飞奔到养蜂场，也没有去书房准备福尔摩斯即将对他提出的关于养蜂的问题，而是偷偷又爬上楼，走进了那个只有福尔摩斯才能进去的房间：阁楼书房。实际上，在福尔摩斯海外旅行的这几周里，罗杰经常在这里一待就是好几个钟头。一开始，他只是把各种古书、落满灰尘的论文和科学杂志从书架上拿下来，坐在书桌边翻翻。等好奇心得到满足后，他会小心地把它们重新放回书架上，并确保它们看起来都是原封不动的模样。有时候，他甚至会假装自己就是福尔摩斯，靠在书桌前的椅子上，双手指尖对齐，盯着窗户，想象自己正在抽着香烟。

　　自然，他母亲不知道他的这种越界行为，因为，如果被她发现了的话，那她肯定连这幢房子都不会再准他踏入半步。可这孩子在阁楼书房里待的时间越长（一开始他还只是试探性的，两只手都只敢放在口袋里），他的胆子也就越大——他翻看抽屉里的东西，把已经打开的信封里的信纸抖搂出来，还恭敬地拿起福尔摩斯常用的钢笔、剪刀和放大镜。后来，他开始翻阅桌上一沓沓的手写笔记。他很小心地注意不在纸上留下任何痕迹，与此同时，他也努力想要破解福尔摩斯那些笔记和未完成文字段落的含义，可绝大多数内容他都没法看懂——或许是因为福尔摩斯经常涂写的本来就是些没有意义的字句，又或许是因为他所写的内容确实是晦涩难懂的。可罗杰还是仔细研究了每一页纸，期待着能发现这位曾经闻名天下，而今只醉心养蜂的人的某些秘密或独特之处。

　　实际上，罗杰很难找到什么关于福尔摩斯的新发现。这个男人的世界里似乎只有清晰有力的证据、无可争辩的事实和对外界事物的详尽观察，而很少有关于自己想法的只言片语。然而，在堆积如山、随意涂写的笔记中，男孩终于找到了一件被埋藏在最下面，可真正有意思的东西——一本名为《玻璃琴师》的手稿，稿件很短，还没有完成，里面的纸页都是用一根橡皮筋绑在一起的。男孩立马就注意到，这份手稿和桌上其他的笔记不同，它是相当细心地写成的，字迹都很容易辨认，没有被涂抹掉的内容，也没有被挤在纸页边缘空白处或被墨滴掩盖掉的文字。接下来看到的内容引起了他极大的兴趣，因为它很通俗易懂，甚至还带有一些私密的意味——它记录了福尔摩斯早年的一段生活。可让罗杰懊恼的是，这份手稿只写了两章就戛然而止，而结局也就成了未解之谜。尽管如此，男孩还是一遍又一遍地把它翻出来，反复研读，希望能找出一些先前忽略掉的新发现。

现在，就和福尔摩斯离家的那几周一样，罗杰又紧张地坐到书桌前，熟练地把手稿从一堆看似混乱实则井然有序的资料下抽出来。很快，橡皮筋就被他解开，放到一旁，稿纸则被整齐地放在台灯的灯光下。他从后往前研读起来，先迅速浏览了最后几页的内容。他确定，福尔摩斯只是还没有找到机会把它继续写完罢了。然后，他又开始从头看起。他看的时候，俯身向前，一页接一页地翻。如果能集中精力，不受干扰，他相信自己今天晚上也许就能把第一章看完。只有当他母亲大声叫他的名字时，他才会把头抬一下；她在外面，在楼下的花园里喊他，到处找他。而当她的声音消失后，他又把头埋了下去。他提醒自己，时间不多了——还有不到一个小时，他就该去书房了，而他也必须把这份手稿藏到和开始一样的状态。在那之前，他还有一点时间。他用食指划过福尔摩斯写在纸上的文字，蓝色的眼睛不断眨着，眼神无比专注。他的嘴唇微微在动，但并没有发出声音。那些字句在他脑海里又勾勒出了一幅幅熟悉的画面。

3

玻璃琴师

序

任何一个夜晚，如果有哪位陌生人爬上了陡峭楼梯，来到这阁楼，他会在黑暗中摸索几秒钟，才能找到我书房紧闭的大门。可即便是在一片漆黑中，一丝微弱的光线还是会从门缝透出去，正如此刻的情形一般。而他却可能站在那里陷入沉思，他会问自己："到底是什么样的事情会让一个人深更半夜还不入睡？当绝大多数人都已经呼呼大睡时，这个在书房里独自清醒的人到底是谁？"如果他为了满足自己的好奇心，还去转动了门把手，他就会发现，门已经上了锁，他进不去。而如果最后，他把一只耳朵贴到门上，那他很可能就会听见微弱的摩擦声——那是钢笔在纸上迅速移动的声音，当最浓黑的墨水写出一个接一个尚是湿漉漉的符号时，前面的笔迹早已风干。

到了这把年纪，我与世隔绝的生活早已不是什么秘密了。虽然读者们对我过去的历险充满无限好奇，但我却从来不觉满足。在约翰·华生乐此不疲地记录我们的许多共同经历的那些年，我一直认为，他虽然写作技巧很好，但毕竟能力有限，有些描写也过于夸张。我经常谴责他一味迎合大众，要求他应更加注重事实和数据，尤其不该将我的名字和他自己一知半解的想法联系在一起。结果，我的这位老友兼传记作家却反过来敦促我自己写自己的故事。"如果你觉得我对我们案件的记录不够公允，"我记得他不止一次地说过，"那么，夏洛克，我建议你自己试试看！"

"也许我还真会，"我告诉他，"到了那个时候，你就会知道没有了所谓的艺术加工，一个真正精确的故事是什么样的了。"

"那就祝你好运，"他嗤之以鼻地说，"你会很需要好运气的。"

直到退休，我才终于有时间、也有意愿采纳约翰的建议。成果虽然算不上惊世骇俗，对我本人却很有启发意义，至少让我明白了，哪怕是完全忠于事实的记录也必须以能吸引读者的方式来展现。意识到这一结论，我便在出版了两篇故事后，放弃了约翰那种叙事方式，并随后给我的这位好医生寄去了一封简短的信函，在信中，我诚挚地为之前我对他早期作品的嘲讽表示了道歉。他回信十分迅速，且一针见血：你无须向我道歉，我的朋友。虽然我表示过抗议，但因为写你的故事而让我收到的版税，早在多年前就已赦免了你的过错，并将继续如此。J.H.W.

既然提到了约翰，那我也想趁这个机会说一件令人气愤的事。最近，我发现，我这位过去的助手受到了一些剧作家和所谓神秘小说家们不公正的指责。这些浪得虚名的家伙们的名字，完全不值得我在此提及。他们试图把约翰描述成一个愚蠢粗鲁的笨蛋，但这与事实完全相反。我怎么可能给自己找个头脑迟钝的同伴，这种情节在舞台上也许会很有喜剧效果，但在现实中，我认为这种暗讽是对约翰、也是对我的严重侮辱。外界某些错误的印象也许确实来源于约翰的作品，因为他总爱夸大我的能力，同时又对自己的优点过于谦虚。即便如此，这个和我并肩工作的男人总还是能展示出与生俱来的机敏与精明，他为我们的调查做出了不可估量的贡献。偶尔，他也会抓不住某个明显的结论，或选不出最佳的行动方案，这些我都不会否认，但他从来不会有愚蠢的想法。最最重要的是，能和这样一个人共度我的年轻岁月，实在是我的荣幸。他总能在最平凡无奇的案子中察觉到惊险的味道，总能用他的幽默、耐心和忠诚包容我这个脾气火爆、又有诸多怪癖的朋友。所以，如果那些伪君子真要从我们两人中挑一个比较蠢的，那我会毫不犹豫地认为，要挑也应该挑我。

最后还要说明的是，虽然读者都对我之前在贝克街的寓所念念不忘，但我早已对它不再留恋了。我不向往伦敦街道的喧嚷嘈杂，也不想念那错综复杂得如同泥沼般的犯罪网络。更重要的是，目前在苏塞克斯的生活让我相当满足，当我清醒时，绝大多数时间不是安静地一个人待在书房，就是去养蜂场看看那些秩序井然的小动物们。但我必须承认，年龄的增长在一定程度上已经影响到了我的记忆力，可我的身体和头脑都还相当灵活。几乎每周我都会在傍晚时分步行去海边。下午，我则经常会在花园小道上散步，照料各种香料作物和花圃。最近，我的主要任务是修改我最新版本的《蜜蜂培育实用指南》，以及给我四卷册的《侦探艺术大全》作最后的润色。后者的写作是一项冗长而费力的复杂工程，但一旦出版，应该会是一套相当重要的作品。

然而，此刻我却感觉，必须先把自己的鸿篇巨制搁置一旁，要开始把往事记载下来的繁重工作了。今天晚上，也不知是何缘由，很多往事涌上心头，如果不赶快将其写在纸上，只怕很多细节转眼就会忘记。以下所说或所描述的也许并非当初确切之所说所见，所以，如果我自作主张，对记忆中某些残缺的部分或灰色区域进行了补充，我想在此提前致歉。但即便在下述案例中有部分虚构的内容，我还是可以保证，整个的案件——包括在案件中涉及的个人——我都已竭尽所能进行了准确的描述。

***

I. 福提斯林区的安妮·凯勒太太案

我还记得那是一九〇二年春天，在罗伯特·法尔肯·斯科特完成了乘坐热气球飞越南极洲的历史壮举后一个月，一位托马斯·R.凯勒先生来找我，他是个驼着背、肩膀很窄、穿着打扮很体面的年轻人。当时，我的好医生还没有住进他自己在安妮皇后大街上的房子，但他刚好在外度假，和即将成为第三任华生太太的女子在海边慵懒度日。于是，几个月来我第一次独享了贝克街的整套公寓。我按照往常的习惯，背对着窗户坐，让来访者坐在我对面的扶手椅上——从他的角度看，由于窗外的光线过于明亮，他很难看得清我脸上的表情；可从我的角度看，他的脸却被光线照得清清楚楚。一开始，凯勒先生在我面前显得很不自在，说不出话来。我也完全没有安慰他的意思，反倒利用起这令人尴尬的沉默，开始仔细观察他。

我一直认为，如果能让客户感觉到他们自身的脆弱，是对我有利的。我很快猜出他此行的目的，并决定要强化他的脆弱感。

"我看得出来，你对你太太很担心。"

"确实如此，先生。"他回答，显然被我的话吓了一跳。

"可是，总体来说，她仍然还是个细心体贴的好妻子。所以，我想，她是否忠诚的问题并不是你现在所担心的。"

"福尔摩斯先生，你是怎么知道这些的？"

他眯起的眼睛和困惑的表情似乎表示也想把我看个清楚。而当我的客户等待回答时，我却自顾自地点了一支上好的布拉德利香烟，这是约翰珍藏在他书桌最上面抽屉里的，其中很多都已经被我偷偷抽掉了。我让这个年轻人忐忑了一段时间后，才刻意把烟圈吐进阳光中，道出了在我眼中完全是显而易见的事实。

"当一位绅士忧心忡忡地走进我的房间，在我面前坐下，又心不在焉地摆弄着手上的结婚戒指时，要猜出他所面临的问题并不难。你的衣服都是新的，也比较时髦，但并非专业裁缝量身定制。你也一定注意到了，你的领口有一点点不对称，左边裤腿最下面用的是深棕色的线，而右边裤腿则是黑色的线。还有，你注意到没有，你衬衫中间的纽扣虽然和其他扣子在颜色和形状上都非常相似，但还是稍微小了那么一丁点。这就说明，是你妻子给你做了这些手工活，而且，即便是缺少合适的材料，她也尽力而为做到了最好。正如我说过的，她是个细心体贴的好妻子。为什么我会认为这些手工活都是你妻子做的呢？因为你是个财力有限的年轻人，显然也结了婚。你的名片已经告诉我，你是斯洛克莫顿与芬利会计师事务所的初级会计师。对于刚开始职业生涯的会计师来说，很少会有人请得起女佣或管家之类的吧，对不对？"

"先生，真是什么都逃不过你的眼睛。"

"我可以向你担保，我并没有什么神秘的能力，只是知道该如何关注一些再明显不过的事实。不过，凯勒先生，你今天下午来找我并不是为了考察我的能力吧。星期二到底发生了什么事，让你从福提斯的家里跑到我这儿来了？"

"这也太不可思议了——"他大喊着，空洞的脸上再次露出惊恐的表情。

"亲爱的先生，请冷静一下。昨天，你亲自把信送到我家门口——昨天是星期三——信封上留着你的地址，但你亲手写下的日期却是星期二。毫无疑问，信是星期二很晚才写的，否则你就会当天把它送来了。你非常急切地想要在今天和我见面——今天是星期四——所以可以推断，应该是在星期二下午或晚上发生了什么令你烦恼而又非常急迫的事情。"

"是的，我是在星期二晚上和斯格默女士闹翻后写的信。她现在不仅要干涉我的婚姻，还威胁要把我送进监狱——"

"把你送进监狱，真的吗？"

"是的，她最后对我说的就是这句话。那个女人，斯格默，是个很有魄力的女人。大家都说，她是个才华横溢的音乐家、老师，但她对人的态度却令人生畏。若不是为了我亲爱的安妮，我恨不得自己去把警察叫来。"

"那我猜，安妮就是你的妻子喽。"

“正是。”

年轻人从马甲口袋里拿出一张照片，递给我看。

“这就是她，福尔摩斯先生。”

我坐在扶手椅上俯过身去。只飞快地看了一眼，这位二十三岁女子的容貌身材便尽收眼底——她扬着一边的眉毛，唇角似笑非笑。但那张脸是严肃的，让她看起来远比实际的年龄大。

“谢谢你，”我把目光从照片上抬起，“她有一种很独特的气质。现在，请你从头开始，解释一下你太太和这位斯格默女士的关系，有哪些是我应该知道的。”

凯勒先生痛苦地皱起了眉头。

“我会把我知道的一切都告诉你，”他一边说，一边把照片放回马甲口袋。“我希望你能找到个中缘由。你看，自从星期二开始，我的脑子里就一直想这个问题。过去这两天，我睡得也不好，所以，如果我说得不那么清楚，还请你对我耐心一些。”

“我会尽量耐心的。”

他提前提醒了我，这很明智，因为我没有料到他的描述是那么凌乱无序、不分轻重，如果没有他事先的警告，只怕我早就会不耐烦地打断他。在听了他的警告后，我做好了准备，靠在扶手椅上，双手指尖对齐，脑袋朝天花板歪着，以便集中精神聆听他的讲述。

“你可以开始了。”

他深吸一口气，开口了。

“我的妻子——安妮，和我结婚才两年。她是已故的班恩上校唯一的女儿——她还是个小婴儿时，她父亲就在阿富汗的阿尤布汗暴动事件中牺牲了——她妈妈在东哈姆把她养大，我们很小的时候就在那儿相遇了。福尔摩斯先生，你不可能想象出比她更可爱的女孩子了。在当时，我已经为她着迷，渐渐地，我们相爱了——那是建立在友谊和伙伴关系上的爱情，是让人合二为一、迫不及待地想与对方共享生命的爱情。后来，我们当然结婚了，并很快搬进了位于福提斯林区的房子。在那段时间里，似乎没有任何东西能打破我们小家的宁静。但我并不想夸张，说我们的婚姻是完美而快乐的结合。显然，我们的生活也有困难的时候，比如，我父亲长期疾病缠身、安妮的母亲突然过世等等，但我们还有彼此，这就能让一切截然不同了。安妮怀孕之后，我们觉得更加幸福了。结果，六个月之后，她突然流产。又过了五个月，她再度怀孕，但很快再次流产。第二次流产让她大出血，我差点失去了她。在医院，医生告诉她，她可能再也无法生育了，如果再怀孕，只怕会要了她的命。从那以后，她就变了。流产的经历让她烦恼、让她纠结。福尔摩斯先生，在家里，她变得沮丧抑郁，闷闷不乐。她告诉我，失去我们的孩子是她这辈子最痛苦的事。

"我觉得，要改变她的沮丧情绪，应该让她找点新的事情做。无论是出于心理或情绪方面的考虑，我都认为她应该培养一个兴趣爱好，来填补生活中的空虚——当时，我担心那空虚已经越来越严重了。我的父亲刚刚过世，在他的遗物中，有一架古老的玻璃琴。那是父亲的叔公送给他的礼物，据父亲说，是从比利时著名的发明家艾蒂安·加斯帕德·罗伯森手里买来的。不管怎么说，我把琴带回家，送给了安妮。虽然她相当不情愿，但最终还是同意至少试着弹一弹。我们家的阁楼相当宽敞，也很舒服——我们曾经商量要把它作为婴儿房——自然就成了琴房的最佳选择。我甚至把玻璃琴的外壳重新进行了磨光刷漆，换掉旧的琴轴，好让琴碗可以更牢固地贴合在一起，还修好了很多年前就已经坏掉的踏板。但安妮对这件乐器的一点可怜的兴趣很快就消失得无影无踪。她不喜欢独自待在阁楼上，她发现，要用这琴弹出美妙的音乐是那么困难。当她的手指从琴键上滑过时，琴碗发出的奇特声音也让她觉得心烦。她说，那种回响让她觉得更加悲伤。

"可我却不能接受。你明白吗，我一直相信，玻璃琴最吸引人的地方就在于它的音色，其音色之优美远远超过了其他任何乐器。如果弹奏得当，只需要通过手指力道的改变，就能轻松增强或减弱乐声，而美妙的旋律也会久久萦绕。不，我不能接受安妮的放弃，我知道，如果安妮能听到别人演奏它——某个受过专业训练又很有演奏技巧的人，也许就会对这琴有不同的想法。正好我有一个朋友告诉我，他曾经去听过一场公开音乐会，是用玻璃琴、长笛、双簧管、中提琴和大提琴演奏的莫扎特慢板和回旋曲，但他只记得音乐会是在蒙太格大街某家书店楼上的小公寓里举行的，离大英博物馆很近。当然，要找到这个地方并不需要大侦探的帮助，我没费什么劲，就找到了这家'波特曼的图书与地图专卖店'。店主给我指路，我爬上一截楼梯，便来到了我朋友先前听到玻璃琴演奏的那间公寓。福尔摩斯先生，自从那天起，我就一直在后悔爬上了那段楼梯。但在当时，我还很兴奋地猜测，当我敲响房门后，来迎接我的会是个什么样的人。"

托马斯·R.凯勒先生看上去就像是那种会被别人欺负着玩的人。他孩子气的神态中充满了腼腆和羞涩，当他说话时，温柔又犹豫的口音听起来还有点吐字不清。

"我猜，你就是在那里碰到了斯格默女士吧。"说完，我又点燃了一支香烟。

"正是，就是她来开的门。她是个身材结实、很有男子气概的女人，不过算不上肥胖。她是德国人，我对她的第一印象还是相当好的。她没有问我的来意，就邀请我进了她的公寓。她让我坐在客厅里，还给我端来了茶。我觉得，她一定以为我是去找她学习乐器的。她的房间里摆满了各式各样的乐器，其中包括两架非常漂亮的、修复得相当完好的玻璃琴。我一看就知道，我找对了地方。斯格默女士亲切优雅的态度、她对乐器的热爱都让我很是敬佩，于是，我向她说明了来意：我介绍了我妻子的情况，她所经历的流产的悲剧，我是怎么把玻璃琴带回家想要帮助安妮减轻一些痛苦，以及她又是怎么对玻璃琴不感兴趣的，等等。耐心听完了我的讲述后，斯格默女士建议我把安妮带到她那里去上上课。听到这话，我简直再高兴不过了，福尔摩斯先生。真的，我就是想让安妮听听别人用玻璃琴弹出的美妙乐声，而斯格默女士的主动提议简直超出了我的预期。一开始，我们商量好一共上十次课——每周两次，星期二和星期四下午——我会提前支付全款。斯格默女士还给我打了个折，因为她说，我妻子的情况很特殊。这是发生在星期五的事。接下来那个星期二，安妮就开始上课了。

"蒙太格大街离我住的地方并不是很远，我没有坐马车，而是决定走路回家。我告诉了安妮这个好消息，结果我们又小吵了一架。说真的，如果不是我觉得上课确实对她有好处，那天我就取消课程了。我回到家时，整个房子静悄悄的，窗帘全都拉上了。我大喊安妮的名字，但没人应答。我找了厨房和我们的卧室，又去了书房，终于在书房里找到了她——她全身穿着黑色的衣服，像是在服丧，背对着门，眼神茫然地盯着书柜，一动也不动。房间里光线很暗，她看起来就像个黑影。我叫她，她也不回头看我。这时，我非常担心，福尔摩斯先生，我怕她的精神状态正在加速恶化。

"'你回来了啊，'她的声音里透露着疲惫，'我没想到你会这么早回来，托马斯。'

"我跟她解释说，那天下午我有点私事，提早下班了。然后，我告诉她我去了哪里，又告诉了她关于玻璃琴课程的事情。

"'但你不该替我决定啊，你又没问过我想不想上琴课。'

"'我觉得你应该不会介意的，这只会对你有好处，我肯定。至少，比你这样整天待在家里强——'

"'那我猜，我别无选择喽。'

"她瞟了我一眼，在黑暗中，我几乎看不清她的脸。

"'我在这件事上没有发言权了吗？'她问。

"'你当然有发言权，安妮，我怎么可能逼你做你不想做的事呢？但你能不能至少去上一节课，听一听斯格默女士弹琴再说？如果你上完了课，不想再去了，那我也就不再坚持。'

"我的请求让她沉默片刻。她慢慢朝我转过身来，却只是低下头盯着地板。当她最后终于抬起头时，我看见了她脸上的表情，就像一个被彻底击垮的人，一个不再顾及自己真实感受、只会默默接受一切的人。

"'那好吧，托马斯，'她说，'如果你硬是想让我去上课，我也就不和你争了，但我希望你不要对我抱太高的期望。毕竟，喜欢玻璃琴的人是你，不是我。'

"'我爱你，安妮，我希望你能再开心起来。至少，我们俩都还有快乐的权利。'

"'是的，是的，我知道。我最近确实给你带来了不少麻烦，但我必须告诉你，我早就不相信我还能得到快乐了。我觉得，每个人都有自己复杂的内心世界，有时候，不管你怎么努力尝试，也没法把它说清楚。所以，我只希望你能包容我，给我一点时间，让我更好地了解我自己。与此同时，我会去上完那一节课的，托马斯，我希望这样既能让你满意，也能让我自己满意。'

"幸运的是——或者，从现在来看，应该说不幸的是——我的想法被证明了是正确的，福尔摩斯先生。我妻子只在斯格默女士那里上了一节课，对玻璃琴的态度就发生了改变。她突然萌发出的兴趣让我高兴极了。实际上，她上完第三、第四节课后，整个人的精神都发生了神奇的改变，病快快的萎靡状态消失了，也不再天天卧床不起。我承认，在那段时间里，我觉得斯格默女士就像是上帝派来拯救我们的，我对她的崇敬之情简直无以言表。所以，几个月之后，妻子问我，能不能把上课的时间从每次一小时增加到两小时，我毫不犹豫地就同意了——尤其是她的琴艺那时已经有了大大的提高。再说，我也很高兴地看到她每天花好几个小时，专心练习各种乐曲，有时一练就是一下午、一晚上，甚至是一整天。她除了学会贝多芬的音乐剧，还不可思议地开始自己谱曲。但她的创作是我听过的最忧郁、最悲伤的曲子。当她独自一个人在阁楼练琴时，整个屋子都会弥漫着悲伤的气氛。"

"你讲的这些拐弯抹角的东西都挺有意思，"我打断了他的讲述，"但是——请容许我提醒你——你今天来找我到底是为什么？"

看得出来，我尖锐的提问让我的客户有点惊慌。我专注地盯着他，然后又把眼皮耷拉下来，两手指尖对齐，继续听他讲述相关事实。

"请你听我慢慢说，"他有点结巴了，"我就要说到了，先生。我之前说过，自从跟着斯格默女士开始学琴后，我妻子的精神状态有所好转——或者说，至少一开始看起来是这样的。可是，我渐渐感觉到，她对人的态度越来越冷淡，似乎总是心不在焉，也没法和人长时间交谈沟通。简单来说，我很快就意识到，虽然安妮表面上看起来有所好转，但内心还是有些地方不太对劲。我以为，只是因为她对玻璃琴太过投入，分散了她的精力；我希望她最终能够恢复过来。但我所希望看到的结果并没有出现。

"一开始，我注意到了一些小事——比如，盘子没有洗，饭要么没做熟要么煮糊了，床也没有铺。接下来，安妮只要是醒着，绝大部分时间都会待在阁楼里。通常，我都是被楼上传来的玻璃琴声唤醒，而当我下班回到家时，迎接我的依然是那相同的琴声。到了这个时候，曾经让我欣赏的音乐已经成了我最深恶痛绝的东西。再后来，除了一起吃饭，我甚至一连好几天都几乎看不到她的人——

我睡着以后，她也会上床来陪我睡，但我还没起来，她已经又离开了——只有忧伤的音乐永远无休无止地响着。我简直要疯了，福尔摩斯先生。安妮的爱好实质上已经成了一种不健康的痴迷，我认为，这一切都是斯格默女士的错。"

"为什么要怪她？"我问，"她和你们家庭的问题又没有关系。毕竟，她只是个音乐老师。"

"不，不，她可不止是个音乐老师，先生。恐怕，她是一个有着危险信仰的女人。"

"危险信仰？"

"是的，尤其是对那些拼命想要寻找某种希望或很容易听信谗言的人来说，那种信仰就更危险了。"

"而你的妻子正好就是那样的人？"

"很遗憾地说，她确实是的，福尔摩斯先生。安妮一直是个非常敏感、很容易轻信别人的女人，甚至是到了过分的程度。她似乎生来就比其他人更能敏锐地感知和体会这个世界。这既是她最大的优点，也是她最大的缺点；如果心怀恶意的人看出了她的这一脆弱之处，就会很容易加以利用——这正是斯格默女士做的事。当然，我很久都没有意识到这一点，一直都疏忽了，直到最近才明白。

"你看，那天就是一个普通的傍晚。和往常一样，安妮和我安静地坐在一起吃晚餐，她才吃了几口，就说要去阁楼练琴——这在最近也是经常的事了。但很快，又发生了一件别的事：那天早些时候，在我办公室，一个客户送了我一瓶相当珍贵的红酒——我帮他解决了他私人账户的一些棘手问题，他把红酒送给我作为答谢。我本来是想吃饭时把红酒拿出来，给安妮一个惊喜的，但她那么快就离开了餐桌，我还来不及去拿酒。于是，我决定带酒上楼找她。我手里拿着酒瓶和两个玻璃杯，爬上了阁楼的楼梯。这时，她已经开始弹奏玻璃琴了，琴声格外低沉，那单调而压抑的调子似乎穿透了我的身体。

"我走到阁楼门口，手里拿着的红酒杯开始颤抖，我的耳朵也疼起来。但我还是听得很清楚，她并不是在演奏什么乐曲，也不是在随意抚琴。不，那是一种很刻意的练习，先生，是一种很邪恶的咒语。我之所以说它是咒语，是因为接下来我就听到我妻子在跟谁说着话，她的声音跟她弹出来的琴声一样低沉。"

"你确定听到的不是她唱歌的声音？"

"我祈祷上天我听到的是她在唱歌，福尔摩斯先生。可是，我可以向你担保，她真的是在说话。她嘟嘟囔囔的话我大部分都没有听清楚，但我已经听到的内容却足以让恐惧涌上心头。

"'我在这儿，詹姆斯。'她说，'格蕾丝，到我这儿来，我在这儿。你们躲在哪里呢？我想再看看你们——'"

我举起一只手，让他暂停。

"凯勒先生，我的耐心真的非常有限，也只能忍这么久了。你努力讲得有声有色，但总是说不到重点，即你到底希望解决的是什么问题。如果可能的话，还是请你只拣重要的内容说，毕竟，只有那些才可能对我有点用处。"

我的客户几秒钟没有说话，他眉头紧锁，眼睛不敢直视我。·

"我们原来商定，如果生了男孩，"最后，他终于开口了，"就叫詹姆斯；如果是个女孩，就叫格蕾丝。"

他突然伤感起来，不再说话。

"哎，哎！"我说，"不要在这个关键时刻多愁善感，拜托你接着说。"

他点点头，咬紧嘴唇，又用手帕擦了擦额头，把目光转向地板。

"我把酒瓶和玻璃杯放下，把门推开。她吓了一跳，立刻停止了弹琴，用又黑又大的双眼盯着我。阁楼里点着蜡烛，所有的蜡烛围绕着玻璃琴摆成一个圆圈，在她身上投下跳跃的光影。那样的光线，加上妻子惨白的皮肤，让她看上去就像个幽灵。她仿佛是来自另一个世界，福尔摩斯先生。但我的这种感觉绝不仅仅是因为烛光的关系。她的眼睛——她盯着我时的神态，缺少了一种很重要的东西，一种人性的东西。哪怕是她开口跟我说话时，她的声音听起来也是那么空洞而冷漠。

"'怎么了，亲爱的？'她问，'你吓着我了——'

"我朝她走去。

"'你为什么要这么做？'我大喊，'你为什么要当作他们好像在这里一样，跟他们说话？'

"她慢慢从玻璃琴前站起身，当我走到她面前时，我看见她苍白的脸上露出一丝微弱的笑容。

"'没关系的，托马斯，真的没关系的——'

"'我不懂。'我说，'你喊的是我们没出生的孩子的名字，你说话的语气就好像他们真的活着，而且就在这个房间里。这一切到底是怎么回事，安妮？你这个样子有多久了？'

"她轻轻握着我的胳膊，拉着我一起从玻璃琴前走开。

"'我在弹琴的时候必须一个人待着，请你尊重我的习惯。'

"她拉着我朝门口走去，但我要知道答案。

"'告诉你吧，'我说，'你要是不给我解释清楚，我是绝对不会走的。你这个样子有多久了？你必须回答我。你为什么要这么做？斯格默女士知道你这种情况吗？'

"她没法直视我的双眼。她就像被人抓到撒了个弥天大谎的女人。终于，她说出了一个完全出乎我意料的冷酷答案。

"'是，'她说，'斯格默女士很清楚我在做什么。她一直在帮我，托马斯——是你叫她帮我的。晚安，亲爱的。'说完这话，她当着我的面把门关上，又从里面上了锁。

"我气得脸色发青，福尔摩斯先生。你一定能想象得到，当我走回楼下时，有多么生气。我妻子的解释——虽然闪烁其词——但至少让我得出一个结论：斯格默女士教给安妮的不只是弹琴，她至少是鼓励她在阁楼里搞那种变态仪式的。如果我的推测没错，那我所面临的情况就非常棘手。我知道，只有从斯格默女士本人那里才能知道事情的真相。我原本打算当天晚上就直接去她的公寓，找她谈谈的，但我为了稳定自己的情绪，喝了太多红酒，几乎把一整瓶都喝光了。所以，直到第二天早上醒了酒，我才去找她。我到她家时，福尔摩斯先生，我是非常清醒、非常坚决的。斯格默女士刚一开门，我就立刻质问了她。

"'你教给我妻子的都是些什么垃圾？'我质问她，'你告诉我，为什么她会跟我们从未出生的孩子说话？别假装你什么都不知道，

安妮已经跟我说了很多事了.'

"接下来是令人尴尬的沉默,过了好久,她才开口说话。她请我进屋坐,陪我一起坐在客厅里。"

"'你的妻子,凯勒太太,是个很不开心的女人,'她说,'她对在我这里上的玻璃琴课并不感兴趣。她满脑子里想的都是孩子——不管怎样,想的总是孩子——孩子才是问题的关键,对不对?当然,你想让她弹琴,可她想要孩子——所以,我是为了你们两个,才做了这件事。现在,她弹琴弹得非常好,我觉得,她也比以前开心了,难道你不觉得吗?'

"'我不明白,你为我们两个做的事到底是什么?'

"'也不是什么很困难的事,凯勒先生,只是利用了玻璃琴的本质——你知道吧——那是一种神圣和谐的回声,我教会了她——'

"她接下来跟我的解释,你一定不会懂。"

"哦,但我觉得我能懂,"我说,"凯勒先生,我对玻璃琴这种乐器不同寻常的历史还是略有所知的。历史上,这琴声曾经引起过人们的骚乱,让欧洲大众产生了恐慌,并最终导致了玻璃琴的逐渐衰落。这就是现在玻璃琴难得一见的原因,更不用说听到人演奏它了。"

"什么样的骚乱?"

"各种,从神经损伤到持续抑郁,从家庭矛盾到胎儿早产,甚至还有致人死亡的例子——有些案例中连家里的宠物都出现了异常。在德国好多州,都出台了治安条例,出于公共秩序和健康的考虑,全面禁止玻璃琴的演奏。这位斯格默女士对此绝对是知情的。可你妻子的抑郁状态是出现在她接触玻璃琴之前，所以，我们可以确定，玻璃琴并不是导致她烦恼的原因。

"然而，关于玻璃琴的故事，还有另一种说法，斯格默女士在说起所谓的'神圣和谐的回声'时，也是在暗示这一点吧。有些非常坚持理想化状态的人，比如弗兰兹·梅斯梅尔、本杰明·富兰克林、莫扎特等，他们认为玻璃琴的音乐能够促进人类和谐。而另外一些人则狂热地相信，聆听玻璃琴的音乐能够治疗血液疾病，还有一些人——我怀疑，斯格默女士就是其中之一——他们则坚持说，玻璃琴尖锐而具有穿透力的音调可以迅速从这个世界进入往生的世界。他们还认为，特别有天赋的琴手能够将死去的人召唤出来，从而让活着的人和他们已经去世的爱人交流。我想，斯格默女士当时就是这么跟你解释的吧，对不对？"

"她就是这么说的。"我的客户用相当惊讶的语气回答我。

"就在那个时候，你解雇了她。"

"正是，但你是怎么——"

"孩子，这难道不是显而易见的吗？你坚信她应该为你妻子诡异的行为负责，所以，那天早上在你去见她之前，你就已经打算解雇她了。况且，如果她还受雇于你，就不太可能威胁要把你抓起来。请你原谅我偶尔打断你，可是，你讲得真是太啰唆了，我为了加快进度不得不如此。请继续。"

"我还能怎么办呢？我没有其他选择。为表公平，我没有要求她退还剩余几节课的学费，她也没有主动提出。可她的镇定让我很惊讶。当我告诉她我不再需要她时，她只是微微一笑，点头同意。

"'先生，如果你认为这样对安妮最好，'她说，'那我也认为这样对安妮是最好的。毕竟，你是她的丈夫。我祝愿你们长长久久，幸福快乐。'

　　"我早该知道，不能相信她的话。那天早上，当我从她公寓离开时，我相信她心里清楚得很，安妮早已在她的掌控之下，不可能离开她了。我现在明白，她是那种最恶毒、最奸诈的女人。事后来看，其实一切都很明显：她一开始就主动给我打折，然后，等到可怜的安妮被她的垃圾洗脑后，她就建议延长课程的时间，好从我口袋里掏出更多的钱。另外，我也担心她看上了安妮妈妈留给安妮的遗产——虽然算不上什么巨额财富，但也还不少。我是相当确定这一点的，福尔摩斯先生。"

　　"当时你没想到这些吗？"我问。

　　"没有，"他回答，"我唯一担心的就是安妮会对这个消息作出怎样的反应。我一整天心神不宁，一边上班，一边设想会出现怎样的状况，该怎么委婉地告诉她。那天晚上，回到家之后，我把安妮叫到书房，让她在我对面坐下，平静地说出了我的想法。我指出她最近有些忽略了自己的责任和该做的家务，她对玻璃琴的痴迷已经让我们的婚姻关系开始紧张——这是我第一次把她对玻璃琴的爱好定性为痴迷。我告诉她，我们对彼此都是负有一定责任的——我的责任是为她创造安全舒适的生活环境，而她的责任是为我维持这个家庭。我还说，在阁楼里发现的情况让我觉得相当不安，但我并不责怪她悼念我们未出生的孩子。我告诉了她我去见斯格默女士的事。我跟她说，以后再也不用去上玻璃琴课了，斯格默女士也认为这样最好。我握着她的手，直直地看着她毫无表情的脸。

"'我不准你再去见那个女人，安妮，'我说，'明天我会把玻璃琴从家里搬走。我并不想在这件事上表现得很残酷或蛮不讲理，但我需要把我的妻子找回来。我要你回来，安妮。我希望我们能再和从前一样。我们必须让生活恢复正常。'

"她开始哭泣，但那是悔恨的泪水，并不是愤怒的泪水。我在她身边跪下。

"'请你原谅我。'我说，然后伸出手抱住了她。

"她在我耳边小声说：'不，应该是我请你原谅。我好混乱，托马斯。我觉得我做什么事情都不对，可我也不知道是为什么。'

"'你千万不要钻牛角尖，安妮。只要你相信我，你就会发现，一切都会好起来的。'

"她当时向我保证了，福尔摩斯先生，她保证说，会努力做一个好妻子。她似乎也遵守了自己的诺言。实际上，我之前从来没有见过她做出如此迅速的改变。当然，偶尔我也会感觉到，在她内心深处，还是有一些暗流涌动的渴望。有时候，她的情绪相当低落，似乎又想到了什么令她压抑的东西。在很长一段时间里，她花费大量的时间和精力去收拾阁楼，但那时玻璃琴已经不在了，所以我也不是特别担心。我为什么还要担心呢？我每天下班回家时，家务都已做完。吃完晚饭，我们也会像过去一样，开心地陪着对方，坐在前厅，一聊就是好几个钟头。幸福似乎又回来了。"

"我很为你高兴，"我平静地说，点燃了我的第三支香烟，"但我还是不明白你为什么要来咨询我。当然，你的这个故事从某种程度上来说还是很吸引人的，但你似乎在为别的什么事情烦恼，我也不知道是为什么，你看起来完全有能力处理好自己的事啊。"

"拜托，福尔摩斯先生，我需要你的帮助。"

"我都不知道你真正的问题是什么，怎么帮你呢？就目前看来，并没有什么没解开的谜啊。"

"我的妻子老是失踪！"

"老是失踪？也就是说，她经常也还会再次出现喽？"

"是的。"

"这种情况有多经常？"

"发生过五次了。"

"她的失踪行为是从什么时候开始的？"

"就在两周前。"

"我明白了。很有可能也是在星期二吧，然后，是接下来的星期四。如果我说错了，你就纠正我，但我敢打赌，接下来的一周应该也是一样的。当然，还有这周的星期二。"

"正是如此。"

"太好了。凯勒先生，我们总算是有点进展了。显然，你的故事在斯格默女士家门口就结束了，但请你再跟我详细地说一说，我还有一两个细节问题需要理清楚。请你从她的第一次失踪开始说起，不过，用失踪来描述她的任性行为可能还不太准确。"

凯勒先生悲哀地看着我。接着，他又朝窗外望去，严肃地摇了摇头。

"我反复想过这件事了。"他说，"你看，是这样的，中午一般都是我最忙的时候，所以大多是跑腿小弟帮我买午饭。可那天，正好我的工作没那么忙，于是我决定回家和安妮一起吃午饭，结果发现她不在家。当时我并不是很担心。实际上，我一直鼓励安妮多出去走走，她也采纳了我的建议，每天下午出去散步。我想，她应该是出去散步了，于是，我给她留了张字条，便回到了办公室。"

"她一般都说她去哪儿散步？"

"肉店，要么就是市场。她最近尤其喜欢'物理和植物协会'那儿的公园，她说一连几个小时都在那儿看花。"

"那里确实是休闲的好地方。请你继续说。"

"那天傍晚，我回到家，发现她还没有回来。我留在前门的字条还在原处，屋里也没有任何她曾经回来过的痕迹，我就开始担心了。我的第一个念头是去找她，可我刚出门，安妮就慢慢地走来了。福尔摩斯先生，她看上去累极了，看到我的第一眼还显得有些犹豫。我问她怎么那么晚才回来，她解释说她在'物理和植物协会'的公园里睡着了。这是一个有点奇怪、但也并非完全无法相信的回答。我忍住了，没有再追问她。老实说，只要她能回来，我就放心了。

"然而，两天之后，相同的事又发生了。我回到家，安妮又不在。但她没过多久就回来了，解释说她又在公园的一棵树下睡着了。第二周，还是一模一样的情况。但她只在星期二和星期四失踪，如果是在其他的日子，我也不会如此怀疑，更不会在这刚刚过去的星期二去证实我的怀疑。我知道她以前的玻璃琴课都是在星期二和星期四，从四点开始，到六点结束，所以，那天我提早下班，在波特曼书店对面的街上找了个不起眼的地方躲好。等到四点过一刻，还没有看到她的人影，我的隐隐觉得松了口气。可就在我准备离开时，她出现了。她漠然地沿着蒙太格大街走着——在我的对面——手里高举着我送给她当生日礼物的太阳伞。在那一刻，我的心都沉了，我只是呆呆地站在那儿，既没有去追她，也没有叫住她。我看着她收起太阳伞，走进了波特曼书店的大门。"

"你妻子经常在和别人约好见面时迟到吗？"

"恰恰相反，福尔摩斯先生，她认为守时是一种重要的美德，但是最近她有些不一样。"

"我明白了。请继续。"

"你应该能想象得到我内心的愤怒。几秒钟之后，我冲上楼梯，朝斯格默女士的公寓跑去。我已经能听见安妮在里面弹玻璃琴的声音了——那可怕又难听的调子，让我更加怒火中烧，我怒气冲冲地捶门。

"'安妮！'我大喊，'安妮！'

"但来开门的并不是我妻子，而是斯格默女士。她打开门，用我从来没见过的恶毒表情盯着我。

"'我要见我的妻子，就是现在！'我大叫，'我知道她就在里面！'就在这时，公寓里的琴声戛然而止。

"'要见你的妻子就回你自己家去见，凯勒先生！'她一边低声说着，一边往前走了一步，把身后的门关上。'安妮现在已经不是我的学生了！'她一手放在门把手上，用庞大的身躯堵住门，不让我冲进去。

"'你骗了我，'我故意大声说，好让安妮也能听见，'你们俩都

骗了我，我不会就此罢休的！你这个卑鄙无耻的女人！'

"斯格默女士也越来越气愤，实际上，我气急败坏，都不知道自己说了些什么，就跟喝醉了一样。现在回过头想想，我才意识到自己当时的行为确实失去了理智，可这个讨厌的女人欺骗了我，我很为我妻子担心。

"'我只是好好教我的琴，'她说，'但你非要来找我的麻烦。你喝醉了，所以，等你明天好好想一想这件事，会后悔自己的冲动的！我不想再和你说话了，凯勒先生，你永远都不要再来敲我的门！'

"听到这话，我的愤怒爆发了，福尔摩斯先生，我失去了理智，大吼起来。

"'我知道她还一直到你这儿来，我敢肯定，你还在用你邪恶的想法蛊惑她！我不知道你这么做的企图是什么，但如果你想要从她的遗产里分得一杯羹，那我可以明确地告诉你，我会用尽一切办法，绝不让你染指半分！我要警告你，斯格默女士，除非我妻子完全摆脱了你的影响，否则我会时时处处阻止你的阴谋，不管你再说什么花言巧语，我都绝不会再上你的当了！'

"女人把手从门把手上拿开，握起拳头，看起来像是想动手打我。我之前说过，她是个身材高大结实的德国女人，我相信她能轻而易举地放倒绝大多数男人。但她克制住了自己的愤怒，她说，'应该是我警告你，凯勒先生。你赶紧走，永远不要再来了。如果你还敢来找我的麻烦，我就要喊警察来抓你了！'说完，她转过身，走进公寓，当着我的面把门狠狠关上了。

"我气得全身发抖，立刻离开了那里，我回到家，一心想着等到安妮回来，一定要严厉责备她才行。我敢肯定，她听到了我和斯格默女士的争吵，让我生气的是，她居然一直躲在那女人的客厅里不愿露面。对我来说，不用找什么理由否认我在跟踪她；她应该很清楚这一点。然而，让我万万没有想到的是，当我回到家时，她居然已经在家里了。我实在搞不明白——她不可能比我先离开斯格默女士的公寓，尤其那公寓还是在二楼。就算她真的设法比我先离开，也不可能在我回到家时，就把晚餐煮好。我当时十分困惑她到底是怎么做到的，直到今天，我还是百思不得其解。我们吃晚餐时，我等着她提起我跟斯格默女士争吵的事，她却什么都没说。我问她，她那天下午都干什么去了，她回答，'我开始看一本新的小说了，之前，我还去'物理和植物协会'的公园逛了一小会儿。'

"'又去了？你现在还没去腻吗?'

"'怎么可能会腻？那里很漂亮的。'

"'你去散步的时候，没有遇到斯格默女士吧，安妮?'

"'没有啊，托马斯，当然没有。'

"我问过她是不是搞错了，但她似乎对我下的定论非常生气，坚持说没有见过。"

"那她一定是在骗你，"我说，"有些女人很有撒谎的天分，总能让男人相信她们的话。"

"福尔摩斯先生，你不明白，安妮是不可能故意撒谎的，她不是那样的人。就算她撒了谎，我也能一眼看穿她的心思，当场就会和她对质。但那天不是，她真的没有对我撒谎，我从她脸上的表情就能看得出来。我确定，她对我和斯格默女士的争吵完全一无所知。我真不明白这一切到底是怎么回事。但我能肯定，她当时是在公寓里的，就像我能肯定她没有对我撒谎一样。我现在满脑子都是糊涂的。所以那天晚上我才着急给你写信，希望能得到你的意见和帮助。"

这就是客户交给我的谜团。虽然它看似微不足道，但我还是发现了其中几个有趣之处。我利用自己早已建立的一套逻辑分析方法，开始排除相互矛盾的结论，直到最后，只剩下一个可能的解释，因为我实在也找不到其他的可能来解释事情的真相了。

"在这家图书与地图专卖店，"我问，"你还记得见过除店主以外的其他员工吗？"

"我只记得那个老店主，没见过其他人。我感觉他应该是独自开店的，不过，他的状态似乎不太好。"

"怎么说？"

"我的意思是说，他的身体似乎不太好，不停地咳嗽，还咳得挺严重，视力显然也不行了。我第一次去那儿，问斯格默女士的住处时，他就用了一只放大镜来看我的脸。而这一次我去的时候，他似乎压根就没发现我走进了他的店。"

"我猜，是长年在灯光下埋头苦读造成的吧。不管怎么说，虽然我对蒙太格大街及其周边的环境相当熟悉，但我还是要承认，这家书店我并不了解。它里面的书多吗，你知道吗？"

"实话说，我还是知道的，福尔摩斯先生。告诉你吧，它是一家很小的书店——我觉得它以前应该就是住家——每个房间里都堆满了一排又一排的书，而地图似乎被放到了别的地方。书店门前贴着告示，请要买地图的顾客直接向波特曼先生咨询。可我记得我在店里没有看到过一张地图。"

"你有没有无意中问过波特曼先生——我猜这应该是店主的姓氏吧——问他有没有见过你妻子走进他的书店？"

"没有必要问他啊。我说过了，他的视力相当差。再说，我是亲眼看到她走进书店的，我的视力难道不比老店主好多了？"

"我并不是质疑你的视力，凯勒先生。这件事本身并不是那么棘手，但有几件事我必须亲自解决，我现在马上就和你去一趟蒙太格大街。"

"现在吗？"

"现在不就是星期四下午吗？"我扯出怀表链子，确认了时间是三点半。"我看，如果我们现在出发，也许还能在你妻子之前赶到波特曼书店。"我站起身去拿外套时，补充了一句，"从现在开始，我们必须小心谨慎，因为我们要面对至少一个情绪很复杂的女人。希望你妻子跟我的这块怀表一样，能够靠得住。不过，她如果这次能再迟到一会儿，那对我们反而有利。"

我们匆匆忙忙地从贝克街动身，很快就融入了伦敦拥挤喧闹的大街。朝波特曼书店走去的路上，我认真思考了这个案子的细节，很快就清醒地意识到，凯勒先生的这个问题其实真的是无关紧要的。实际上，如果我的好医生也在，这案子压根就不可能激起他的任何写作灵感。我想，在我刚开始做顾问侦探的头几年，遇到这样的小案子，也许会欢呼雀跃，但到了职业生涯的晚期，我绝对会把它送到别处。通常我会推荐几个年轻的后起之秀——赛斯·韦佛、南沃克的特雷弗，或丽兹·皮娜——他们都在顾问侦探这一行业表现出了相当的潜能。

然而，我必须承认，我对凯勒先生问题的关注并不是由于他冗长无趣的描述，而完全是出自于两方面的私人原因，它们毫无关联但同样私密：一，我对那恶名昭著的玻璃琴的好奇心——我一直都很想亲耳听一听它的声音；二，我在照片上看到的那张迷人脸庞勾起了我的兴趣。值得一提的是，我只能对其中一种好奇心做出解释，我觉得，是约翰经常说什么女性的陪伴有益健康，才勾起了我对异性短暂的兴趣。我只能以这种假设来解释自己不理性的感觉，除此之外，我实在不明白一个普通已婚女子的照片为何会对我有如此大的吸引力。

4

当罗杰问福尔摩斯是怎么得到两只日本蜜蜂时，福尔摩斯轻轻地抚摸着自己的胡须——沉思片刻后，他说起了他在东京市中心发现的一个养蜂场："能找到它纯属运气——如果当时我带着行李一起坐车走了，那也就看不到那个地方了，不过，我在海上被困了太长时间，想走路锻炼锻炼。"

"你走了很远吗?"

"应该是的——就是的，我确定我走了挺远的——但我记不起确切的距离了。"

他们在书房里，面对面坐着。福尔摩斯端着一杯白兰地，斜靠在椅子上，罗杰双手握着装蜜蜂的小瓶子，往前俯着身。

"你看，那天真的太适合散散步了，天气非常好，非常舒服，我迫不及待地想看看整座城市——"福尔摩斯的状态是放松的，他一边盯着男孩，一边回忆起了他在东京的那个早晨。当然，有些令人尴尬的细节他是不会说的。比如，他在新宿商业区寻找火车站时迷了路，当他穿梭在狭窄的街道里时，平常准确无误的方向感却完全消失了。而他差点错过开往神户港的列车一事就更没有必要告诉这个孩子了。还有，当他在宁静的养蜂场找到慰藉之前，他还曾经亲眼目睹了战后日本社会最糟糕的一面：在最繁华的市中心，男男女女挤在临时搭建的棚户区、集装箱和铁皮屋里；家庭主妇背着孩子，排着长队购买大米和红薯；人们挤进密不透风的车厢或坐在车顶，拼命抓住栏杆才不至于掉下车来；无数饥肠辘辘的亚洲面孔在大街上与福尔摩斯擦身而过，他们贪婪的眼神时不时也会扫一眼这个走在他们中间、迷失了方向的英国人（他拄着两根拐杖才能往前迈步，他隐藏在长长头发和胡子下的慌乱表情让人捉摸不透）。

最终，罗杰所知道的，只有福尔摩斯与城市蜜蜂的相遇过程，但男孩还是对所听到的故事入了迷。他温顺的脸上，两只蓝色的大眼睛睁得圆溜溜的，视线一刻都不曾从福尔摩斯身上转开，只是牢牢地盯着他沉稳而充满思考的眼眸，似乎在遥远而模糊的地平线上，看到了闪烁的微弱光线，瞥见了一个一闪而过而又存在于他接触范围之外的东西。反过来，聚焦在罗杰身上的那双锐利的灰色眼睛也充满了穿透力和亲和力，它们努力地想要弥合两人之间的年龄差距，而当白兰地被慢慢喝掉，小玻璃瓶被柔软的手掌握得越来越温热时，福尔摩斯饱经沧桑的声音让罗杰觉得自己比实际年龄要大了许多、成熟了许多。

福尔摩斯说，随着他越来越接近新宿市中心，他的注意力也被越来越多到处觅食的工蜂所吸引，它们绕着街道旁树下狭窄的花圃和居民住宅外的花盆嗡嗡飞舞。福尔摩斯决定跟踪它们的足迹，虽然他偶尔也会跟丢一只，但很快又能发现另外一只，就这样，他被带到了城市中心的一片绿洲。他数了一下，那里总共应该有二十个蜂群，每个蜂群都有能力每年生产出相当数量的蜂蜜。他不禁想，这些小动物真是太聪明了。它们生活在新宿地区，采集花蜜的地点肯定会随季节的变化而变化。九月花朵稀少时，它们也许要飞很远的距离，而在繁花盛开的春天和秋天，飞行的距离则大大缩短——四月樱花怒放时，它们的食物也会格外丰富。他对罗杰说，蜜蜂最厉害的一点在于，蜂群采集花蜜的距离越短，它们的效率也就会越高——在城市里，食蚜蝇、苍蝇、蝴蝶、甲壳虫等传粉昆虫的数量更少，所以，它们和蜜蜂之间对花蜜花粉的竞争也就越少——比起远郊，在东京周边地区显然更容易找到合适的食物来源。

但他一直没有回答罗杰最开始提出的关于日本蜜蜂的问题（孩子出于礼貌，也没有追问）。福尔摩斯并不是忘了这个问题，只是答案一时想不起来了，就像是对方的名字明明到了嘴边却硬是叫不出来。是的，那蜜蜂是他从日本带回来的；是的，它们确实是要送给男孩的礼物。但他记不清自己到底是怎么得到它们的了：或许是在东京的养蜂场（但这不太可能，因为他当时满脑子想的都是赶紧找到火车站），又或许是在他和梅琦先生旅行期间（他们到达神户之后，确实一起去了很多地方）。他担心，这次明显的记忆断层是年龄增长引起前额叶变化的结果，要不然，该如何解释有些记忆会完整无缺，而有些却偏偏严重受损呢？同样奇怪的是，他至今还非常清楚地记得童年时的一些片段，像是他走进阿方斯·本辛老师击剑沙龙的那天早晨（那个结实的法国男人摸着自己颇有军人风范的浓密胡须，警惕地打量着站在他面前的瘦高腼腆的男孩）；可现在，他有时拿出怀表看时间时，都已经记不起前几个钟头干了什么了。

可是，他依然相信，尽管有部分记忆已经丧失，但绝大部分回忆还是存在的。在他回国后的连续多个晚上,他都坐在阁楼的书桌旁——要么是继续他未完成的经典巨著(《侦探艺术大全》),要么是修改已问世三十七年之久的《蜜蜂培育实用指南》,为毕彻汤普森出版社的再版做准备——可他的思绪总是无法控制地要回到过去。所以,他很有可能写着写着就发现自己又回到了日本,在经过漫长的火车旅行后,站在神户的月台上,等待着、寻找着梅琦先生,打量着周围来来去去的人们——几个美国军官和士兵夹杂在日本当地人、商人和全家出行的人群之中;各种不同的声音和迅疾的脚步声回响在月台上,传进夜色中。

"夏洛克先生?"

一个身材纤瘦的男人仿佛是凭空出现般来到福尔摩斯身边,他戴着软顶帽,穿着白色开领衫、短裤和网球鞋。和他一起来的还有另一个男人,要年轻一些,但打扮是一模一样的。两人都透过金丝架的眼镜盯着他,其中年纪较大的那位——福尔摩斯猜他大概五十五岁左右,但亚洲人的年纪实在是很难看准——走到福尔摩斯面前,鞠了一躬;另一个也很快照做。

"我猜,您一定就是梅琦先生了。"

"正是,先生,"年纪较大的还保持着鞠躬的姿势,"欢迎您来到日本,欢迎您来到神户。能见到您真是我们的荣幸,能在我们家中招待您更是万分荣幸。"

虽然梅琦先生在信中就已经表现出了他对英文的娴熟运用,但当他开口说话时,那带着一丝英国口音的英语还是让福尔摩斯很是惊喜,这表明,他在日本国外曾经受过良好的教育。然而,福尔摩斯对他全部的了解仅限于他们对藤山椒的共同热爱。就是这份共同的兴趣，开启了他们之间长期的通信往来（梅琦是在看过福尔摩斯多年前发表的一篇专论后，首先给福尔摩斯写的信，那篇专论的标题是《论蜂王浆的价值及藤山椒对身体健康的益处》）。可由于藤山椒主要只生长在其起源地——日本的海边，所以，福尔摩斯一直还没有机会亲眼看看，更没有品尝过用它做成的料理。他年轻时，曾经多次错失了前往日本旅行的机会。所以，当梅琦先生邀请他去日本时，他意识到，如果他不抓住这次机会，也许就再没有时间去亲眼看看那些他只在书本上读到过的美丽花园了，也许这辈子都没有机会看一看、尝一尝那种让他着迷了这么多年的神奇植物了；他一直认为，藤山椒就和他钟爱的蜂王浆一样，其独特的性质能够延长人的寿命。

"这也是我的荣幸呢。"

"您太客气了，"梅琦先生直起腰，"先生，请让我给您介绍一下我的弟弟——健水郎。"

健水郎还鞠着躬，眼睛半闭着："先生——您好，您是个非常伟大的侦探，非常伟大——"

"你是叫健水郎吧？"

"谢谢您，先生，谢谢您——您是个非常伟大的——"

突然，福尔摩斯觉得这兄弟俩好奇怪：一个说起英文来不费吹灰之力，一个却几乎不会说什么英文。很快，他们就一起离开了火车站，这时，福尔摩斯注意到弟弟走动时臀部的扭动有些异常，就好像他现在提着的行李不知怎的让他有了女性的摇曳身姿，但福尔摩斯认定，这只是他天生的习惯，而非刻意的模仿（毕竟行李也不是那么沉重）。最后，当他们终于走到电车站后，健水郎把行李放下，拿出一包香烟："先生？"

"谢谢。"福尔摩斯抽出一支烟，放到嘴边。路灯下，健水郎刮燃了一根火柴，又用手掌挡住风。福尔摩斯弯腰靠近火柴时，看到那双纤细的手上留着斑斑点点的红色颜料，皮肤很光滑，手指甲修剪得很仔细，但指甲边缘却是脏兮兮的（他由此推断，这应该是一双艺术家的手，是画家的手指甲）。他细细品味着香烟，朝昏暗的街道望去，远处一个霓虹灯闪烁的小区周围，不少人在闲逛漫步。不知道什么地方正播放着爵士乐，乐声虽然微弱，但很欢快。在吞云吐雾的间隙，福尔摩斯还嗅到了肉类烧焦的味道。

"我猜您一定饿了吧。"梅琦先生说。自从他们离开火车站以后，他就一直默默地走在福尔摩斯身边。

"确实，"福尔摩斯说，"也挺累了。"

"既然如此，那就先请您在家里安顿下来——如果您没有意见的话，今天晚上就在家里吃晚饭吧。"

"非常好。"

健水郎开始对梅琦先生说话了，但说的是日文。他瘦削的双手疯狂地打着手势，一会儿去碰自己的帽子，一会儿又不断在嘴边摆出小细牙的形状——他嘴里的香烟早已摇摇欲坠。健水郎把话说完后，对着福尔摩斯露出大大的笑容，点着头，又微微鞠了一躬。

"他想知道您有没有把您那顶著名的帽子带来，"梅琦先生看上去显得有点尴尬，"我想应该是叫猎鹿帽吧。还有，您的大烟斗——

您带来了吗?"

健水郎还在点头，同时指着自己的软顶帽和嘴里的香烟。

"没有，没有，"福尔摩斯回答，"恐怕我从来没有戴过什么猎鹿帽，也没有抽过那种大烟斗。我猜，那只是作家为了让我显得与众不同，也为了多卖些书，添油加醋写出来的。在写作方面，我可没什么发言权。"

"哦。"梅琦先生的脸上露出幻想破灭的表情，而当他把这一答案转述给健水郎时，健水郎也露出了相同的表情（弟弟很快地鞠了一躬，看上去似乎还有点羞愧）。

"真的，没有必要这样。"福尔摩斯早已习惯人们问出这样的问题，实话说，他在戳破谣言时，往往还有一丝邪恶的满足感。"告诉他没关系的，真的没关系。"

"我们完全没有想到。"梅琦先生解释了一句，又赶紧去安慰健水郎。

"很少有人会想到的。"福尔摩斯低声说完，呼出了一口烟雾。

很快，电车就来了，它从亮着霓虹灯的地方向他们哐当哐当地开过来，健水郎拿起行李，福尔摩斯发现自己又一次朝街道远处望去。"你听到音乐声了吗?"他问梅琦先生。

"听到了。经常都能听到，有时候甚至是一整晚。神户没有什么旅游景点，所以，我们用丰富的夜生活来弥补。"

"是吗。"福尔摩斯眯起眼，想把远处灯火通明的夜总会和酒吧看个清楚，但还是看不到（电车越开越近，嘈杂的声音将音乐完全掩盖）。最后，他发现自己搭乘的电车离霓虹灯越来越远了，所穿过的地区到处是关了门的商店、空无一人的人行道和黑暗的街角。几秒钟之后，电车进入一片在战争期间被烧毁蹂躏的废墟——荒凉的土地上没有一盏路灯，只有城市上方的满月照亮了如剪影般摇摇欲坠的建筑。

就在这时，仿佛是神户荒废的街道加深了福尔摩斯的疲劳，他渐渐合上眼睛，身体也瘫倒在电车的座位上。这漫长的一天终于让他支撑不住了，几分钟之后，他剩余的一点力气也仅仅够让他从座位上醒来，再勉强爬完一段山路（健水郎走在前面，梅琦先生一直扶着他的胳膊）。他用拐杖敲着地面，温暖的海风从海上吹来，带来咸咸的味道。他呼吸着夜晚的空气，仿佛看到了苏塞克斯和那座他昵称为"寂静城堡"的小农庄（他曾在写给哥哥麦考夫的一封信中，把它称作"让我宁静祥和之地"），还有阁楼书房窗外悬崖峭壁的海岸线。他太想睡觉了，他眼前只看到家中整洁的卧室以及床上早已掀开的被单。

"就快到了，"梅琦先生说，"现在在您面前的就是我所继承的财产。"

前方，在街道尽头，有一幢与众不同的两层楼房，在这个全是传统日式民居的乡村，显得那么格格不入。这幢住宅显然是维多利亚风格的——漆着红色油漆，周围是一圈尖尖的栅栏，前院很像英式小花园。虽然房子周围一片漆黑，但一盏华丽的玻璃灯却照亮了宽阔的门廊，把整座房子映衬得像是夜空下的灯塔。可福尔摩斯太累了，他没有力气做出任何评价，甚至在跟着健水郎走进挂满新兴艺术品和玻璃装饰品的门厅时，他也什么话都没有说。

"我们收集了莱利、蒂芙尼、加勒，还有其他很多人的作品。"梅琦先生领着他往前走。

"看得出来。"福尔摩斯装作饶有兴趣的样子。从那之后，他就开始觉得轻飘飘的，就像飘浮在一个冗长而无趣的梦里。事后回想，他完全记不起在神户度过的第一个夜晚——他晚餐吃的什么，他们聊了些什么，他是怎么被带到自己房间的，就连那个满脸阴沉、名叫玛雅的女人，他也忘得一干二净，虽然是她帮他端来了晚餐、倒上了饮料，显然还帮他打开了行李。

第二天早上，她又来了。她拉开窗帘，叫醒福尔摩斯。她的出现并没有让他惊讶，他们之前见面时，他只是处于半清醒的状态，但他还是立刻反应了过来，这张面孔虽然冷淡，但毕竟是熟悉的。她是梅琦先生的太太吗？福尔摩斯心想，也许是管家？她穿着日式和服，灰色的头发梳着西式的发型。她看上去比健水郎年纪要大，但不会比梅琦先生大多少。她并不是个能吸引人的女人，样貌相当普通，圆头，塌鼻子，眼睛是斜着的两条细缝，看上去像只近视的鼹鼠。他得出结论，她一定是管家，毫无疑问。

"早上好。"他躺在枕头上看着她，嘟囔了一句。她没有理他，而是径直打开窗户，让海风吹进来。然后，她离开房间，但很快又端着一个托盘进来了，托盘上放着一杯热气腾腾的早餐茶，旁边还有一张梅琦先生手写的字条。当她把托盘放到床边的桌子上时，他突然脱口而出，用日语说了一句"早上好"，这是他知道的为数不多的几句日语之一。可她仍然没有理会他，这一次，她走进旁边的浴室，帮他打开洗澡水。他懊恼地坐起身，一边喝茶，一边看着那张字条：

> 有些事情必须要去处理。
>
> 健水郎在楼下等您。
>
> 天黑之前我就回来了。

> 梅琦

他对自己用日语说了句"早上好"，心里有些失望，也有些担心，害怕他的到来扰乱了这个家的秩序（或者，梅琦先生在邀请他时压根就没想到他会应邀，又或者，当梅琦先生在车站发现等来的只是个行动不便的老头时，他失望了）。玛雅从房间离开，福尔摩斯觉得松了一口气，但想到要和交流不便的健水郎共度一整天，又不免心情阴沉起来，一切重要的事项——吃什么、喝什么、上厕所、睡午觉等等，都只能用手势来比画。他又不可能一个人去逛神户，万一被东道主发现他独自偷溜出去，无异于对东道主的羞辱。他开始洗澡，不安的感觉越来越强烈。虽然以绝大多数人的标准来看，他都算得上是一个见过世面的人，但他几乎半辈子都隐居在苏塞克斯，而现在，置身完全陌生的国家，身边连个能说流利英语的导游都没有，他不免觉得手足无措。

可穿好衣服，在楼下见过健水郎之后，他的担忧反而消失了。"早——早——上——好，先生。"健水郎微笑着，结结巴巴地说。

"早上好。"

"啊，是的，早上好——好，非常好。"

接着，福尔摩斯吃了一顿简单的早餐，绿茶加拌着生鸡蛋的米饭。吃的过程中，健水郎一再点头赞扬他使用筷子的娴熟技巧。没到中午，他们已经在外面一起散步，享受着清澈蓝天下的晴好天气了。健水郎和小罗杰一样，一直扶着福尔摩斯的胳膊，指引着他前进。而福尔摩斯在睡过一个好觉，又冲了一个澡后，恢复了生机，他感觉一个焕然一新的自己在体验着日本的一切。白天的神户和他夜晚从电车窗户里看到的荒凉之地完全不同（被毁的建筑不见了踪影，街上到处是走路的行人）。小贩占据了中心广场，孩子们快乐地四处跑着。无数间面条店里传出闲聊和水烧开的声音。在城市北边的山丘上，他还瞥见了一整片维多利亚风格和哥特风格的住宅，他想，它们也许最开始就是属于外国商人和外交官的。

"能不能问问你，你的哥哥是做什么的，健水郎？"

"先生——"

"你的哥哥——他是做什么的——他的工作？"

"这个——不——我没听懂，我只懂一点点，不懂很多。"

"谢谢你，健水郎。"

"是的，谢谢您——非常感谢您。"

"今天天气这么好，虽然你说不了几句英文，但有你陪伴，我还是很开心的。"

"我同意。"

然而，当他们越走越远，穿过街角和繁华的大街后，福尔摩斯开始察觉到处处都充斥着饥荒的迹象。公园里，打着赤膊的孩子们并没有像其他小孩一样跑来跑去，而是迟钝地站着，面容憔悴，身上瘦得皮包骨头。乞丐们在面条店门口乞讨，就连那些看起来丰衣足食的人们——例如面条店的老板、顾客和情侣们，也都带着同样渴求的表情，只是不那么明显。在福尔摩斯看来，这些人在日常生活之下，掩盖着一种无声的绝望：在微笑、点头、鞠躬和彬彬有礼的背后，隐藏了一种别的营养不良的东西。

5

旅行期间，福尔摩斯经常感觉到，每个人的生存状态中都充满
了无限的渴求，其真实的本质，他还无法完全理解。虽然这种不可
言喻的渴求并不存在于他的乡村生活，但他还是会时常看到它，尤
其是在那些不断入侵他领地的陌生人身上，这种渴求也随着时间推
移而变得越来越明显。早些年，入侵者们往往是喝得酩酊大醉、想
要来赞美他一番的大学生们，案子破不了、想要寻求帮助的伦敦侦
探们，偶尔还会有来自盖博训练营的年轻人们（盖博是距离福尔摩
斯家半英里左右的著名训练基地），或者是外出度假的一家人，个个
都希望能见一见传说中著名的大侦探。

"对不起，"他无一例外地对他们说，"但你们必须尊重我的隐
私。请你们现在马上离开。"

第一次世界大战给他带来了些许宁静，前来敲他门的人越来越
少；第二次世界大战横扫欧洲时，也出现了类似的情况。可两次大
战期间，入侵者们又大举回归，且成员也渐渐发生了变化：想要福
尔摩斯亲笔签名的人、记者、来自伦敦和其他地方的读者们；而跟
这些爱交际的人们形成鲜明对比的还有身体伤残的退伍老兵，其扭
曲的身体将永远被禁锢在轮椅上，他们四肢不全，只有一息尚存，

这些人就像是上天残酷的礼物，出现在他家门前的台阶上。

"非常抱歉，我真的——"

有些人的要求很容易拒绝，例如聊天、照片、签名之类；但有些人想要的东西虽然不合情理，却很难说不——他们也许只想要他把手放在他们头上，轻声说几句有魔力的咒语（仿佛他们一切的病痛不幸都可以由他、且只能由他来最终解决）。即便如此，他也还是坚持拒绝，还往往会去责备那些陪着一起前来的护工，说他们不该把轮椅推过"闲人免进"的标志牌。

"请马上离开，否则我就要通知苏塞克斯警局的安德森警官了！"

直到最近，他才稍稍放松了这一严格的规定，甚至还和一位年轻的母亲以及她的孩子坐了一会儿。一开始，罗杰发现了她，她蹲在香料园旁边，她的孩子被包在奶白色的围巾里，头靠在她裸露的左胸上。当罗杰带着福尔摩斯去找她时，福尔摩斯一路狠狠地用拐杖敲着地，故意用她能听到的声音大声发着牢骚，说任何人都不可以进入他的花园。但当他看到她时，他的愤怒消失了，他甚至犹豫着不敢靠近：她瞪着一双宁静的大眼睛抬头看着他（她脏兮兮的脸上满是迷惑，黄色的衬衫连扣子都没有扣——上面满是泥渍，很多地方还被撕开了——这说明她确实是走了很远的路来找他的）。她用肮脏的双手，把包裹在围巾里的婴儿递给了他。

"你赶紧回屋，"他低声命令罗杰，"给安德森打个电话，告诉他事情很紧急，说我在花园里等他。"

"好的，先生。"

他看到了男孩没有看到的细节：母亲颤抖的双手中抱着的是一

具小小的尸体，脸颊已经变成了紫色，嘴唇是蓝黑色，无数的苍蝇正从那手织的围巾中爬出来或围绕飞舞着。罗杰离开后，福尔摩斯把拐杖放到一边，费了一番力气，才在那女人身边坐下。她又把那团围巾塞给他，他轻轻地接过来，把孩子抱在胸前。

等到安德森赶到时，福尔摩斯已经把孩子还给了她——他和安德森警官在小路上并肩站了一会儿，两人都看着女人胸前的那团包裹（她一再把乳头往孩子僵硬的嘴里塞）。救护车的警笛声从东边呼啸而来，越来越近，最后在农舍大门口停了下来。

"你觉得这是绑架吗？"安德森摸着自己微微卷曲的小胡子，低声问。他问完以后，嘴巴还张着，眼睛盯着那女人的胸口。

"不是，"福尔摩斯回答，"我认为这根本不是什么犯罪案件。"

"真的吗？"警官反问，福尔摩斯察觉到他的语气中有一丝不悦：原来这并不是什么重大谜案，他失去了一个跟小时候崇拜的英雄并肩破案的机会。"那么你的想法是什么？"

福尔摩斯看着女人的双手，向他娓娓道来。看她手指甲里、衣服上和皮肤上的泥土灰尘，她应该曾经在泥巴地里走过。她还用手挖过泥巴。她的鞋子也沾满了泥巴，但鞋子却很新，好像没怎么穿过。不过，她还是走了一段距离，最远不会超过西福德。看她的脸，你会发现一个失去新生儿的母亲的痛苦："你联系一下西福德的同事，问一问有没有哪个小孩子的坟墓在半夜被挖开，孩子尸体不见了的。再问一问，孩子的妈妈是不是也失踪了。问问看，孩子是不是叫杰弗瑞。"

安德森像是被人扇了一耳光，飞快地看了福尔摩斯一眼："你怎么知道的？"

福尔摩斯苦笑着耸耸肩："我也不知道，至少还不能确定。"

蒙露太太的声音从农舍前院传来，她在告诉救护人员该怎么走。

穿着制服的安德森显得有点绝望，他皱起眉头，扯着自己的胡子，问："她为什么要到这儿来？她为什么要来找你？"

一片云朵遮住太阳，在花园里投下长长的影子。

"是希望吧，我猜。"福尔摩斯说，"很多人觉得，当事情变得走投无路时，我也许能帮他们找出答案。除此之外，我也不知道是为什么了。"

"那你怎么知道孩子是叫杰弗瑞的呢？"

福尔摩斯解释：他在抱着孩子的时候，就问过孩子叫什么名字了。他似乎听到她说杰弗瑞。他问孩子多大，可她只是痛苦地盯着地上，没有回答。他问孩子是在哪儿出生的，她还是没有回答。她到底走了多远才到这儿的呢？

"西福德。"她一边喃喃说了一句，一边把苍蝇从前额赶开。

"你饿了吗？"

没有回答。

"你想吃点什么吗，亲爱的？"

没有回答。

"我想你一定非常饿了。你要喝水了吧？"

"我觉得这是一个愚蠢的世界。"最后，她终于说了一句，说完，伸手接过围巾。

如果当时他也能对她说句心里话，那么，他会同意她的说法的。

6

在神户，以及在他们后来向西的旅行中，梅琦先生有时会问到关于英格兰的问题。问题很多，比如，福尔摩斯有没有去过吟游诗人的起源地、埃文河畔的斯特拉福德，有没有在神秘的巨石阵中漫步过，有没有去看过数个世纪来让无数艺术家灵感迸发的康沃尔海岸线。

"还真去过。"他一般会如此回答，再做详细的说明。

英国那些伟大的城市是否都躲过了战争的摧残？英国人民在德军的空中轰炸之下是否还保持着坚强的意志？

"大体来说，是的。我们是不可战胜的，你也知道。"

"胜利会让人们的意志更加坚定，你说呢？"

"我觉得也是。"

而回到英国以后，罗杰又开始问他关于日本的问题（只不过他问得没有梅琦先生仔细）。一天下午，罗杰把养蜂房周围长长的野草都拔掉，好让蜜蜂们能不受任何阻碍地自由来去，然后，他陪着福尔摩斯来到了附近的山崖。他们小心翼翼、一步一步走下了漫长而陡峭的小路，最终来到山崖下的海滩。朝两边望去，全是延伸数里的碎石和瓦砾，间或有几个浅滩及满潮池（每次海水涨潮时，就会把池子灌满，形成了绝佳的海水浴场所）。天气晴好时，还可以看见远处库克米尔村所在的小海湾。

此刻，他们的衣服都整齐地叠放在岩石上，他和男孩已经舒服地躺进了他们最喜欢的一个池子，海水没到胸口，肩膀刚好露出水面，远处海面上反射着午后的阳光，波光粼粼。他们躺好以后，罗杰看着他，用一只手挡在眼睛上遮住阳光，问："先生，日本的大海和英伦海峡像吗？"

"差不多吧，至少我看到的是差不多的。海不就是海，对不对？"

"那里有很多船吗？"

福尔摩斯也伸出手挡住自己的眼睛，他发现，孩子正好奇地盯着自己。"有啊。"他回答，可他也不确定在他记忆里穿梭的那些油轮、拖船和驳船到底是在日本看到的，还是在澳大利亚的港口看到的。"毕竟，日本是个岛国嘛，"他分析道，"他们和我们一样，离海并不远。"

男孩把自己的脚跷到水面上，在海水的泡沫中漫不经心地扭着脚趾头。

"他们都很矮，是真的吗？"

"恐怕这倒是千真万确的。"

"跟侏儒一样吗？"

"比侏儒高。他们的平均身高也就跟你差不多吧，孩子。"

罗杰把脚放了下去，扭动的脚趾头不见了。

"他们是黄色的吗？"

"你问的是什么？皮肤还是性格①？"

"他们的皮肤——是黄色的吗？他们有兔子那样的大牙齿吗？"

"比黄色要暗。"福尔摩斯一手按着罗杰被太阳晒黑的肩膀，"和这个颜色很像，懂了吧？"

"那他们的牙齿呢？"

他笑着说："我不能确定。但如果我真见过像兔子门牙那么大的牙齿，我想我一定会记得的，所以，我猜，他们的牙齿应该和你我的差不多。"

"哦。"罗杰嘟囔了一句，有一会儿没有再说话。

福尔摩斯猜，是那两只蜜蜂点燃了男孩的好奇心：那两个被密封在瓶子里的小生物和英国的蜜蜂有相似也有不同之处，它们暗示了一个平行世界的存在，在那个世界里，一切都是类似的，但又不完全一样。

没过多久，他们爬回陡峭的小路，罗杰的问题又开始了。现在，男孩想知道的是日本的城市中是否还保留着被盟军轰炸后的痕迹。"有些地方还有。"福尔摩斯回答。他想，罗杰对飞机、空袭和战争伤亡的兴趣，也许跟他父亲的英年早逝有关，他也许是想从残酷的战争细节中找到某些答案吧。

"你看到扔那炸弹的地方了吗？"

他们停下来休息，在标志着小路一半路程的长椅上坐着。福尔摩斯把长长的双腿伸向悬崖的边缘，远眺英伦海峡，想着两个字：

---

① 黄色（yellow），在英文中也有性格怯懦的含义。——译者注

炸弹。那可不是什么燃烧弹，也不是地雷弹，而是原子弹啊。

"他们叫它闪光爆炸弹，"他告诉罗杰，"是的，我看到其中一枚扔下去的地方了。"

"那里的人看上去都是病快快的吗？"

福尔摩斯继续盯着大海，看着灰色的海水在夕阳的映照下变得通红。他说："那倒没有，绝大多数人看上去并不像有病的样子。不过，有一部分人确实是病快快的——我实在很难形容，罗杰。"

"哦。"男孩带着一丝困惑的表情看着他，不再说什么。

福尔摩斯发现自己突然想起了蜂群生命周期中可能出现的最不幸的一种状况，那就是：如果突然失去了蜂后，而又没有可以利用的资源培育新的蜂后时，该怎么办。而弥漫在普通日本人中的那种深层次的伤痛、那未曾表达出来的绝望，就像一尊隐隐约约的棺木，悬挂在绝大多数日本民众的头上，他又该如何解释？日本是个隐忍而沉默的民族，外人很难察觉他们的绝望，但它始终存在——它回荡在东京和神户的大街小巷，显露在年轻人严肃的脸庞上，折射在饥肠辘辘的母亲和孩子们空洞的眼神中，也反映在前一年日本流行的一句话里："神风没有吹起。"

在神户的第二天晚上，福尔摩斯和东道主坐在一间拥挤的小酒馆里，享用着美味的清酒。一个喝醉了的客人穿着破破烂烂的过时军装，摇摇晃晃地从一桌走到另一桌。当店主把他请出门时，他一边走，一边高声用日语喊着："神风没有吹起！神风没有吹起！神风没有吹起——"梅琦先生将这句话的意思翻译给了福尔摩斯听。

而就在这个醉汉发酒疯之前，他们恰好正在讨论投降后的日本现状。或者更准确地说，是梅琦先生突然把话题从旅行的日程安排跳开，问到了福尔摩斯有没有察觉到，占领日本的盟军所谓自由民主的言论和他们持续打压日本诗人、作家、艺术家的行为根本是自相矛盾的："这么多人都在忍饥挨饿，可我们却不能公开批评占领军，您难道不觉得这简直是莫名其妙吗？我们不能作为一个国家的整体，哀悼我们所失去的一切，甚至不能为死去的亲友写一段公开的悼词，不然就会被人认为是在鼓吹军国主义精神。"

"老实说，"福尔摩斯把酒杯端到嘴边，承认道，"我对这些实在知之甚少，对不起。"

"不，不要说对不起，是我不该提这些。"梅琦先生已经通红的脸变得更红了，显出疲态和醉意。"话说回来，我们这是在哪儿啊？"

"应该是广岛吧。"

"对了，您很想看看广岛——"

"神风没有吹起！"几张酒桌开外的醉汉突然大喊起来，所有人都吓了一跳，但梅琦却不动声色。"神风没有吹起——"

梅琦没有受到任何惊扰，他给自己又倒了一杯酒，再给健水郎倒了一杯，健水郎每次都把清酒一饮而尽。醉汉大吵大闹后，很快被请出酒馆，福尔摩斯发现自己偷偷打量起了梅琦。梅琦每喝下一杯酒，神情就变得愈发阴沉——他若有所思地盯着桌子，满脸沮丧，像个因受到责骂而噘着嘴的小孩（这样的气氛感染了健水郎，他平常开朗的脸上也露出了阴冷和孤僻的表情）。最后，梅琦先生终于看了他一眼："那个——我们说到哪儿了？哦，对了，我们往西的行程，您想知道途中会不会经过广岛。会，我可以告诉您，会经过的。"

"如果你不反对的话，我真的很想看看那个地方。"

"当然没问题，我也想看看。老实说，我还是战争之前去过那里，后来就只在坐火车时路过了。"

福尔摩斯从梅琦先生的语气里听出了担忧，但他转念一想，也许他只是太累了。毕竟，那天下午，梅琦先生和他见过面以后，就去别的地方忙自己的事了，等他再回来时，和在车站体贴殷勤的模样完全不同，似乎已经筋疲力尽。而福尔摩斯在健水郎的陪同下，参观完市区，又美美地睡了一个午觉后，到了晚上反而完全清醒，与梅琦先生极度疲惫的状态形成了鲜明对比（幸好梅琦不断地喝酒抽烟，强打精神，才让旁人不至于觉得他厌烦）。

其实，福尔摩斯早就注意到了他的疲态。之前，他打开梅琦书房的房门时，发现他站在书桌后面，陷入了沉思，他的大拇指和食指压在眼皮上，手边还放着一捆没有装订的手稿。他戴着帽子，穿着外套，显然是刚刚到家。

"不好意思……"福尔摩斯突然觉得自己太唐突了，可他醒来时，面对的是悄无声息的房子，所有的门都是紧闭的，看不到其他任何人，也没有一丝动静，所以，他才贸然闯入书房。他并非有意冒犯，但还是违反了自己一直以来所遵循的原则：他这一辈子都坚信，一个人的书房是神圣的，是个人反思的庇护所，是躲避外界烦扰的避风港，是完成重要工作的场所，或者说，至少是通过文字与不同的作者进行思想上私密沟通的地方。所以，他在苏塞克斯家中的阁楼书房是他最珍视的房间，虽然他从来不曾明说，但蒙露太太和罗杰都明白，一旦书房的门关上，那他们就是不受欢迎的人了。"我不想打扰您——但像我这把年纪的老头，也不知道是为什么，总是喜欢闯进别人的房间。"

梅琦先生抬起头，没有丝毫惊讶："恰恰相反，您来了我很高兴。请进来吧。"

"我真的不想再打扰你了。"

"事实上，我以为您还在睡觉，否则我肯定就要请您过来了。进来吧，随便看看，告诉我，您觉得我的书房怎么样。"

"那就恭敬不如从命了。"福尔摩斯朝占据了一整面墙的柚木书架走去，一边走，一边观察着梅琦先生的举动：他把手边的稿纸放在整整齐齐的书桌中央，又把头上的帽子摘下来，小心地盖在手稿上。

"很抱歉我之前去处理自己的事情了，但我想，我的同志应该好好照顾您了吧。"

"啊，是的，是的，除了语言沟通上的障碍之外，今天我们在一起过得还是很开心的。"

就在这时，玛雅在走廊的另一头喊了起来，语气有些急躁。

"抱歉，"梅琦先生说，"我去去就来。"

"不着急。"福尔摩斯此刻已经站到了摆得密密麻麻的书架前。

玛雅又喊了一声，梅琦匆匆忙忙朝她走去，忘了关上身后书房的门。他离开后，福尔摩斯一直盯着那些书，目光从一排书架扫到另一排书架。绝大多数都是硬皮的精装本，且书脊上大都印着日文。但有一个书架全是西方书籍，还被仔细分成了不同的类别——

美国文学、英国文学、戏剧，还有很多的诗歌（惠特曼、庞德、叶芝，以及很多本关于浪漫主义诗人的牛津教材）。在此之下的一层书架则几乎摆满了卡尔·马克思的著作，只在最边上塞了几本西格蒙德·弗洛伊德的书。

福尔摩斯转过身，打量着整间书房，房间虽小，但整理得井井有条：一张阅读椅、一盏落地灯、几张照片，书桌后面的墙上高高挂着一个镜框，里面似乎是大学文凭。就在这时，他听到了梅琦和玛雅之间的对话，他没有听懂，只知他们时而激烈地争论，时而又陷入突然的沉默。正当他想去走廊偷偷看一眼时，梅琦先生回来了，他说："她没搞清楚晚餐的菜单，所以，我们吃饭的时间恐怕要推迟一点了。希望您不要介意。"

"当然不会。"

"在此期间，我想喝一杯去。附近就有间酒吧，很舒服的，可以边喝酒边安排我们的旅行——当然，如果您觉得可以的话。"

"听起来不错。"

于是，他们便出门了。他们悠闲地走到拥挤的小酒馆时，天色已黑，而他们待的时间也比原先计划的久了一点——直到酒馆里的人越来越多、越来越吵，他们才回家。晚餐很简单，有鱼、蔬菜、蒸米饭、味噌汤，都是由玛雅端到餐厅来的。他们一再邀请她一同吃饭，她却拒绝了。福尔摩斯的指关节拿筷子拿到发痛，他刚把筷子放下，梅琦先生就建议到书房去："如果您不介意的话，我想给您看一样东西。"说完这话，两人便从餐桌离开，一起走进了走廊，留下健水郎独自一人面对没有吃完的晚餐。

那天晚上，酒精和食物的混合作用让福尔摩斯觉得疲倦，但他对在梅琦书房里所发生的一切都记忆犹新。梅琦与之前完全判若两人，变得格外活跃，他微笑着请福尔摩斯在椅子上坐下，又拿出一支牙买加雪茄，点燃了火柴。福尔摩斯舒服地坐着，他把拐杖交叉放在膝盖上，悠闲地抽着雪茄，看着梅琦打开了书桌的一个抽屉，从里面拿出一本薄薄的硬皮书。

"您看这是什么？"梅琦先生走上前，把书递给他。

"这是俄国的版本。"福尔摩斯接过书，马上就注意到了封面和书脊上的皇家纹饰。他仔细地看起来——他用手抚过红色的封面和纹饰周围金色的镶嵌图案，眼睛迅速地扫过内页——然后得出结论，这是一本极其稀有的流行小说翻译版本：《巴斯克维尔的猎犬》。只印过这一版吧，我猜。"

"正是，"梅琦先生的语气很是高兴，"是特别为沙皇私人收藏而设计的版本。据我所知，他很喜欢看关于您的故事。"

"真的吗？"福尔摩斯把书还给梅琦。

"当然是真的，千真万确。"梅琦走回书桌前，把这本稀罕的藏书放进抽屉，又补充了一句，"我想您也能猜到了，这是我书房里最珍贵的一本书，不枉费我花大价钱把它买下。"

"那是自然。"

"您一定有很多关于自己冒险经历的书吧——各种不同的语言翻译、各种不同的版本。"

"实际上，我一本都没有，哪怕是最不值钱的平装书也没有。跟你说实话，我其实只看过几个故事，那还是很多年之前的事了。我没法让华生搞明白归纳法和演绎法之间的基本区别，所以我也懒得再教育他了。我不想看他利用事实编造出来的故事，那些不准确的细节简直让我快要疯了。你知道吗，我从来不叫他华生，我叫他约翰，就是约翰而已。不过，他真是个很有技巧的作家，非常有想象力，擅长虚构胜过写实，我敢说。"

梅琦先生的眼睛盯着福尔摩斯，眼神里带着一丝困惑。"怎么可能？"他一边问，一边跌坐在书桌前的椅子上。

福尔摩斯耸耸肩，吐出一口烟，说："恐怕我说的都是事实。"

接下来发生的事让福尔摩斯记得非常清楚：梅琦先生由于喝了酒，脸还是通红的，他长长地吐了一口气，仿佛也在抽烟。他若有所思地沉默了半晌，才重新开口说话。他微笑着承认，得知那些故事并非完全写实，他也并不十分意外。"您的能力——或者，我应该说，故事中主人公的能力，让我觉得不可思议，从各种细枝末节的观察中得出明确的结论，这也太神奇了，您不觉得吗？我的意思是，您确实不太像我在书中读到的那个人物。该怎么说呢，您看上去没有那么夸张，没有那么有趣。"

福尔摩斯略微有些责备地叹了一口气，挥了一下手，似乎在扇走烟雾。"呃，你说的是我年轻时傲慢自大的样子。我现在是个老人家了，你还是个孩子的时候，我就已经退休了。现在回想起来，年轻时的自负实在让我觉得很惭愧，真的。你知道吗，我们也曾搞砸过不少重要的案子——很遗憾啊。当然，谁想看失败的事例呢，我反正是不会看的。但我可以相当肯定地告诉你，有些成功案例也许有些夸张，但你提到的通过观察得出不可思议的结论却不是夸张。"

"真的吗？"梅琦先生又沉默了，他深吸一口气，然后说，"我想知道您对我的了解是什么？您在这方面的天赋没有也退休吧？"

　　事后回想起来，福尔摩斯觉得，这跟梅琦先生当时的原话也许并不是一模一样的。不过，他记得自己仰起头，盯着天花板，一手拿着正冒烟的雪茄，慢慢开口道："我对你的了解是什么？嗯，你流利的英语说明你在国外受过正式的教育，从书架上老版的牛津书来看，我敢说，你应该是在英国念的书，而墙上挂着的文凭也可以证明我的推断。我还猜，你的父亲可能是位外交官，非常喜欢西方事物，要不然，他怎么会选择这样一个非传统风格的家——如果我没记错的话，这房子是你继承来的吧——再说，如果他不喜欢西方，也不会把自己的儿子送去英国学习，毫无疑问，他与英国是有些渊源的。"他闭上眼睛，"至于你，亲爱的民木，我可以很容易地推断出来，你是个爱好写作且饱读诗书的人。实际上，从一个人所拥有的书中我们就可以了解关于这个人的很多事。以你的例子来说，你对诗歌显然很有兴趣——尤其是惠特曼和叶芝的诗——这就告诉我，你对诗情有独钟。可是，你不仅仅是读诗，你还经常写诗，十分经常地写诗。你自己大概都没有意识到，你今天早上留给我的纸条实际上就是用了俳句的形式，我想，是五七五格式的变体吧。我还猜，放在你桌上的那份手稿大概是你尚未出版的作品集，当然了，除非亲眼看到，我还无法确定。我之所以说尚未出版，是因为你开始很小心地把它藏在了帽子下面。这不禁又让我想起了你之前离开说要去办的事。你回来时带着自己的手稿——而且，我还得补充一句，你显得多少有些沮丧——那么，我猜，你今天早上是带着稿子出门的。可什么样的事会需要一个作家带着他尚未出版的手稿呢？为什么他回来时仍旧带着稿子，心情却很低落呢？很有可能是他见过了某位出版商，但会面进行得并不顺利。我想，也许是他觉得你的作品质量还没有达到出版的要求，可转念一想，应该不是，我觉得，是你写作的内容而非作品的质量受到了质疑，不然，你为什么要义愤填膺地表达对盟军持续压迫日本诗人、作家、艺术家的抗议？一个在书房里收藏了大量马克思作品的诗人，应该不会是天皇军国主义的拥护者，因此，先生，最有可能的情况，你是一位安逸的共产主义者。当然，这也就意味着，无论是占领的盟军，还是那些仍然尊崇天皇权威的人，都会把你视作审查的对象。你今天晚上把健水郎称作同志，在我看来，用这个词来称呼自己的兄弟实在有些奇怪，但这也就暗示了你在意识形态上的倾向性以及你的理想。当然，健水郎并不是你的弟弟，对不对？如果他是，毫无疑问你的父亲会把他也送到英国，追随你的步伐，那我和他也就能更好地沟通了。奇怪的是，你们俩同住在这间屋子里，穿着打扮又是如此相似，你总是用'我们'来代替'我'，就像结了婚的夫妻一样。当然了，这一切都不关我的事，但我还是相信，你其实是家中的独子。"壁炉上的钟开始报时，他睁开眼睛，盯着天花板。"最后——我希望你不要生我的气——我一直在想，在时局如此艰难的时候，你是怎么一直过着这舒适的生活的？在你身上，我完全看不出一丝贫困的迹象，你家里有个管家，你对自己收藏的昂贵玻璃艺术品引以为傲——这一切，已经超出了中产阶级的范围了，你不觉得吗？从另一个方面来说，如果一个共产主义者在黑市搞点小交易，我觉得反倒显得他不是那么虚伪做作，尤其是如果他开的价钱很合理，又让占领他祖国的资本主义者付出了一定代价的话。"福尔摩斯深深叹了一口气，沉默了。最后，他补充一句："当然，还有其他的细节，我敢肯定，但目前我还没有注意到。你看，我确实没有以前的记性好了。"说完这话，他低下头，把雪茄塞到嘴里，朝梅琦投去疲惫的眼神。

"这太神奇了。"梅琦难以置信地摇着头，"真的太不可思议了。"

"这没什么，真的。"

梅琦努力想要镇定下来。他从口袋里摸出一支香烟，夹在指缝里，但并没有点燃。"除了一两个错误之外，您真是把我完全看透了。我虽然确实偶尔出入黑市，但从来只买东西。实际上，我父亲家财万贯，这就确保了家人都能得到良好的照顾，但并不意味着我不能支持马克思。还有，说我家里有个管家也不太准确。"

"我的推理本也算不上是什么精准的科学，你知道的。"

"已经很令人震惊了。但不得不说，您对我和健水郎的观察还不太准。恕我直言，您自己也是个单身汉，也同另一个单身汉同住过很多年。"

"我可以向你保证，那是纯精神上的友谊。"

"您要这么说，就这么说吧。"梅琦继续看着他，突然又露出震撼的表情，"这真的很不可思议。"

福尔摩斯的表情却变得困惑了："难道我弄错了吗？那个帮你做饭料理家务的女人——玛雅，她是你的管家吧，对不对？"梅琦先生显然是自己选择单身的，可就在这时，福尔摩斯也觉得奇怪了，回想起来，玛雅的举止更像是不受宠的配偶，而非受雇的帮佣。

"从语意上也可以这么说吧，不知道您是不是这个意思，但我还是不愿把自己的母亲看作是管家。"

"那当然，当然。"

福尔摩斯搓着手，吐出蓝色的烟圈，实际上却在努力掩饰着自己的疏忽：他居然忘记了梅琦和玛雅之间的关系，梅琦在介绍玛雅时，一定跟他说过。又或者，他转念一想，是梅琦自己忘记介绍了——也许他从头到尾本就不知此事。无论怎样，他都不值得再为这点小事烦心了（就算是他弄错了，也完全可以理解，毕竟那个女人看起来太年轻了，并不像梅琦的母亲）。

"抱歉，我现在该告辞了，"福尔摩斯把雪茄烟从嘴里拿出来，"我累了。明天一大早我们就要出发了吧?"

"是的，我也马上要去睡了。我只想再说一次，非常感谢您的到访。"

"别胡说了，"福尔摩斯拄着拐杖站起来，把雪茄烟叼在嘴角，"是我应该感谢你才对。祝你睡个好觉。"

"您也一样。"

"谢谢你，我会的。晚安。"

"晚安。"

说完这话，福尔摩斯便走进昏暗的走廊。灯光已经熄灭，前方的一切都沉浸在黑暗之中，但还是有些许光线从前面一扇虚掩着的门缝里透出来。他朝那光线慢慢走去，终于站在了透着光亮的门口。他往房间里偷偷看去，看到健水郎正在工作：在一间装饰简陋的起居室里，健水郎赤裸上身，弯腰站在一幅画布前。从福尔摩斯所站的有利角度望去，画布上像是一片血红的风景，还散布着各种不同的几何图形（笔直的黑线、蓝色的圆圈、黄色的正方形等）。他认真观察，发现在光秃秃的墙边堆着不少大小不一、已经完成的画作，大多是红色的，而在他可以看到的作品中，都呈现出荒诞凄凉的风格（摇摇欲坠的楼房、苍白的躯体摊在血红的底色上、扭曲的四肢、紧握的双手、没有脸孔的头颅和杂乱堆在一起的内脏）。画架周围的木地板上是无数滴落的颜料，像溅出的血迹。

后来，当他躺在床上时，他思考起了诗人与艺术家之间压抑的关系——两个对外宣称是兄弟的男人，却像夫妻般生活在同一屋檐下，毫无疑问，还睡在同一张床上。玛雅虽然对他们忠心耿耿，却也不免会以批判的眼光去看待吧。他们过着一种隐秘的生活，必定是处处谨小慎微。但他怀疑，他们还有别的秘密，也许很快他就能得知其中一二了。他现在推测，梅琦先生给他写信的动机恐怕远不止信中所书。信中只是提出邀请，而他没有多想便欣然应邀。第二天早上，他和梅琦即将踏上旅途，健水郎和玛雅将留在这幢大房子里。他睡前心想，你把我引诱来此，真是费尽了心机。但最后，想着想着，他的眼睛慢慢闭上了，沉入了梦乡，直到一阵低沉而熟悉的嗡嗡声突然刺痛他的耳朵。

Ⅱ　养蜂艺术二

7

福尔摩斯醒来了，喘着粗气：发生了什么事？

他坐在书桌前，看着阁楼的窗户。外面，呼啸的狂风单调而一成不变地吹着，吹得窗框嗡嗡抖动，掠过屋檐的水槽，摇动着院子里的松枝，毫无疑问也吹乱了他花圃里的花朵。可除了紧闭的窗户外的狂风和已经降临的夜幕，书房中的一切还和他睡着之前一模一样。窗帘间不断变幻的黄昏暮色已经被漆黑的夜色所取代，而桌上的台灯依然在桌面投下相同的光线。杂乱地摊开在他面前的是他为《侦探艺术大全》第三册手写的笔记，一页又一页，全是他的各种想法，这些字往往都被挤在纸页边缘的空白处，一行行信手涂来，甚至有些看不出先后的顺序。《侦探艺术大全》的前两册他几乎是毫不费力地就完成了（两本同时进行，十五年写完），可这最后一册的任务却由于他越来越无法完全集中精神而显得困难重重：他坐下来，手里还握着笔，可很快就睡着了；他坐下来，就会发现自己出神地盯着窗户外面，有时一盯就是几个钟头；他坐下来，开始写几句话，可写的内容完全毫不相关，如天马行空，就好像这混乱的想法中能提炼出一点明确的东西。

到底发生了什么事？

他摸了摸脖子，又轻轻地揉揉喉咙。只是风罢了，他想。窗户抖动的嗡嗡声渗进了他的梦，惊醒了他。

只是风罢了。

他的肚子在咕咕叫。这时，他意识到自己又没吃晚饭——蒙露太太一般都会在周五做烤牛肉，配菜是约克郡布丁——但他知道，他将会在走廊里找到放着晚餐的托盘（在紧锁的阁楼门外，烤土豆只怕早已冰冷）。罗杰真是个好心肠的孩子，他想，真是个好孩子。在过去的这一周里，他经常独自待在阁楼上，忘记了晚餐，也忘记了养蜂场的日常工作，可放晚餐的托盘总是会被送到楼上，只等他一踏进走廊，就能看到。

其实那天早些时候，福尔摩斯对忽略养蜂场一事多少感到有些愧疚，于是，早餐过后，他慢慢朝养蜂场走去，远远就看到了罗杰正在给蜂箱通风换气。男孩早就预料到这段时间将会是天气最热但也是花蜜最多的日子，所以，他明智地将每个蜂箱的盖板揭开，好让空气能从蜂箱的入口吹入，从顶端吹出，从而让蜜蜂加速翅膀的扇动，这不仅可以帮助冷却蜂箱，还能更好地让储存在盖板上的花蜜蒸发。看到这里，福尔摩斯的愧疚感消失了；蜜蜂们都已经得到了很好的照顾，显然，他无意中对罗杰的教导已经获得了丰硕的成果（他很欣慰地看到，细心能干的男孩开始胜任养蜂场的工作了）。

很快，罗杰又开始自己采集蜂蜜。他小心翼翼地把巢框取出，一次只取一块，又用烟雾让蜜蜂平静下来，再用专门割蜜的叉子把蜂房外的蜂蜡铲起。接下来的几天中，少量的蜂蜜会通过双层的滤网流入蜜桶，接下来，数量还会不断增加。福尔摩斯站在花园小道上，仿佛看见自己又和那男孩并肩站在了养蜂场里，教他用新手也能掌握的最简单的方法来采集巢蜜。

他曾经告诉过男孩，在蜂箱上放好盖板后，最好在里面放入八个巢框，而不是十个，而且必须在有蜂蜜流出时放。剩下来的两个巢框应该放在盖板中央，并一定要用无网的巢础。如果一切处理得当，蜂群就会建好巢底，把两个巢框都填上蜂蜜。一旦巢框里的蜂蜜填满并被盖上蜂蜡之后，就应该立刻用更多的巢础替换——当然，前提条件是蜂蜜的流量达到了预期的指标。如果流量没有达到预期，那么就最好换下无网的巢础，改用有网的巢框。显然，他也曾经向男孩特别说明，应该经常检查蜂箱的情况，以决定用哪种采蜜方法最好、最合适。

福尔摩斯带罗杰把整个流程都走了一遍，把每一个步骤都展示给他看，福尔摩斯有信心，等到蜂蜜采集的时候，罗杰一定会逐字逐句遵照他的指示。"你明白吗，孩子，我把这个任务交给你，是因为我相信你完全有能力做好它，不出任何差错。"

"谢谢您，先生。"

"你还有什么问题要问吗？"

"没有了，我想应该没有了。"男孩回答。他语气中带着热情，很容易让人产生一种他正在微笑的错觉，但他的表情却是严肃而深沉的。

"很好。"福尔摩斯把目光从罗杰脸上转到周围的蜂巢。他没有察觉到男孩的目光一直聚焦在他身上，也没有注意到那目光中透着安静而尊敬的神情，他自己也只有在观察养蜂场时才会露出同样的神情。他只顾看着来来去去的小蜜蜂们，它们组成了这个勤劳忙碌又充满活力的小社区。"很好。"在刚刚过去的这个下午，他把已经说过的话又喃喃地重复了一遍。

福尔摩斯在花园小道上转过身，慢慢走回屋。他知道，蒙露太太最终一定也会完成她的任务，把蜂蜜一罐又一罐地装满，再等到她去镇上办杂事时，送一批给教区的牧师，送一批给慈善机构，还有一批送给救世军。通过送出礼物，福尔摩斯觉得自己也尽到了自己的社会义务——把这些从蜂房中收获的黏稠玩意儿（他认为蜂蜜只是一种有益健康的副产品，他真正的兴趣在于有关蜜蜂的文化和蜂王浆能给人体带来的好处）装在没贴标签（他绝对不会让自己的名字和送出去的东西扯上任何关系）的罐子里，再带给那些能将它们公平分发出去的人，好让伊斯特本的穷人们也能尝到一些甜蜜，当然，希望别的地方的人们也都能受益。

"先生，上帝会保佑您做的这件事，"蒙露太太曾经跟他这样说过，"真的，您遵循的就是他的旨意——您帮助了很多生活困难的人。"

"别胡说了，"他轻蔑地回答，"再怎么说，这只不过是你在遵循我的旨意罢了，我们就不要把上帝扯进来了，好吗？"

"随便您，"她迁就地说，"但如果您问我，我还是要说这是上帝的旨意，反正就是这样。"

"亲爱的，我从一开始就没问过你啊。"

再说，她对上帝知道些什么呢？福尔摩斯猜，她心目中上帝的形象无非就是那最普通的样子：一个满脸皱纹、坐在黄金宝座上的老头，对一切无所不知，躲在厚厚的云层中，主宰着整个世界；他说话的时候既亲切优雅，又庄严威武；毫无疑问，他一定还留着飘逸的长长胡须。一想到蒙露太太心中的造物主也许和自己有几分相似，福尔摩斯不禁觉得十分有趣——只不过她的上帝是一个虚构的想象，而他并不是（他想至少不完全是吧）。

然而，除了偶尔提到上帝神灵之外，蒙露太太并没有公开表现出对任何一种宗教的信仰，也不曾在公众场合向儿子灌输有关上帝的信念。很明显，那个男孩所在意的都是些世俗的事情。老实说，年轻人务实的个性让福尔摩斯很是高兴。现在，在这个风声呼啸的夜晚，坐在书桌前，他突然很想给罗杰写几句话，他希望那孩子以后能看到。

他把一张白纸在面前摊开，把脸凑在桌面上，开始写了：

不要通过陈词滥调的过时教条去获取最重要的知识，而要通过不断演化的科学、通过对窗外自然环境的细致观察，去得到最深刻的理解。要真正地了解自己，也就是要真正地了解世界，你不需要超越你周遭的生活去寻找什么——鲜花盛开的草地、无人踏足的树林，都可以是你寻找的方向。如果这不能成为人类最重要的目标，那我认为，一个真正启蒙的时代永远也不会到来。

福尔摩斯把笔放下。他反复思考刚刚写下的句子，把它们大声念出来，并没有做任何改动。然后，他把纸折成完美的正方形，想要找一个合适的地方先把它放好——这个地方必须是他不会忘记的，又很容易再把纸条拿回来的。书桌抽屉就不考虑了，因为里面已经塞满了他的各种笔记，这纸条只会被淹没在其中。同样，堆满杂物的档案柜也太过危险。同样会让人迷惑的还有他的衣服口袋（他通常想也不想就会把一些小东西放在里面——零碎纸头、折断了的火柴、雪茄烟、草茎、在沙滩上发现的有趣石头或贝壳，这些不同寻常的玩意儿都是他在散步时收集来的，但事后总会像变魔术般消失或再度出现）。他决定了，这回必须要找一个靠得住的地方，一个合适的地方，能记得住的。

"要放到哪里去呢？想一想——"

他看了看沿着一面墙堆好的书本。

"不行——"

他绕过椅子，看着阁楼门旁边的几排书架，最终把目光锁定在一层专门用来放他自己著作的书架上。

"也许——"

片刻之后，他已经站在了书架前，这里放的都是他早期出版的各种书籍和专著，他用食指横着轻轻拂过了它们满是灰尘的书脊——《论文身图案》《论足迹的追踪》《论一百四十种烟草灰之区别》《职业对手的形状影响之研究》《论疾病的伪装》《打字机与犯罪之关联》《秘密文字与密码》《论拉苏之复调赞美歌》《对古康沃尔语中迦勒底词源之研究》《论侦探工作中对犬的利用》——最后，他看到了自己晚年生活中的第一部大作：《蜜蜂培育实用指南及对隔离蜂后的一些观察》。他把书从书架上拿下来，双手托着厚重的书脊，真切感受到了它沉甸甸的分量。

他把给罗杰的字条当作书签夹在第四章（《放蜂》）和第五章（《蜂胶》）之间，因为福尔摩斯早已决定，要把这版珍贵的藏书作为男孩下一次生日的礼物。当然，由于他自己很少去在意这样的纪念日，所以他得问一问蒙露太太才知道这喜庆的日子到底是何时（是已经过了，还是就快到了？）。他想象着把书送给罗杰时，那孩子的脸上会露出怎样的惊喜表情，他又会如何独自待在自己的小屋卧室里，慢慢地一页一页翻看。最终，他会看到这张折好的字条吧（以这样的方式来传达重要的信息，会显得更加谨慎，也显得自己不是那么爱管闲事）。

福尔摩斯确信纸条已经保存在了安全的地方后，把书放回书架，转过身，朝书桌走去。他松了一口气，现在他的注意力终于又能集中到工作上了。他在椅子上坐下，出神地盯着桌面上手写的记录，每张纸上满是他匆忙写下的各种想法，像小孩的笔迹——但就在这时，他记忆的线索慢慢解开，他已经不确定纸上到底写了什么了。很快，线索又飘散远去，像是被风从水槽中吹走的落叶，消失在夜空中。有好一阵子，他都只是盯着那些纸页，没有疑问，没有回忆，也没有思考。

可在他的头脑一片混沌时，双手却没有闲着。他不停翻着桌面上的东西——或是用手滑过面前的无数纸页，或是随意在某些句子下画线，最后，他漫无目的地翻着一沓沓纸。他的手指仿佛有了意识，寻找着最近才被他遗忘的什么东西。纸被放到一旁，一页摞着一页，在桌子中央又形成了全新的一沓。终于，他拿起一份用橡皮筋捆在一起的未完成的手稿：《玻璃琴师》。一开始，他只是茫然地看着它，对它的重新出现完全无动于衷。他丝毫没有察觉到罗杰曾经反复研读过它的内容，更不会知道那男孩时不时潜进阁楼，看这个故事有没有进一步的发展或结尾。

　　手稿上的标题最终让福尔摩斯从呆滞的状态中清醒过来，在长长的胡须之下，他露出奇怪而羞怯的微笑。如果不是第一章最上面写得清清楚楚的那行字，他也许就要把这份手稿放进新的那沓资料中了，它就会被再度淹没在各种毫无关联的涂鸦之下。现在，他取下橡皮筋，把稿纸放在桌面上。接着，他往后靠坐在椅背上，像是看别人的作品般，看起了这个未完成的故事。对凯勒太太的印象依然清晰。他还记得她的照片，也能轻松想起她烦躁不安的丈夫在贝克街寓所里坐在自己对面时的模样。他放空了几秒钟，抬头看着天花板，仿佛又回到了当时当地——他和凯勒先生一起从贝克街出发，在伦敦熙熙攘攘的大街小巷中，朝波特曼书店走去。那天晚上，当风声无休无止地在阁楼窗外低吟时，他发现自己对过去的感知比对现在的体会还要清晰。

8

II . 蒙太格大街的骚乱

四点整，我的客户和我已经等在了波特曼书店对面街上的一根灯柱旁，但凯勒太太还没有出现。巧的是，从我们等待的地方，正好能看见我一八七七年第一次来伦敦时在蒙太格大街上租住的房子，房子此刻窗户紧闭。但显然，我没有必要把如此私人的信息告诉我的客户。在我年轻那会儿居住在此时，波特曼书店曾经是一间声名可疑的女子公寓。而现在，这片地区和过去相比，也并没有什么变化，大部分仍是外观相同、外墙相连的住房，一楼装饰着白色的石墙，上面三层楼则裸露着砖墙。

我站在那里，目光从过去熟悉的窗口转到眼前的此情此景，一种伤感涌上心头，我怀念起了过去这许多年来逐渐离我远去的东西：我担任顾问侦探的起初几年，那时候，我还可以自由地随意来去，不用担心被人认出。现在，虽然这街道一如往昔，但我却已经和过去住在这里的那个年轻人不同了。以前，我的伪装只是为了混入某群人或便于观察，是为了不露痕迹地潜入城市不同的角落去获取信息。在我所扮演的无数角色中，包括无业的游民、一个名叫艾斯科特的年轻放荡的水管工、威严的意大利神父、法国蓝领工人，甚至还有老太太。不过，到了后来，为了躲避越来越多看了约翰小说后的追随者，我几乎随时都会戴着假胡须和眼镜。我没有办法安心做自己的事，我在公众场合吃顿饭，总会被陌生人搭讪，他们想跟我说说话、握握手，问一些关于我工作的荒谬问题。所以，当我匆忙间和凯勒先生从贝克街离开，很快发现我居然忘记带上自己的伪装时，不免觉得自己实在是太轻率鲁莽了。我们赶往波特曼书店的路上，一位头脑简单但态度十分和蔼的工人找上我们，我只能简单地敷衍他两句。

"夏洛克·福尔摩斯先生？"我们走在图腾汉厅路上时，他突然加入了我们。"先生，是您吗？是不是啊？我看过所有关于您的故事，先生。"我的回答只是飞快地在空中挥了挥手，像是要把他赶到一旁。但这家伙没有被吓跑，他毫无畏惧地瞪着凯勒先生，又说："那我想这位一定就是华生医生了。"

我的客户被他吓到了，露出不安的表情看着我。

"太荒谬了，"我镇定地说，"如果我真是夏洛克·福尔摩斯，那请你给我解释一下，这位比我年轻这么多的先生怎么会是华生医生？"

"我也不知道，先生，但您就是夏洛克·福尔摩斯——我可没那么好骗，我告诉你。"

"你搞错了吧？"

"不会的，先生，我不会搞错的。"但他的语气听起来有些困惑与怀疑。他暂停脚步，我们继续往前走。"你们是在查案子吗？"他很快就在我们身后大喊了一句。

我再次挥挥手，不理会他。遇到陌生人的关注时，我通常都是这样处理。再说了，如果这个工人真是约翰的忠实读者的话，那他一定就会知道，在一件案子还在调查时，我是绝对不会多费唇舌透露自己想法的。可我的客户似乎被我的冷淡态度吓到，虽然他没有说什么，但接下来的一路上，我们只是默默地继续走着。来到波特曼书店附近后，我想到了开始在路上就冒出的一个念头，便张嘴问他："最后问你一下关于钱的事——"

还没问完，凯勒先生就打断了我，他用细长苍白的手指抓着自己的衣领，急切地开口了。

"福尔摩斯先生，我确实工资不多，但我会竭尽所能，付给您该付的钱。"

"我亲爱的孩子，工作本身就是对我的回报了。"我微笑着说，"如果说我真付出了什么成本，你可以随时在方便的时候再付钱给我，不过，到目前为止，我不觉得这个案子会需要什么费用。现在，能不能请你克制一下，让我问完我想问的问题：你的妻子是怎么有钱付玻璃琴课的学费的？"

"我也不知道，"他回答，"不过，她有她自己的财产。"

"你是说她继承的财产。"

"正是。"

"很好。"我看着对面街上的行人，视线却不时被四轮出租马车和双座小马车所阻碍，甚至还有两辆小汽车。在这些日子里，这种上流社会交通工具的出现已经不再是那么稀罕的事了。

我当时坚信案子很快就要完结了，所以充满期待地等候凯勒太太的出现。但几分钟过去了，她还是不见踪影。我不禁想，难道是她提前进入了波特曼书店，又或者，她察觉到了丈夫的怀疑，决定不来了。就在我想要把后一种可能告诉凯勒先生时，他的眼睛突然眯起来；他点着头，低声说："她来了。"他全身紧绷，迫不及待地想要跟上去。

"冷静点，"我伸出一只手，搂住他的肩膀，"目前，我们得保持距离。"

就在这时，我也看到她悠闲地朝波特曼书店走去，比周围脚步匆匆的人群慢了半拍。悬在她头顶的亮黄色阳伞和伞下的女人形成了鲜明的对比：娇小玲珑的凯勒太太穿着传统的灰色套裙，挺胸收腹，S形曲线显得更加突出。她戴着白手套，一只手上捧着一本棕色封面的小书。走到波特曼书店门口时，她把阳伞收起来，夹在胳膊下，走了进去。

我的客户挣脱了我抓着他肩膀的手，但我的一句问话让他停止了往前冲。我问他："你妻子平常擦香水吗？"

"擦啊，一直都擦。"

"太好了，"我松开手，走过他身边，踏上街道，"那就让我们来看看这一切到底是怎么回事吧。"

正如我的朋友约翰早就注意到的，我的感官就像是十分灵敏的接收器，而我一直以来也坚信，案子的迅速解决有时会需要依赖对香水气味的直接辨认，因此，研究罪案的专家们最好能学会如何辨别不同种类的香水。至于凯勒太太对香水的选择，是玫瑰花香加上一点点刺激香料混合后的成熟香型，我在波特曼书店门口就察觉到了。

"她用的是卡蜜欧玫瑰香水，是不是？"我在客户身后悄悄问，但他已经匆匆向前，离我而去，没有回答。

我们越是往前走，香味也就越浓烈。我停下脚步，仔细嗅着，感觉凯勒太太仿佛就在我们身边。我的目光在拥挤狭窄、灰尘扑扑的书店里来回扫视——从书店的一头到另一头，尽是歪歪扭扭、摇摇欲坠的书架，书架上堆满了书，昏暗的走道里也杂乱无章地堆着各种书籍；但我并没有看到她，也没有看见店主老头的身影，我原本以为他会坐在门边的柜台后面，埋头看什么晦涩的大部头。实际上，波特曼书店里一个店员或顾客都没有，让人不免产生一种奇怪的错觉，以为这个地方被清空了。就在这个想法从我脑子里冒出来时，我突然听到从楼上传来微弱的音乐声，让这里的诡异气氛更加浓重。

"是安妮，福尔摩斯先生，她就在这里，是她在弹琴！"

我真心觉得，把如此虚无缥缈的曲调称作弹奏有点不准确，因为我所听到的声音既没有任何的格式，也没有最基本的旋律。可那乐器本身有着它的吸引力，各种不同的音调融合在一起，形成持续不断的合音，虽毫无章法，但令人沉醉。我的客户和我都朝着声音的方向走去，凯勒先生走在前面。我们穿过一排排书架，来到了书店后面的一截楼梯前。

可是，当我们朝二楼爬去时，我察觉到，那卡蜜欧玫瑰香水的气味消失了。我回头看了看楼下的书店，还是一个人也没有。我弯下腰，想看得更清楚一些，但还是一无所获，于是我又把目光投向书架顶端。可就是这短暂的犹豫，让我根本来不及阻止凯勒先生把拳头愤怒地砸向了斯格默女士的大门，急促的敲门声回荡在走廊里，乐声戛然而止。当我走到他身边时，这案子在某种程度上也就宣告终结了。我确信凯勒太太是去了别的地方，而正在弹奏玻璃琴的人绝对不会是她。唉，我在说自己的故事时，总是透露太多情节。可我做不到像约翰那样，把关键的事实隐藏起来，也没有他欲擒故纵的本领，总能让原本浅显的结论显得高深莫测。

"你得冷静下来，兄弟，"我劝告我的同伴，"你无论如何都不应该这样冲动。"

凯勒先生拧起眉头，仍然盯着公寓大门。"您就原谅我这一次吧。"他说。

"没什么原谅不原谅的，但你这愤怒的情绪可能会阻碍我们的调查进程，从现在开始，你不要开口，让我来说话吧。"

激烈的敲门声后，是片刻的沉默，但沉默很快被斯格默女士同样激烈而迅速的脚步声打破。门猛地开了，她满脸通红、怒气冲冲地出现——她可真是我所见过的最高大、最壮实的女人。在她生气地开口之前，我往前走了一步，把我的名片递给她，说："下午好，斯格默女士，能不能占用您一点点时间？"

她用疑惑的眼神打量了我片刻，又很快朝我的同伴投去可怕的目光。

"我保证我们不会耽误您很久的，几分钟就好了，"我用手指点着她手中的名片，继续说，"也许您听说过我的名字吧。"

斯格默女士完全无视我的存在，她严厉地说："凯勒先生，不要再像这样到我家来了！我绝不容许你再打扰我！你为什么总要跑来找我的麻烦？至于你，先生，"她把目光转向我，"也是一样，没错！你是他的朋友吧？你跟他一起走，再也不要这样来找我了！我没耐心对付你们这样的人！"

"我亲爱的女士，请您冷静冷静。"我一边说，一边把名片从她手里抽出来，举到她面前。

可让我惊讶的是，看到我的名字时，她反而坚决地摇了摇头。"不，不，你不是名片上的这个人。"她说。

"我可以向您保证，斯格默女士，我绝对就是他本人。"

"不，不，你不是他，才不是呢。我经常见到这个人，你不知道吧。"

"那能不能请您告诉我，您是什么时候见到他的呢？"

"当然是在杂志上啦！那个侦探可比你高多了。他那黑头发，那鼻子，那烟斗。你看，根本就不是你嘛。"

"啊，杂志！我们都知道杂志有时候是很误导人的。恐怕我真人确实没有杂志上有趣，但斯格默女士，如果我碰到的绝大多数人都能和您一样认不出我的话，那我也许反而更加自由呢。"

"你真是太荒谬了！"说完这话，她把名片揉成一团，扔到我脚下，"你们都赶紧走，要不然我就叫警察来抓你们了！"

"我不能离开这里，"凯勒先生坚定地说，"除非能亲眼看到我的安妮。"

被我们惹恼的对手突然狠狠用脚跺着地板，不断跺着，直到我们脚下都开始震动起来。"波特曼先生，"她大声喊起来，喊声回响在我们身后的走廊中，"我现在有麻烦了！去叫警察来！我家门口有两个劫匪！波特曼先生——"

"斯格默女士，没有用的，"我说，"波特曼先生似乎出去了。"然后，我转过身，看着我满脸懊恼的客户。"凯勒先生，你也应该知道，斯格默女士完全有权力拒绝我们，我们没有任何法律上的资格进入她的公寓。可是我想，她一定理解你这么做的原因只是出于你对妻子的担心。斯格默女士，我真心希望您能允许我们进您的公寓看两分钟，看完我们就绝不再提此事了。"

"他妻子真不在我这里，"她不满地说，"凯勒先生，我已经跟你说过很多次了。你为什么总要来找我的麻烦？我可以叫警察抓你的，你知道吗！"

"没有必要叫警察，"我说，"我很明白凯勒先生确实是冤枉您了，斯格默女士。把警察叫来只会让一件原本已经很悲哀的事情变得更加复杂。"我走上前，对着她的耳朵悄悄说了几句话。"您看，"我一边退回来，一边继续说，"我们真的很需要您的帮助。"

"这我还真不知道。"她倒抽了一口气，表情从恼怒转为遗憾。

"那是当然，"我充满同情地回答，"但我不得不遗憾地说，我的职业有时候真的很让人丧气。"

就在我的客户满脸疑惑地看着我时，斯格默女士站着思考了一会儿，两只粗壮的胳膊叉在腰间。想完，她点点头，走到一旁，做了个手势让我们进去："凯勒先生，我觉得这不是你的错。如果你非要亲眼看一看，那就进来吧，可怜的人。"

我们进入了一间光线明亮、几乎没有任何装饰的客厅，天花板很低，窗户半开着。房间一个角落里放着一台立式钢琴，另一个角落则放着一台大键琴和许多打击乐器，窗户边紧挨着摆着两台翻新得相当漂亮的玻璃琴。几把小藤条椅散落在这些乐器周围，除此以外，房间里再无他物。已经褪色的棕色木地板中央铺了一块方形的威尔顿地毯，其余的地方则裸露在外；刷着白色油漆的墙壁上也没有装饰，这是为了让声波能更好地反射，制造出更清晰的回声效果。

然而，最先吸引我注意的并不是客厅的布置，也不是从窗口飘进的春天花香，而是一个在玻璃琴前坐立不安的小小身影：这是一个不到十岁的小男孩，红头发，满脸雀斑，他紧张地转过身，看着我们走进房间。看到孩子的一瞬间，我的客户停下了脚步；他的目光四处扫射。斯格默女士双手交叉抱在胸前，站在门口看着他的一举一动，而我则继续朝男孩走去，热情地跟他打招呼："嗨，你好。"

"您好。"孩子羞涩地说。

我回头看了我的客户一眼，微笑着说："我想这位小朋友一定不是你的太太吧。"

"当然不是，"我的客户气冲冲地回答，"但我真的不明白。安妮去哪儿了？"

"耐心，凯勒先生，多一点耐心。"

我搬了一张椅子，坐到男孩旁边，眼睛却上上下下、左左右右地把玻璃琴看了个仔细，每一个细节都没有放过。

"你叫什么名字，孩子？"

"格莱汉。"

"那好，格莱汉，"我注意到这台古老的玻璃琴在高音部的构造更加轻薄，这样应该更容易弹出美妙的乐声吧。"斯格默女士教得好吗？"

　　"我觉得挺好的，先生。"

　　"哦。"我若有所思地将指尖轻轻拂过琴键边缘。

　　我之前还从来没有机会认真观察过一台玻璃琴，尤其是保存得如此完好的。我以往只知道弹奏玻璃琴时需要坐在整套玻璃碗的正前方，通过脚踏板转动玻璃碗，并不时用湿润的海绵加以润滑。我还知道，演奏它时需要双手并用，才能同时让各个部分发出乐声。当我真正仔细观察这台玻璃琴时，我才发现，每个玻璃碗都被吹制成半球形，中间有个圆孔。最大的玻璃碗就是最高的音，是 G 调。为了区别不同的音调，每个玻璃碗的内部都漆着七原色之一（除了半音，半音都是白色的）：C 调是红色，D 调是橙色，E 调是黄色，F 调是绿色，G 调是蓝色，A 调是青色，B 调是紫色，然后又从红色的 C 调开始。三十多个玻璃碗的大小也各不相同，最大的直径有二十多厘米，最小的只有六七厘米；它们都被安装在一根转轴上，放在一米二长的箱子里——为适合圆锥形的玻璃碗，箱子也是锥形的，固定在有四只脚的架子上，架子一半高度的地方装着铰链。转轴以坚铁制成，两端通过黄铜枢轴转动，平行跨于箱中。在箱子最宽的地方有一个正方形的手柄，手柄上装着桃心木的轮子。当踩动脚踏板，转动轮轴和玻璃碗时，轮子能保持琴身的稳定。轮子直径大约四十多厘米，周围隐藏着一圈铅带。在离轴心十来厘米的位置，还固定着一个象牙楔子，楔子中间的一圈线能带动踏板的移动。

"这真是神奇，"我说，"我听说，当指尖离开玻璃碗，而不是触动玻璃碗时，反而能发出最美妙的声音，是真的吗？"

"是的，确实如此。"斯格默女士在我身后回答。

太阳已经落到了地平线边缘，阳光反射在玻璃上。格莱汉瞪得圆圆的大眼睛眯起来，我的客户也开始接连不断地唉声叹气。黄水仙花的香味从窗外飘进来，闻起来像是带着微微霉味的洋葱，让我的鼻子直发痒。讨厌这种花香的并不只有我，据说鹿也是一闻到它就避之不及。我最后摸了一下玻璃琴，说："如果不是在今天这样的状况下，我真希望能听您演奏一曲，斯格默女士。"

"没问题，先生，这我们可以安排的。我经常参加私人聚会的演出，你知道吧。"

"那自然好，"我从座位上站起身，轻轻拍了拍男孩的肩膀，说，"我想我们占用你太多上课的时间了，格莱汉，现在我们该走了，让你和你的老师安安静静上课。"

"福尔摩斯先生！"我的客户大声抗议。

"真的，凯勒先生，我们在这里也打听不到什么消息了，除了知道斯格默女士愿意接受报酬去演出。"

说完，我转过身，朝客厅门口走去，斯格默女士目瞪口呆地目送我。凯勒先生也赶紧追上来，我们离开时，我一边关门，一边回过头对她说："谢谢您，斯格默女士。我们再也不会来打扰您了，不过，我想，也许过不了多久，我会来请您给我上一两堂琴课。再见。"

当门关上，我和凯勒走下楼梯时，她的声音却传了出来："那么，是真的吗？你真的就是杂志上的那个人？"

"不，我亲爱的女士，我不是他。"

"哈！"她又狠狠地把门关上了。

我和凯勒走完楼梯，我才停下来安慰他。没有看到他的妻子，却意外看到了小男孩，他早已脸色阴沉，两道粗粗的眉毛拧成一团，眼露凶光，就连鼻孔都因为愤怒而一张一缩着。他对于妻子的行踪一定困惑极了，整个表情就像一个大大的问号。

"凯勒先生，我可以向你保证，整件事情并不像你想象中的那样严重。实际上，你的妻子虽然隐瞒了一些事情，但她对你还是很诚实的。"

他严肃的表情缓和了一些。"您在楼上看到的情况显然比我看到的要多。"他说。

"也许吧，但我敢打赌，你看到的和我看到的是一样的，只不过我比你想的要稍微多那么一点点。给我一周时间，我一定会让这件事有个圆满的结局。"

"一切都听您的。"

"很好。现在，请你立刻回到福提斯的家中，你妻子回家时，千万不要提今天发生在这里的事。这一点很重要，凯勒先生，你必须完完全全遵照我的建议才可以。"

"好的，先生，我会努力做到的。"

"很好。"

"我还有一件事想先问您，福尔摩斯先生。您对着斯格默女士的耳朵到底说了句什么悄悄话，让我们得以进入她的房间？"

"哦，那件事啊，"我摆了一下手，说，"只不过是一个很简单但很有效的谎话，以前，在类似的情况下，我也说过。我告诉她，你快要死了，我还说，你妻子在你最脆弱的时候抛弃了你。这样的事实，我却只悄悄告诉她，她就应该想到这有可能是谎话，但实际上，这句谎话几乎从来没有被人识破过，它就像把百试百灵的万能钥匙。"

凯勒先生带着些许鄙视的表情盯着我。

"这真没什么，兄弟。"我转过身不再看他。

我们朝书店前门走去，终于看见了个子矮小、满脸皱纹的年迈店主，他此刻已经回到了他在柜台后面的座位。他穿着脏兮兮的园艺工作服，颤抖的手中握着一只放大镜，正用它看书。旁边的柜台上还放着一副棕色手套，显然是刚刚脱下的。他突然发出两声剧烈的咳嗽，把我们俩都吓了一跳。但我举起一根手指，放在唇边，好让我的同伴保持安静。可正如凯勒先生之前告诉我的那样，这位老人似乎对店里其他任何人都不管不顾，哪怕是我走到了他面前不到两步的距离，低头盯着那本让他全神贯注的大书时，他也没有发现我的存在。那是一本关于灌木修剪艺术的书，我能看到书里精致的插图，画的是被剪成大象、大炮、猴子和罐子形状的灌木和树丛。

我们很快静悄悄地走到了书店外。在傍晚微弱的阳光下，在我们分手之前，我问了我的客户最后一个问题："凯勒先生，你有一样东西，目前可能对我很有用。"

"您只管开口说。"

"你妻子的照片。"

我的客户不情愿地点点头。

"如果您需要，当然可以给您。"

他把手伸进外套，拿出照片，谨慎地递给了我。

我没有丝毫犹豫地把照片塞进口袋，说："谢谢你，凯勒先生。那今天也没什么其他可做的事了。祝你度过一个愉快的夜晚。"

我就这样离开了他。我带着他妻子的照片，一刻也没有浪费地走了。路上，公共汽车、出租车和马车来来去去，载着正要回家或去别的地方的人们——我穿梭在人行道的人流之中，步伐坚定地朝贝克街走去。不少乡下的运货马车从身边经过，装着清晨运到大都市来而没有卖完的蔬菜。我很清楚，很快，夜幕降临之后，蒙太格大街的马路就会像任何一个乡村般寂静而了无生气；而我，等到那个时候，也会靠在自己的椅子上，看着香烟的蓝色烟雾飘向天花板。

9

　　日出之前，福尔摩斯已经完全忘记了给罗杰写字条的事；纸条会一直留在书中，直到几周以后，他为了查找资料，重新找到那张被压得扁平的纸（他会把它捧在手中，百思不得其解，怎么也想不起来自己曾经写过它）。而在阁楼许许多多的书里面，还有其他很多被藏起来的字条，最终都被他遗忘了——从未寄出的紧急信件、杂乱的备忘录、人名地址通讯簿，还有偶尔写下的诗。他不记得自己还收藏过一封来自维多利亚女王的私人信件，也不记得他曾参与萨塞诺夫莎士比亚剧团演出时（一八七九年，他在伦敦剧场上演的《哈姆雷特》中扮演过霍瑞修）的节目单放在哪里。他还忘了他把一张虽然粗糙但很详细的蜂后素描夹在昆比的《养蜂揭秘》中——那幅图是两年前的夏天，罗杰才十二岁时画成，又把它从阁楼门缝下塞进来的。

　　但无论如何，福尔摩斯察觉到了自己的记忆在逐渐衰退。他知道自己可能对过去的事实作出错误的修改，尤其是当他不确定事实的真相时。他禁不住想，到底哪些是被自己的记忆修改过的，哪些才是真相？他能够确定的还有什么？更重要的是，他到底忘记了一些什么？他自己也说不上来。

即便如此，他还是坚守着那些不变的、有形的东西——他的土地、他的家、他的花园、他的蜂房、他的工作。他喜欢抽雪茄、看书，偶尔还喝上一杯白兰地。他喜欢傍晚的微风和午夜十二点过后的晚上。他当然觉得喋喋不休的蒙露太太有时会很讨厌，但她轻言细语的儿子却一直是他最喜欢的同伴。然而，在这一点上，他对记忆的修改实际上也改变了事情的真相，因为当他看到那个男孩的第一眼时对他并无好感——当时，害羞笨拙的小孩躲在妈妈身后，阴郁地偷看着他。过去，他绝对不会雇佣一个带着小孩的管家，但蒙露太太是个例外，她的丈夫刚刚去世，她急需稳定的工作，而推荐她来的人对她大加赞赏。更重要的是，在那时要找到可靠的助手已经变得越来越难，尤其是在与世隔绝的乡下。于是，他明确地告诉她，只要男孩的活动范围不超出客房小屋，只要孩子的喧哗不打扰到他的工作，她就可以留下来。

"不用担心，先生，我保证，我的罗杰不会给您添麻烦的，我可以保证。"

"那你都明白了？我也许退休了，但我还是非常忙。我不能容忍任何干扰。"

"是的，先生，我非常明白。您完全不用担心这孩子。"

"我不会担心他的，亲爱的，但我觉得你应该担心担心他。"

"好的，先生。"

后来，过了差不多整整一年，福尔摩斯才又见到罗杰。那天下午，他在农庄的西边角落里散步，走到了蒙露太太居住的客房小屋，远远瞧见男孩正拿着捕蝴蝶的网走进屋。从那以后，他就经常看到男孩孤独的身影了——或是在横穿草坪，或是在花园里写家庭作业，或是在海滩上研究小石头。直到他在养蜂场里碰到罗杰，他们才开始有了直接的接触。当时，他看到那孩子面对蜂巢，一手握着另一手的手腕，查看着左手手掌正中被叮的地方。福尔摩斯抓着孩子被叮的手，用指甲把蜂针抠掉，向他解释说："你没有用力去挤伤口是对的，要不然，所有的毒液都会被挤进伤口。你用手指甲这样把它拨开就好了，千万不要去挤压毒囊，明白吗？还好我救你救得及时——你看，还没有肿起来——我告诉你，我看过比你这严重得多的伤口。"

"也不是那么痛。"罗杰眯起眼睛看着福尔摩斯，像是有明亮的阳光照在他脸上。

"很快就会痛起来的，但我想也不会特别痛。如果它越来越痛的话，你就把手放在盐水或洋葱汁里泡一泡，会好很多。"

"哦。"

福尔摩斯原本以为男孩会掉下眼泪（或者，至少因为被人发现偷偷进了养蜂场而感到尴尬），但他出乎意料地发现，罗杰的注意力很快便从自己的伤口转到了蜂房上。他似乎对蜜蜂的生活着了迷，看着那些准备飞出去或刚刚飞回来的小群蜜蜂在蜂房入口处盘旋。如果男孩当时哭了一声，或表现出丝毫的怯懦，那福尔摩斯绝对不会鼓励他往前走，不会带他到蜂巢边，把盖子打开，让他看里面的小小世界（有白色蜂蜡形成的储蜜格，有雄蜂居住的大蜂巢，还有下面工蜂居住的深色蜂巢）；也不会多想那孩子一次，不会把他视作自己的忘年之交（但他倒是一直认为，优秀的孩子往往有着最平凡的父母）；更不会邀请罗杰第二天下午再来蜂房，让他亲眼看到三月养蜂期要做的各种例行工作：检查蜂巢每周的重量变化，当一个蜂巢里的蜂后死去后，如何把两个蜂群合并起来，如何确保幼蜂在巢里得到足够的食物等等。

渐渐地，男孩从好奇的旁观者变成了得力的助手，福尔摩斯也把自己不再穿的一套行头送给了他——浅色的手套和带面纱的养蜂帽——他自己在习惯照顾蜜蜂之后，就不再穿戴它们了。很快，两人之间的关系变得轻松而自然起来。绝大多数时候，罗杰下午放学后，会来养蜂场与福尔摩斯会合。夏天，罗杰会早早起床，还没等福尔摩斯到养蜂场，他就已经忙开了。他们一起照顾蜂群，有时也会静静地坐在草坪上，蒙露太太给他们端来三明治、茶，或是当天早上她亲手做的甜点。

天气最热的时候，他们做完工作，便会朝灌满清凉海水的满潮池走去。他们沿着蜿蜒的峭壁小路散步，罗杰走在福尔摩斯的身边，时不时捡起路上的小石块，或看看脚下的大海，还经常弯下腰查看路上找到的东西（贝壳的碎片、勤劳的甲虫，或是镶在岩壁上的化石）。他们越往下走，温暖而咸湿的气味也就越浓。这孩子强烈的好奇心和求知欲让福尔摩斯很是欣赏。注意到某个东西是一回事，但对于罗杰这样的聪明孩子，却一定会去仔细查看并亲手摸一摸这个吸引了他注意力的东西。福尔摩斯有时很确定，路上并没有什么不得了的玩意儿，但他还是会和罗杰一起停下脚步，看看让他着迷的到底是什么。

他们第一次走在这条小路上时，罗杰抬头看着头顶凹凸不平、广阔无边的岩石，问："这悬崖就是石灰岩的吗？"

"是由石灰岩组成的，也有砂岩。"

在石灰岩的下面，依次是黏土、绿砂和威尔登砂石，福尔摩斯一边往下走，一边解释：在数亿年的历史长河中，经过无数次的暴风雨，黏土层和薄薄的砂石岩上才会被覆盖上石灰岩、黏土和燧石。

"哦。"罗杰漫不经心地朝小路边缘迈出步子。

福尔摩斯扔掉一根拐杖，赶紧把他扯回来："小心哪，孩子，你要看着脚下走啊。来，牵着我的手。"

小路只能勉强容下一个大人经过，一个老人和一个男孩并肩走显然挤了点。路大约不到一米宽，有些地方由于塌陷还相当窄，但这两人却并不费力地同时前行——罗杰走得很靠近悬崖边缘，福尔摩斯则紧贴岩壁，让孩子牢牢抓着他的手。走了一会儿，小路在一处地方变宽了，并且还有一张长椅供人休憩观景。福尔摩斯的本意是直走到底（因为满潮池只有在白天才能去，到了晚上，上涨的潮水会把整个海滩全部淹没），但他突然又觉得，坐在长椅上休息聊天倒是更加方便的选择。就这样，他和罗杰坐了下来。他从口袋里掏出一支牙买加雪茄，但很快就发现自己没有带火柴，于是，他只好迎着海风，干嚼着烟头。最后，他顺着孩子的目光，看着不断盘旋俯冲、大声鸣叫的海鸥。

"我听到了夜鹰的叫声，您听到没有？昨天晚上我就听到了。"海鸥的号叫显然勾起了罗杰的回忆。

"是吗？你运气真好。"

"人们都说它们会吸山羊的血，但我觉得它们应该不会吃山羊。"

"绝大多数时候，它们是吃昆虫的。它们能在飞行时抓到猎物，你知道吗？"

"哦。"

"我们这里还有猫头鹰。"

罗杰脸上的表情一亮："我还从来没见过猫头鹰呢。我好想养一只当宠物。我妈妈觉得鸟不合适当宠物，但我觉得在家里养一只还挺好的。"

"那好，也许哪天晚上，我们能帮你抓到一只猫头鹰——这里有很多，所以一定能抓到一只的。"

"那太好啦。"

"当然，不过我们最好把猫头鹰养在一个你妈妈找不到的地方。我的阁楼书房说不定可以。"

"难道她不会去那里吗？"

"不会的，她不敢进去。不过，就算她进去了，我也会告诉她，那是我的猫头鹰。"

孩子脸上露出一丝狡黠的微笑："她会相信您的，我知道她会。"

福尔摩斯冲着罗杰眨了眨眼，仿佛在说，猫头鹰的事他只是在开玩笑。但无论如何，他很庆幸男孩如此信任他——他们一起分享秘密，这会让他们的友谊更加坚固。福尔摩斯太高兴了，他说出了一句后来却始终忘记兑现的承诺："不管怎么样，罗杰，我会跟你妈妈谈一谈。我想，她至少会允许你养一只小鹦鹉的。"接着，为了让他们的友情更上一层楼，福尔摩斯又提议，他们应该第二天下午早点出发，在黄昏之前走到满潮池。

"要我去叫您吗？"罗杰问。

"好啊，你去养蜂场找我。"

"什么时候呢，先生？"

"三点应该够早了，你觉得呢？我们应该可以走到池子那儿，泡个澡，再走回来。今天我们出发得太晚，恐怕是来不及了。"

阳光越来越暗，海风也越来越猛。福尔摩斯深深吸了一口气，对着落日眯起了眼睛。在他模糊的视线中，远方的海洋就像一团边缘在剧烈喷发着火焰的黑色区域。我们应该往回走了，他想。但罗杰似乎并不着急——福尔摩斯也不着急，他侧过头，看到那张年轻而专注的脸庞正仰望着天空，清澈湛蓝的眼睛盯着一只在头顶高高盘旋的海鸥。再待一会儿吧，福尔摩斯对自己说。男孩似乎并没有受到刺眼阳光和强劲海风的影响，微微张着嘴，露出着迷的表情，福尔摩斯看着，也不禁微笑起来。

10

几个月后，福尔摩斯发现自己独自来到了罗杰狭窄的卧室里（这是他第一次、也是最后一次踏足男孩屈指可数的领地之一）。那是一个阴森的清晨，客房小屋里一个人也没有。他打开蒙露太太栖身的住所，房里挂着不透光的窗帘，没有一丝光线，无论走到哪里，处处都充斥着树皮般的樟脑丸气味。他每走三四步都要停下来，向前方的黑暗张望，重新调整手中的拐杖，似乎是担心某个无法想象的模糊影子会从阴影处跳出来。然后，他会继续向前——他的拐杖敲在地板上的声音远没有他的脚步声那般沉重、那般疲惫——最后，他走进罗杰敞开的房门，进入了小屋中唯一一间有点阳光的房间。

实际上，这是一个非常整洁的房间，远远超出了福尔摩斯的预期，完全不像一个活蹦乱跳、粗心大意的男孩的房间。他想，罗杰的母亲毕竟是管家，他肯定比其他的孩子更擅长维持整洁，又或者，这间卧室本就是由管家母亲来整理的。可一想到那孩子爱挑剔的性格，福尔摩斯又确信，应该是罗杰自己尽职尽责地收拾好了这一切。再说，那四处弥漫的樟脑丸气味还没有渗透进这间卧室，这就说明，蒙露太太应该很少进来这里；相反，这里有一股类似泥土的霉味，但并不难闻。他觉得，有点像大雨中尘土的味道，又像新鲜的泥巴气息。

　　有好一会儿，他坐在男孩铺得整整齐齐的床铺边，打量着周围的环境——墙壁上漆着淡蓝的颜色，窗户上挂着透明的蕾丝窗帘，房间里布置着各式橡木家具（床头柜、一个书架、抽屉柜等）。从一张学生书桌正上方的窗户望出去，他看到了窗外纵横交错的纤细树枝，在薄薄的蕾丝后面，显得很是缥缈，几乎是毫无声息地擦过窗户。接着，福尔摩斯的注意力转向了罗杰留在房里的私人物品：叠放在书桌上的六本教科书、挂在衣柜门把手上的松垮书包、竖着放在墙角的蝴蝶网。最后，他站起来，慢慢地从一面墙走到另一面墙，像是在充满敬意地参观着博物馆里的展品（他时不时停下来看个仔细，还要抑制住自己想要触碰某些东西的冲动）。

　　但他所看到的东西并没有令他格外惊讶，也没有让他对这个孩子有更多新的了解。房间有不少关于观鸟、蜜蜂和战争的书，好几本翻得破破烂烂的平装科幻小说，还有很多《国家地理杂志》（按照时间先后顺序，摆满了整整两排书架）；抽屉柜上则是男孩在沙滩上找到的岩石和贝壳，按照大小和相似程度，排成数量相同的几行。书桌上除了六本教科书，还有五支削尖的铅笔、绘画笔、白纸和装着日本蜜蜂的玻璃小瓶。所有东西都是井井有条、排列整齐的。床头柜上摆着剪刀、胶水和一本全黑封面的剪贴簿。

　　最能透露出关于这孩子信息的东西，似乎都是贴在或挂在墙上的。首先是罗杰的彩色画作（普通的士兵端着棕色的来复枪相互射击，绿色的坦克爆裂开来，红色颜料从双眼迷离的人们的胸口或额头喷爆而出，黄色的高射炮对着蓝褐色的轰炸机队射出连串的炮火，在大屠杀中死去的人的尸体散落在血肉模糊的战场，橘色的太阳正在粉红色的地平线上升起或落下）。三个相框里装着三张褐色的照片（一张是微笑的蒙露太太抱着尚在襁褓中的儿子，年轻的父亲骄傲地站在她身旁；一张是男孩与穿着制服的父亲站在火车站台上；还有一张是蹒跚学步的罗杰奔向父亲张开的双臂。一张照片摆在床边，一张放在书桌旁，一张在书架边——每张照片上都有那个矮壮而结实的男人，他的方脸红扑扑的，浅黄的头发全部梳到脑后，眼神无比慈祥。他现在已经不在人世了，可显然还有人深深思念着他）。

在所有的东西里，让福尔摩斯关注最久的还是那本剪贴簿。他坐回男孩的床边，盯着床头柜上剪贴簿的黑色封面、剪刀和胶水。不行，他对自己说，不能偷看。他已经窥探了太多秘密，不能再继续了。他一边警告自己，一边却伸手拿来了剪贴簿，把理智的念头抛诸脑后。

他不慌不忙地翻看着每一页，仔细打量着各种精心剪贴的内容（都是从杂志上剪下来的照片和文字，再巧妙地用胶水粘在一起）。剪贴簿的前三分之一展示出男孩对大自然和野生动植物的兴趣：直立的灰熊在树林中漫步，旁边是在非洲大树下栖息的斑点豹；漫画中的寄居蟹和咆哮的美洲狮一起躲在凡·高笔下的向日葵花丛中；猫头鹰、狐狸和马鲛鱼潜伏在落叶堆里。但是，接来下的内容就发生了变化，虽然设计相似，但画面却不再美丽：野生动物渐渐被英国和美国士兵所取代，森林变成了被炸弹轰炸过后的城市废墟，落叶也成了尸体，诸如战败、武力、撤退这样的单词分散贴在页面各处。

大自然自成一体，人类却永远相互对抗；福尔摩斯相信，这就是男孩阴阳相调的世界观。他想，剪贴簿最前面的内容应该是在好几年前拼贴的（剪贴图片发黄卷曲的边角以及早已消失的胶水气味可以说明这一点），当时，罗杰的父亲还在世。后面的内容则应该是在最近几个月一点一点完成的，它们看起来更加复杂，更有艺术性，排版上也更系统——福尔摩斯在闻过纸张的气味，仔细查看了三四幅拼图的边缘后，得出这个结论。

　　然而，罗杰最后的手工作品还没有完成。实际上，在那张纸上，只有正中央的一幅图片，他似乎才刚刚开始对它的制作。又或者，福尔摩斯想，男孩的本意就是要把它设计成如此：一张单色的照片，孤独地飘浮在黑暗的虚无之中，以荒凉的、令人困惑的、但却是有象征意义的方式对之前的所有（相互交叠、栩栩如生的野生动植物，冷酷无情、坚毅果断的战场士兵）做出总结。照片本身并不神秘，福尔摩斯对那个地方也很熟悉，因为他曾经和梅琦先生在广岛见过——那是被原子弹炸得只剩残骸的原广岛县政府大楼（梅琦先生叫它"原子弹爆炸顶"）。

　　但当这座建筑单独呈现在纸上时，却比亲眼目睹更让人产生彻底湮灭的悲凉感。照片应该是在原子弹被投下几周后拍摄的，也有可能是几天后。那里面，是一座巨大的废墟之城，没有人，没有电车，没有火车，也没有任何能让人辨认得出形状的东西，在被夷为平地的焦土之上，只有县政府大楼如鬼魅般的外壳还存在着。最后这张照片的前面几页，全是没有贴任何东西的黑纸，一页又一页，全是黑色的，这也强化了最后一张照片令人不安的震撼感。福尔摩斯合上剪贴簿，突然，他走进小屋时就有的疲惫感席卷而来。这个世界一定是出了什么差错，他想，在骨髓最深处，有什么东西改变了，但我却不知道是怎么回事。

"那么，事情的真相到底是怎样？"梅琦先生曾经问过他，"您是怎么得出这个结论的？您是怎么解开那些谜团的意义的？"

"我不知道，"他在罗杰的卧室里大声说着，"我不知道。"他又说了一遍。他躺在男孩的枕头上，闭上眼睛，把剪贴簿抱在胸前："我真的什么都不知道——"

之后，福尔摩斯就睡着了。不过，不是那种筋疲力尽后的安眠，也不是那种梦境与现实交错的小睡，而是一种懒散的状态。他陷入无尽的宁静之中。庞大而深沉的梦境把他送到了别处，把他拖离了身体所在的卧室。

11

福尔摩斯和梅琦提着共用的行李箱，登上了清晨的火车（两人为观光之旅准备的东西并不多），健水郎在火车站送行，他紧紧握着梅琦的双手，急切地在他耳边小声说着话。在他们登上列车之前，他走到福尔摩斯面前，深深鞠了一躬，说："我们再见——再次——非常再又——是的。"

"是的，"福尔摩斯顽皮地说，"非常，非常再见。"

火车离开车站时，健水郎还站在月台上，在一群澳大利亚士兵中高举着手，挥舞着。他静止的身影迅速后退，直到最后完全消失。很快，列车就朝西加快了速度。福尔摩斯和梅琦先生笔直地坐在二等车厢两个相邻的座位上，侧头看着窗外，神户的建筑物逐渐被葱郁的田园风景所取代，美丽的景色迅速移动着，一闪而过。

"今天早上天气真好。"梅琦先生说。在他们旅行的第一天，他把这句话说了很多遍（当然，早上天气好后来就变成了下午天气好，最后变成了晚上天气好）。

"确实如此。"这是福尔摩斯不变的回答。

旅行刚开始，两人几乎不说话。他们安静而克制地坐在各自的座位上。有一阵子，梅琦忙着往一本红色的小日记本里写字（福尔摩斯猜，他又是在写俳句），而福尔摩斯则拿着点燃的牙买加雪茄，若有所思地看着窗外模糊的风景。直到列车离开明石站，他们才开始真正的交谈（一开始，是梅琦先生好奇地提问，最后，在到达广岛之前，他们的讨论话题已经涵盖了很多领域）——当时，列车猛然启动，把福尔摩斯指尖的雪茄烟震落，烟卷滚到了地板的另一头。

"让我来捡。"梅琦先生站起身，帮福尔摩斯捡回了雪茄。

"谢谢你。"福尔摩斯说。其实他已经起了身，但只好坐回去，把拐杖横放在膝盖上（倾斜了一定的角度，免得撞到梅琦先生的膝盖）。

在座位上重新坐好后，看着窗外飞驰而过的乡间景致，梅琦先生摸着一根拐杖那已然褪色的木杆，说："这手工真好，对吧？"

"啊，当然，"福尔摩斯说，"我用它们已经至少二十年了，说不定还更久，它们是我可靠的伙伴。"

"您一直都拿两根拐杖走路吗？"

"是最近才用两根的——反正对我来说，还不算久——应该是五年前吧，如果我没记错的话。"

福尔摩斯觉得很有必要详细解释清楚：实际上，他只有在走路的时候，才需要右边拐杖的支撑，但左边拐杖却有着无法估量的双重价值——如果他掉了右边拐杖，左边拐杖可以给他支撑，让他弯腰把右边拐杖取回来；又或者，如果右边拐杖取不回来，左边拐杖就可以迅速取而代之。当然，他接着说，如果没有蜂王浆持续的滋补，拐杖对他来说也不会有什么实际的作用，因为他坚信，最终他一定会被束缚在轮椅上的。

"您真这么想？"

"千真万确。"

说到这个话题，他们展开了热烈的交流，因为两人都喜欢讨论蜂王浆的益处，尤其是它在延缓和控制衰老方面的作用。梅琦先生曾经在战争前采访过一位中国药剂师，问及这种奶白色黏稠液体的好处。"那人显然认为，蜂王浆能够治疗女性和男性更年期的各种症状，以及肝病、类风湿关节炎和贫血等。"

还有静脉炎、胃溃疡、各种退化性症状——福尔摩斯插了一句嘴——以及普通的精神和身体衰弱："它还可以滋养皮肤，消除面部黑斑及皱纹。同时，预防老龄化甚至是提前衰老的症状。"福尔摩斯接着说，这样一种功效强大的物质，其化学成分一直还未被人们完全了解，它由工蜂的咽腺分泌制造出来，这真是太神奇了——它不仅可以把普通的幼蜂培养成蜂后，还能治疗多种人类的疾病。

"不过，尽管我很努力，"梅琦先生说，"却还一直没有找到什么证据，能证明蜂王浆的治疗功效。"

"怎么没有呢，"福尔摩斯微笑着回答，"我们也研究蜂王浆很长时间了，不是吗？我们知道，它富含蛋白质、类脂、脂肪酸和碳水化合物，而我们离发现它的所有成分还远着呢——所以，我只能依靠我真正掌握的唯一证据，那就是我自己健康的身体。但我猜，你应该不经常吃吧？"

"确实不经常吃。我除了写过一两篇关于它的杂志报道之外，对它的兴趣真是很一般。在这件事情上，我恐怕还是更倾向于怀疑主义的观点。"

"太可惜了，"福尔摩斯说，"我本来还指望你能给我一罐蜂王浆，好让我带回英国去，我已经好一阵子没吃到了，你知道吧。等我回到家以后，我的一切不适都能治好，但我还是希望能带上一两罐回去，至少每天能喝上一点点。幸好，我这次带了足够多的牙买加雪茄出来旅行，才不至于要什么缺什么。"

"也许在路上能帮您找到一罐。"

"太麻烦了，你不觉得吗？"

"一点也不麻烦。"

"那就太好了，真的。就把它当作我为自己的健忘必须付出的代价吧。看来，哪怕是蜂王浆，也没法阻止我这记忆力的衰退了。"

而这，又成了他们对话中的另一块跳板，因为此刻的梅琦先生终于可以开口问关于福尔摩斯出色侦查能力的问题了；更具体地说，他想知道福尔摩斯怎么总能轻松注意到往往被别人忽略的细节。他靠近福尔摩斯，慢慢开口了，仿佛这是一个极其重要的问题："我知道，您一直认为，纯粹的观察是获得确定答案的重要工具，但您到底是如何观察一个具体的情况的呢，我很迷惑。从我在书里看到的内容，加上亲身经历体会，我觉得，您不仅仅是在观察，您还能轻而易举地回忆起所有的细节，就像在脑海里拍了一幅照片一样，然后，不知怎的，您就找出了事情的真相。"

"什么是真相？这个问题彼拉多也问过，"福尔摩斯叹了一口气，"老实说，我的朋友，我早已失去了对所有真相的兴趣。对我而言，存在的就是事实——你要把它叫作真相也可以。提醒你，我是在经过很多事情之后才反思得出这样的理解。更准确地说，我更倾向于关注显而易见的东西，尽可能从外界收集更多的信息，再综合得出有直接价值的结论。至于那些普遍的、神秘的或长期的影响，也许它们是真相所在，但却不是我所感兴趣的了。"

但梅琦先生还想知道，在这个过程中，是如何运用到高超的记忆能力的呢？

"你是说在形成某个理论或是得出某个结论的过程中吗？"

"正是。"

福尔摩斯接着告诉他，在年轻的时候，视觉记忆是他解决特定问题的关键。当他审视一件物品或是调查一个犯罪现场时，他所观察到的一切细节都会瞬间在他脑子里转化为精确的文字或数字。一旦转化的结果形成了某种模式（如一系列非常清晰的字句或公式，让他随时就能转述，也能立刻回想起来），它们就会牢牢锁定在他记忆里，他忙于思考别的事情时，它们会被搁置一旁，但一旦他的注意力转向了产生这些模式的情景，它们就会立马呈现。

"随着时间的推移，我开始意识到，我的脑子已经不能像过去那样流畅地运行了，"福尔摩斯继续说，"变化是一点一滴的，但我现在已经明显感觉到了。不同的字句和数字组合曾经是帮助我记忆的工具，但现在也不像过去那样容易记住了。比如说，我在印度旅行期间，在内陆某个地方下了火车——那一站停靠的时间很短，而且我之前从来没有去过那里——我一下车，就有一个半裸的乞丐跳着舞来到我身边，他可真是个开心的家伙。要是在以前，我会清清楚楚地记得周围的一切细节，比如火车站的建筑、周围人们的脸、卖东西的小商贩等等，但现在，我却很难记得了。我不记得车站的建筑，也没法告诉你当时旁边有没有小商贩或其他人经过。我只记得那个棕色皮肤、没牙齿的乞丐在我面前跳舞，伸出手找我讨钱。现在，对我来说，最重要的就是记住他快乐的样子，至于这件事发生的地点，已经不重要了。如果是六十年前，我记不起某个地点或某个细节，我会伤心欲绝的。但现在，我只去记有必要记的东西，细枝末节不再是必不可少的了。这些日子，浮现在我脑海里的都是些大概的印象，而不是事无巨细的周边境况。我反而觉得很庆幸。"

有一会儿时间，梅琦先生什么都没有说，他脸上露出沉思时才会有的心烦意乱、若有所思的表情。然后，他点点头，表情放松下来。当他再次开口时，语气似乎有点不确定："太神奇了，您说的这些——"

但福尔摩斯已经没有继续听他说话了。走廊尽头的车厢门打开，一位戴着墨镜、年轻苗条的女士走进车厢。她穿着灰色的和服，拿着一把伞，摇摇晃晃地朝他们走来，每走几步还要停一下，似乎是要稳住身体。她站在走廊里，看着最近的一扇窗户，被飞驰而过的景色吸引住了——就在这时，她侧脸上露出一道难看而明显的伤疤，像触须般从衣领下延伸出来（爬上她的脖子，爬过她的下巴，横穿右脸，消失在美丽的黑发中）。最后，她又继续往前走，毫不在意地走过他们身边。福尔摩斯不禁想：你也曾经是个美丽的女孩吧。在不久以前，你也曾经是某人见过的最美丽的一道风景吧。

12

中午刚过，火车就到了广岛站。一下车，他们发现自己走进了一片熙熙攘攘、人声鼎沸的黑市摊贩聚集区——人们开着玩笑讨价还价，非法交易着各种物品，疲倦的小孩偶尔还会突然大发一通脾气——但在饱经火车旅行单调的轰隆声和持续的震动之后，这样充满人气的喧哗反倒让他们觉得轻松。梅琦先生说，他们正走进一个在民主基础上重生的城市，因为就在那一个月，在战后第一次选举中，人们通过普选选出了市长。

福尔摩斯还坐在火车上远眺广岛的郊野景色时，没看出任何能表明附近有繁华城市的迹象；相反，他只看到一处处临时搭建的木头小屋，就像一个个紧挨的贫困小村，将它们隔开的只有生长着高高蓬草的开阔荒地。当列车减慢速度，进入残破衰败的车站时，他才意识到，那些蓬草疯长的地方实际上曾经有过林立的高楼、热闹的社区和繁华的商店，而现在，它们早已化为焦土，只剩下凹凸不平的黑土地和断壁残垣的水泥碎片。

梅琦先生告诉福尔摩斯，战争后，以往被人们厌恶的蓬草成了出人意料的上天眷顾。在广岛，这种植物的突然出现和它萌发的新芽给人们带来了希望与重生的信念，也消除了有人说这座城市至少会荒废七十年的流言。而无论是在广岛，还是在别的城市，茂盛的蓬草也在饥荒时期拯救了很多人的性命。"它的叶子和花都成了饺子的主要馅料，"梅琦先生说，"听起来不是那么好吃——相信我，我也知道——但食不果腹的人们总可以靠它们充充饥。"

福尔摩斯继续望着窗外，他想找到更确切的能证明有城市存在的迹象，但直到列车进站，他还是只看见木头小屋——小屋的数量越来越多，屋周围的空地都被开垦为小片的菜园。与铁路平行的是寇吉河。"我现在肚子正好有点饿了，倒是很想尝尝这种饺子的味道呢，听起来很特别。"

梅琦点点头："的确很特别，但不算是特别好吃。"

"可听起来还是很诱人。"

虽然福尔摩斯希望能吃上一顿蓬草馅的饺子，但最终让他饱腹的却是另一种当地特色美食：外面浇着甜酱、里面塞着馅料的日式煎饼，顾客可以从菜单上任选各种馅料，广岛火车站周围不少街边小摊和临时面条店都有卖。

"这叫大阪烧。"后来，梅琦先生和福尔摩斯坐在面条店的餐台前，看着厨师熟练地在大铁锅里烹制他们的午餐时，梅琦这样解释道（滋滋的声音伴随着香气扑面而来，他们的胃口都被吊起来了）。他说，当他还小的时候，和父亲一起在广岛度假时，就尝过大阪烧了。自从童年的那次旅行后，他又来过这座城市好几次，往往都只有换乘火车的时间，但那时，经常会有小贩直接在站台上卖大阪烧。"我总是没法抵挡它的诱惑，光是它的香气，就足以勾起我和父亲共度周末的所有美好回忆。您知道吗，他还带我们去看了微缩景园，但只有在闻到大阪烧香气的时候，我才会想起他和我在这里的各种情形。"

吃到一半，福尔摩斯停了下来，用筷子戳了戳馅饼的里面（他仔细观察着肉类、面条和白菜混合而成的馅料），说："其实做法也并不复杂，但真的很精致，你不觉得吗?"

梅琦把目光从筷子夹着的馅饼上抬起来。他嚼完嘴里的食物，咽了下去，才最终回答："是的，是的——"

吃完饭，忙碌的厨师告诉了他们去微缩景园的大致路线，他们便朝这座十七世纪的世外桃源走去，梅琦觉得福尔摩斯一定会喜欢那里的。梅琦拖着行李箱，走在前面。人行道上行人不少，由于时不时出现的扭曲的电话杆和弯折的松树枝，大家的脚步都很悠闲。梅琦回忆起了童年记忆中的微缩景园，栩栩如生地向福尔摩斯描绘起来：这座微缩公园是缩小版的中国西湖，里面有小河、小岛和小桥，看上去比它们实际的尺寸都要大气。福尔摩斯试着在脑海中想象花园的样子，却发现很难想象在这个被夷为平地、而今正挣扎着重生（周围全是各种噪音——锤子的敲打声、重型机器的嗡鸣声、工人们肩上扛着木材从街道上走过的脚步声，以及马匹和车辆的行进声）的城市里，到底会有怎样的一片绿洲存在。

不管怎样，梅琦也不得不承认，他童年时期的广岛已经不复存在了，他担心景园可能也遭到了炸弹的严重破坏。但他还是相信，它最原本的魅力应该有些许尚存——也许是横跨清澈池塘的小石桥，也许是雕刻成杨贵妃形象的石灯柱。

"我想，我们很快就能亲眼看到了。"福尔摩斯迫不及待地想要离开烈日炙烤下的街道，换一个宁静放松的环境，好让他在树荫下暂时歇一会儿，擦去额头上的汗珠。

在荒芜的市中心，横跨元安河的一座小桥旁，梅琦先生感觉自己在路上什么地方一定拐错了一个弯，又或者，是听错了厨师匆忙间给出的路线。但两人都没有停下脚步，而是身不由己地朝前方隐隐出现的一处建筑走去。"那就是原子弹爆炸顶。"梅琦指着被炸得只剩外壳的坚硬水泥圆顶说。接着，他的食指越过建筑，指向湛蓝的天空，说，那里就是大爆炸发生的地方，那一声无法形容的巨响，将整个城市吞没在无边的火海中，然后又带来了连日的黑雨——在大爆炸中被摧毁殆尽的房屋、树木和尸体的灰烬被吹上天空，又混合着放射性物质迅速落下。

走近花园，河上吹来的微风开始变强，炎热的天气也突然变得凉爽。城市的声音被风声掩盖，不再那么令人烦躁。他们停下来抽烟——梅琦把行李箱放在脚边，帮福尔摩斯点燃了雪茄，他们坐在一根倒塌的水泥柱上（在这个地方休息一下倒是很方便，周围长满了各种野草）。除了一排新栽的小树，这片几乎是完全开阔的空地没有什么可以遮阴的地方；除了两个年轻女人陪着的一位老妇人，也没有其他什么人。这里就像被飓风袭击后的一片荒凉的海滩。几米开外，原子弹爆炸顶周围的栏杆里，他们看见那几个女人正跪在地上，虔诚地把用千纸鹤串成的项链放在已有的几千条项链之间。梅琦和福尔摩斯吞吐着烟雾，仿佛是被催眠了一样，坐在坚硬的水泥建筑前。它是与原爆点最接近的标志性存在，是一座令人望而生畏的亡灵纪念碑；在大爆炸之后，它也是少数几处没有被完全摧毁的建筑之一——圆顶里的钢筋结构在废墟之上高高拱起，在天空的衬托下显得格外突出——而它下方的一切都已被化为碎片、烧为灰烬、消失不见。圆顶里早已没有任何楼层，炸弹的冲击波把内部构造全部震垮，只剩下竖立的墙壁还在原处。

然而，对福尔摩斯而言，这建筑却带给他一种希望的感觉，他也说不上来到底是因为什么。他想，也许是在生锈横梁上筑巢的燕子，也许是空洞圆顶中呈现出的湛蓝天空，都在传递着这种希望感吧；又或者，在一场惨绝人寰的大毁灭之后，这建筑本身坚韧不屈的存在就代表着希望。就在几分钟之前，他第一眼看到它时，他第一次走近它时，内心还充满着深深的遗憾，因为它的背后意味着无数惨死的人们。它是现代科学最终带给人们的恶果，它代表着原子炼金术出现后动荡不安的时代。他突然想起了曾经审问过的一位伦敦医生，那医生是个聪明绝顶、深思熟虑的人，但却不知出于何种原因，用宁碱杀死了妻子和三个孩子，又纵火烧掉了自己的家。警方反复询问他犯罪的动机，他却始终拒绝开口，最后，他在一张纸上写下了三句话：一种巨大的力量正开始压迫这个世界的每一面。由于它的出现，我们必须让自己停下来。我们必须停止，否则整个世界就会由于我们施加给它的压力而彻底崩溃。直到许多年后的今天，福尔摩斯才为那晦涩隐秘的字句找到了些许勉强的解释。

"我们没时间了。"梅琦丢掉烟头，用脚把它踩熄。他看了一眼手表："哎呀，只怕是真的没时间了，我们还要去看景观园，还要赶去宫岛的轮船，得赶紧出发了，晚上还得住在防府旁边的温泉呢。"

"当然，当然。"福尔摩斯拿起拐杖，当他从石柱上站起身时，梅琦说要去几个女人那里打听一下前往微缩景园的正确路线（他亲切的问候和谦恭的询问声随微风传来）。福尔摩斯仍然抽着自己的雪茄，看着梅琦和三个女人站在阴森的建筑下，共同沐浴着下午的阳光，微笑着。他清楚地看到老太太满是皱纹的脸上露出了异常幸福的笑容，展现出随年龄增长复又重现的孩童般的纯真。接着，三个女人仿佛是同时接到了什么信号般，同时鞠了一躬，梅琦先生也回鞠了一躬，便表情严肃地迅速离开了她们——他的微笑立马消失在平淡甚至是有些阴沉的面容背后。

13

微缩景园和原子弹爆炸顶一样，也围着高高的围栏，不让人进去。但梅琦并没有因此受阻，他在围栏中间找到了一处缺口，显然早有人进去过了（福尔摩斯怀疑，是有人用钳子剪断铁丝网，用戴着手套的手拉开铁丝，使缺口的宽度足以让一人通过）。很快，他们就走上了交错相连、蜿蜒曲折的步行小路——小路绕过毫无生气的黑色池塘，一路上都撒着灰色的煤烟，路旁还残留着焦炭般的李子树和樱桃树枝。他们悠闲地走着，时不时停下来环顾四周，仔细打量着这座历史悠久的花园被焚烧后的残余——茶艺室只剩下焦黑的瓦砾，曾经数百丛、甚至数千丛杜鹃花盛开的地方而今也只有凋零的几株。

但梅琦先生对所目睹的一切都保持着沉默，这让福尔摩斯有些沮丧。当他问起这花园的光辉历史时，梅琦没有理会他的问题。不仅如此，他似乎也不愿意待在福尔摩斯身边，有时候，他会走在前面，有时候，又趁福尔摩斯不注意，突然落到后面。实际上，自从向那几个女人问过路之后，梅琦的情绪就一直相当低落，也许是因为他听到了一些不想知道的事吧，也有可能是因为他记忆中美好的花园如今变成了不欢迎公众参观的禁区。

不过，很快他们就发现，他们并不是唯一的擅闯者。在小路上，一位看上去饱经世故的成年男子朝他们迎面走来——男人应该四十多岁或五十岁出头，袖子挽到了胳膊肘——他还牵着一个兴高采烈的小男孩，男孩穿着蓝色短裤和白色衬衫，蹦蹦跳跳地走在旁边。双方相遇时，男人礼貌地对梅琦点了点头，用日语说了句什么，当梅琦回答他时，他又礼貌地点点头。他看上去似乎还想和梅琦说说话，但男孩一直拽着他的手，催促他往前走，他只好点点头，又继续走了。

福尔摩斯问那个男人说了什么，梅琦只是摇摇头、耸耸肩。福尔摩斯发现，这短暂的偶遇似乎让梅琦很是不安，他不断回头看身后，显得心神不宁。有一段时间，他紧紧挨着福尔摩斯走，提着行李箱的手指关节都因为过于用力而发白了——他看上去就像是刚见到了鬼。在他再次加快步伐之前，他说道："真奇怪，我觉得我刚刚见到的就是我和我父亲，不过，却没有看到我的弟弟——我真正的弟弟，不是健水郎。因为您一直认为我是独生子，没有任何兄弟姐妹，所以，我也就觉得没有必要跟您提起他。其实，他死于肺结核，就在我们一起走过这条小路后一个月左右，他就死了。"他又回头看了一眼，加快了脚步。"真是太奇怪了，福尔摩斯先生。这是很多年之前的事，可感觉却一点也不遥远。"

"确实，"福尔摩斯说，"有时，我以为早已被遗忘的过去会活灵活现地出现，让我出乎意料，吓我一跳。如果不是它们找上我，我压根就不会记得。"

他们沿着小路来到了一个比较大的池塘，上面有一座拱起的石桥。池塘里，还有几个小小的岛屿，每个小岛上，都残留着茶室、小屋或小桥的遗迹。整个花园也突然变得开阔起来，仿佛远离了任何城市。走在前面的梅琦停下来，等着福尔摩斯赶上他。然后，两人盯着一个在一座小岛上盘腿而坐的和尚，看了一会儿。那和尚身穿长袍，坐得笔挺，像尊雕像般一动不动，低着剃得溜光的头在祈祷。

福尔摩斯在梅琦脚边弯下腰，捡起路上一块青绿色的鹅卵石，放进口袋。

"我觉得，在日本压根就没有命运这回事。"梅琦目不转睛地盯着和尚，终于开口说，"在我弟弟死后，我见到父亲的时间就越来越少了。那些日子，他经常外出旅行，主要是去伦敦和柏林。对了，我弟弟叫贤治，他死后，母亲的悲伤情绪感染了整个家庭。我特别希望能和父亲一起旅行，但我当时还在念书，而且母亲也比其他任何时候都更需要我待在她身边。不过，父亲倒是很鼓励我的想法，他承诺，如果我能认真学英语，在学校成绩又还不错的话，他也许有天会带我一起出国旅行。于是，你也应该能想象得到，满心热切期盼的我把所有的空余时间都用来练习英语的听说读写。我想，从某个方面来说，那种勤奋的劲头也培养了我成为一名作家所必需的决心。"

当他们又开始走路时，和尚突然抬起头，仰望着天空。他低声吟诵经文，嗡嗡的声音像涟漪般从池塘上传来。

"一年多过去了，"梅琦继续说，"父亲给我从伦敦寄来了一本书，一本精装版的《血字的研究》。那是我第一本从头看到尾的英文小说，也是我第一次接触到华生医生写的关于您的历险故事。遗憾的是，此后很长一段时间，我都再也没能读到他写的其他英文小说了，直到我离开日本，去英国念书，才又重新看到。因为我母亲当时的精神状态不好，所以，她不允许任何和您有关、甚至是和英国有关的书籍出现在我们家。实际上，她把父亲寄给我的那本书都扔了——她找到了我藏书的地方，没有经过我的允许，就把它扔了。幸好我在前一天晚上看完了最后一章。"

"她这样的反应实在是有点过激。"福尔摩斯说。

"确实，"梅琦先生说，"我生气了好几周，不和她说话，也不吃她做的饭。那段时间，每个人都不好受。"

他们来到池塘北岸的一座小山，花园外相邻的小河和远处的群山形成了一幅美丽的背景图。小山旁有人刻意放了一块大石头，石头的上半截被锯断磨平，可以当作天然的长凳，于是，福尔摩斯和梅琦坐下来，享受着眼前美丽的景色。

福尔摩斯坐在那里，感觉自己就和这块在山丘旁歇息的古老大石一样沧桑，周围曾经光辉的一切都已衰退或消失时，只有自己还存在。池塘对面的岸上，有几棵未经修剪、形状奇怪的大树，它们弯曲而光秃的树枝早已不能将花园与城市中的房屋和拥挤的街道隔绝开来。有一会儿，他们就这样坐在那里，几乎不说话，只是静静地看着风景。福尔摩斯一直想着梅琦跟他说过的话，最终开口了："我希望你不要觉得我太爱管闲事——但是我猜，你父亲是不是已经不在人世了啊？"

"我父母结婚时，母亲的年纪还不到父亲的一半，"梅琦说，"所以，我敢肯定，父亲此时肯定已不在人世了。但我却完全不知道他到底是在哪里死的，又是怎么死的。老实说，我还指望着您能告诉我呢。"

"为什么你会认为我知道呢？"

梅琦往前弯下腰，双手紧握，用无比专注的目光盯着福尔摩斯："在我们互通信件的那段时间，您难道不觉得我的名字有点眼熟吗？"

"没有啊，我并不觉得眼熟。我应该眼熟吗？"

"那我父亲的名字呢？梅琦松田，或者说，松田梅琦。"

"恐怕我还是不明白你的意思。"

"我父亲在英国时，似乎曾经和您打过交道。我一直不知道该怎么跟您提起这件事，因为我担心，您会就此质疑我邀请您来日本的意图。我原本以为您会自己猜出这其中的联系，主动跟我说起。"

"他跟我打的这些交道是什么时候发生的？我可以跟你保证，我真的完全没有印象了。"

梅琦严肃地点点头，拉开脚边旅行箱的拉链，把箱子摊开在路上，仔细地在他自己的一堆衣服中翻着。最后他拿出一封信，打开递给福尔摩斯："这是我父亲和书一起寄来的。信是写给我母亲的。"

福尔摩斯把信纸拿到面前，仔细看着。

"信是四十——也许是五十年前写的，对不对？你看纸的边缘都已经明显变黄了，黑色的墨水也变成了蓝黑色。"福尔摩斯把信还给梅琦，"但很遗憾，里面的内容我真的看不懂，能不能麻烦你——"

"我会尽力而为。"梅琦先生露出迷茫的表情，开始了翻译："我在伦敦咨询了伟大的侦探夏洛克·福尔摩斯，我意识到，我永远待在英国才是对我们来说最好的选择。你从这本书里可以看到，福尔摩斯确实是个非常聪明、非常有智慧的人，他对这件重要事情的意见我们绝对不能忽视。我已经做好了安排，所有的房产和财产都会转到你的名下，直到民木长大成人，可以接过这份责任为止。"然后，梅琦把信折起来，补充了一句，"这封信的落款是一九〇三年三月二十三日——也就是说，我当时十一岁，他五十九岁。从那以后，我们就再也没有他的消息了，也不知道为什么他觉得自己必须留在英国。换句话说，这就是我们所掌握的一切信息。"

"真是令人遗憾。"福尔摩斯看着梅琦把信放回行李箱。现在，他显然无法告诉梅琦他的父亲撒了谎，但他可以说出自己的疑惑，说清楚他为什么不能确定到底有没有与松田梅琦见过面。"我也许见过他，也许没有见过。你不知道，在那些年里，有多少人来找过我，真的有成千上万。让我印象深刻的寥寥无几，但我想，如果我真的见过一个在伦敦生活的日本人，我应该会记得的，你说呢？可不管怎么说，我确实想不起来了。对不起，没法帮你什么忙。"

梅琦摆摆手，似乎是决定放弃了。他突然卸下严肃的表情，"没必要那么麻烦，"他用轻松的语气说，"我在乎的不是我父亲，他消失了那么久，我早已把他连同我的弟弟一起埋葬在童年的记忆中了。我之所以问您这件事，是为了我的母亲，因为直到今天，她都还在痛苦之中。我知道我应该早点跟您提起这件事，但我很难当着她的面说，所以只好等到我们出来旅行的时候了。"

"你的谨慎和你对母亲的孝心，"福尔摩斯和蔼地说，"很让我佩服。"

"您过奖了，"梅琦说，"不过，请不要让这件小事影响了您来这里的真正目的——我的邀请是真心实意的，我希望您能清楚——我们还有很多要看的、要聊的。"

"那是当然。"福尔摩斯说。

可是，在此之后很长时间，除了梅琦先生几句泛泛的闲谈（"恐怕我们得走了，可别错过了轮渡"），他们什么都没有说，两人也都不觉得有说话的必要。他们离开花园，坐上前往宫岛的轮渡，也是一路沉默，甚至在看到了竖立在海上的巨大红色牌坊时，也没有说话。他们坐上开往防府的巴士，在红叶温泉旅店（传说一只白色的狐狸曾经在温泉中治好了受伤的腿，所以，现在当你泡在热气腾腾的温泉中时，还有可能看到蒸汽中白狐若隐若现的脸）安顿下来，准备睡一晚时，令人尴尬的沉默依然有增无减。直到晚餐前，这沉默才被打破，梅琦直直地盯着福尔摩斯，露出大大的笑容，说："真是个愉快的晚上。"

福尔摩斯回以微笑，但并不热情。"确实。"他简短地回答。

14

　　如果当时梅琦先生只是轻轻地摆摆手，不再讨论关于他父亲失踪的话题，那不知所措的反而会是福尔摩斯，因为他后来才发觉，他对这个名字确实有一点点模糊的印象（他想，又或者是因为他已经熟悉了梅琦这个姓，才会产生这样的错觉？）。所以，在他们旅行的第二天晚上，坐在山口的一家小酒馆里吃着鱼、喝着清酒时，他再度问起了关于梅琦父亲的事。他的第一个问题让梅琦盯着他看了很久："您为什么现在要问我这个？"

　　"因为我实在控制不了自己的好奇心了，很抱歉。"

　　"真的吗？"

　　"恐怕是真的。"

　　之后，福尔摩斯问的所有问题都得到了认真的回答，而随着梅琦手里的酒不断被喝光，酒杯又不断被添满，梅琦也流露出越来越强烈的情绪。两个人都喝醉之前，梅琦有时说着说着，就会突然停下来，没法再说完想要说的话。有一段时间，他只是紧紧握着酒杯，绝望地盯着福尔摩斯。很快，他就什么话也不说了。最后，是福尔摩斯帮他站起来，扶着他离开酒桌，摇摇晃晃地走回去，回到各自的房间。第二天早上，他们在附近的三个村庄和神庙观光时，谁也没有再提起头天晚上的谈话。

旅行第三天是福尔摩斯整个旅程中最精彩的一天。虽然他和梅琦都还有些宿醉后的不适，但两人的兴致都相当高，那天也是春光明媚的一个好天气。他们坐着巴士，颠簸在乡间的小路上，天南海北地聊着，气氛自然而轻松。他们谈到了英国，谈到了养蜂，谈到了战争，也谈到了各自在年轻时旅行的经历。福尔摩斯惊讶地发现梅琦居然去过洛杉矶，还和卓别林握过手；而梅琦也饶有兴趣地听完了福尔摩斯在西藏游历的故事，以及他参观拉萨、和达赖喇嘛共度数日的经历。

友好而轻松的交流持续了整个上午，一直延续到下午，然后，他们去了一个村庄的集市闲逛（福尔摩斯买了一把非常完美的短剑作为拆信刀），又在另一个村庄看到了极具特色的节日庆典。当大队的牧师、乐手和当地人打扮成魔鬼的模样，在街道上游行时，两人止不住地窃窃私语起来。他们看到男人们举着用木头制成的男性生殖器，女人们抱着裹在红纸里的小一些的木雕阳具，围观的人们伸手触碰木头生殖器的顶端，以求神灵保佑孩子健康成长。

"真有趣。"福尔摩斯评价。

"我就知道您会觉得有意思的。"梅琦先生说。

福尔摩斯羞涩地笑了笑："我的朋友，我想你比我更感兴趣吧。"

"也许您说得对。"梅琦表示同意，他也微笑着伸出手，用指尖碰了碰一个迎面而来的木雕。

接下来的夜晚和之前一样，又是一间小酒馆，共进晚餐，一轮又一轮的清酒、香烟和雪茄，更多关于松田的问题。福尔摩斯的问题从宽泛变得越来越具体，而由于梅琦不可能知道关于父亲的所有情况，所以他的回答往往是不确定的，甚至只是一个耸肩，或是一句"我不知道"。梅琦对福尔摩斯的盘根问底并不反感，即便是这些问题带来了他童年不快的回忆和他对母亲悲伤情绪的担忧："她毁了好多好多东西，几乎是我父亲碰过的所有的东西。她两次在家里放火，还试图让我和她一起自杀——她希望我们一起走进海里淹死，她觉得这才能算是对父亲过错的报复。"

"那我想，你母亲一定很不喜欢我吧——我之前就感觉到了，她怎么也掩饰不了对我的厌恶。"

"是，她确实不喜欢您，但老实说，她其实谁都不喜欢，所以您不要认为她是特别针对您。她从来不承认健水郎，也不喜欢我的生活方式：我一直没结婚，而是和伴侣住在一起。她把这些都怪罪于父亲对我们的抛弃。她认为，一个男孩如果没有父亲的教导，就永远也无法成长为真正的男人。"

"在你父亲决定抛弃你们的过程中，她难道不是认为我起了关键性的作用吗？"

"是的，她是这样想的。"

"哦，那她的厌恶就是针对我的嘛，不是吗？我希望你不要和她有同样的感觉。"

"不会，完全不会。我母亲和我是完全不同的人，我对您没有丝毫的意见。容我直言，您是我的英雄，是我的新朋友。"

"你太抬举我了，"福尔摩斯举起酒杯，"为新朋友干杯——"

整个晚上，梅琦脸上都带着信赖而专注的表情。实际上，福尔摩斯感觉那表情中传递着一种信念：梅琦在谈起父亲时，他是相信眼前这位退休的大侦探能就父亲失踪一事带来一些新的讯息的，或至少在这个问题上提供一点见解。可没过多久，他就发现，福尔摩斯也没有什么想法，于是，他的表情渐渐变了，变得有些悲伤，甚至是阴郁。他闷闷不乐，愁眉不展，女服务员不小心把新端来的清酒洒到他们桌上时，他还严厉训斥了她一番。

接下来，在他们最后的旅程中，两人经常长时间地沉思，只有吞吐的香烟烟雾点缀其间。在前往下关的火车上，梅琦先生忙着在他红色的日记本里写着什么，而福尔摩斯则满脑子都在想着松田的事——他盯着窗外，目光一直追随着一条围绕陡峭大山的蜿蜒小河。有时候，火车也会从乡村小屋旁开过，每间屋子前面都会有一个二十加仑的水桶摆在河边（梅琦之前告诉过他，水桶上写的字意思是"防火用水"）。一路上，福尔摩斯看到了很多小村庄以及它们背后高耸的山脉。他想象着，如果能爬上高山的山顶，那能够看到的景色将会是多么壮观——脚下的山谷、村庄，远处的城市，甚至是整个内海，都将尽收眼底吧。

福尔摩斯一边欣赏如画的风景，一边反复琢磨着梅琦说过的关于他父亲的事。他在脑海中渐渐形成了对这个失踪男人的基本印象——他就像一个从过去走出来的幽灵：瘦削的面容，高高的个子，憔悴的脸庞应该是与众不同的，还留着明治时期知识分子最爱蓄的山羊胡。他是一名政府外交官，在因为丑闻提前下台之前，曾是日本最杰出的外交部部长之一。他还是个谜一般的人物，他以缜密的逻辑思维和善辩著称，对国际政策有着深刻的了解。在他众多的成就中，最负盛名的是他写的一本记录中日战争的书，这本书是他在旅居伦敦期间写成的，详细记录了战争爆发前日本的秘密外交政策。

松田天生是个雄心勃勃的人，他的政治抱负在明治维新时期就崭露头角了，当时，他不顾父母反对，进入政府工作。由于和亲西方的四大党派都没有关系，他被认为是个外来者，但由于其杰出的能力，最终好几个区都请他去当区长。任职期间，他在一八七〇年首次出访伦敦。卸任区长职务后，他又被选入了当时正迅速扩张的外交部，后来，由于不满党派对政府的操控，他参与了推翻党派的密谋活动，被人发现，导致他原本一片光明的前途在三年后戛然而止。谋反的失败导致了长期的监禁，但他并没有在铁窗内自暴自弃，而是继续做着重要的工作，例如，把杰瑞米·边沁的《道德与立法原理引论》翻译成日文。

从监狱被释放后，松田娶了当时年龄尚小的妻子，又生下两个儿子。与此同时，他多年一直在国外旅行，频繁进出日本，把伦敦当作是他在欧洲的家，还经常前往柏林和维也纳。这对他来说，也是一段很长的学习时间，他主要的兴趣还是宪法。虽然大家普遍认为他对西方世界有着深刻的了解，但他始终相信君主专制政体。"您不要搞错了，"梅琦先生在福尔摩斯提问的第二个晚上，曾经说过，"我父亲相信，应该由单一的、绝对的权力来统治人民，我想这也是他为什么更喜欢英国而不是美国的原因。我还认为，正是他固执己见的信仰，才让他失去了成为一名成功政治家所必需的耐心，更不用说成为一个好父亲、好丈夫了。"

"你觉得他在伦敦一直待到了去世吗？"

"很有可能是的。"

"你在伦敦上学时，从来没有去找过他吗？"

"找过，但找的时间不长——我发现我不可能找到他。老实说，我也没有特别努力去找，当时，我还年轻，有新的生活、新的朋友，并没有非常急切地想去找一个很早以前就抛弃了我们的人。最后，我刻意不再寻找他的下落，觉得这样的决定才能让我自由。毕竟，他当时已经和我不是一个世界的人了，我们早已形同陌路。"

可梅琦先生也承认，这几十年过去后，他开始后悔自己的决定。因为他现在五十四岁了——只比他和父亲最后一次见面时父亲的年纪小五岁——他感觉内心的空虚越来越强烈，父亲的失踪给他留下了一个巨大的黑洞。更重要的是，他坚信父亲的心中也一定有过同样的空虚，那是再也无法见到家人的创伤。父亲过世后，这阴暗空虚的伤口不知怎的，进入了他儿子心中，并随着年龄的增长，最终成为无法释怀的心结，让他时常感到迷惑沮丧。

"也就是说，你不仅仅是为了你母亲，才想知道答案的吧？"福尔摩斯问，他的语气中突然带着困惑与疲惫。

"是啊，我想您说得对。"梅琦多少有些绝望地回答。

"你其实是为了自己在寻找真相，对不对？换句话说，为了你自己，你必须要找出事情的真相。"

"是的。"梅琦沉思了片刻，盯着手中的清酒杯回答，然后，他又看着福尔摩斯，"那么，到底真相是什么呢？您是怎么找出真相的呢？您到底是怎么解开那些谜团的呢？"他目不转睛地盯着福尔摩斯，希望这些问题能成为一个确切的起点。如果福尔摩斯能作出回答，那父亲的失踪、他童年时的痛苦也许都能由此——得到解决了吧。

但福尔摩斯沉默着，似乎是陷入了沉思；他坐在那里冥思苦想的表情激起了梅琦内心的希望与痛楚。毫无疑问，福尔摩斯正在他庞大的记忆库中搜索，关于松田抛弃家庭和祖国的种种细节就像一个档案夹，深藏在被人遗忘的柜子里，当它最终被人找到后，必定会带来无法估量的重要信息。很快，福尔摩斯就闭上了眼睛（可梅琦确定，这位老侦探的思维已经深入了那个档案柜最阴暗的角落），难以察觉的轻微鼾声也随之响起。

Ⅲ 养蜂艺术三

15

那天傍晚，福尔摩斯在书桌边醒来，只觉得双脚发麻，决定外出走走，促进血液循环，而因为如此，他发现了罗杰。罗杰在离养蜂场很近的地方，身体被半掩在高高的草丛中。他仰面朝天躺着，双手放在身体两侧，懒洋洋地望着头顶高空中缓慢移动的白云。福尔摩斯并没有立刻朝他走去，也没有叫他的名字，而是也抬起头，看着云朵，思考着到底是什么牢牢吸引住了孩子的注意力。可除了缓缓变幻的积云，他并没有看到什么不同寻常的东西——大片的云层时不时遮住阳光，在草坪上投下影子，仿佛掠过海滩的浪花。

"罗杰，孩子，"最后，福尔摩斯终于开口了，他的视线穿过草丛，投向罗杰所躺的地方，"真不好意思，你妈妈叫你去厨房帮忙。"

福尔摩斯本来并不打算进入养蜂场。他只是计划绕着花园走一小会儿，看看香料园，拔掉零星生长的野草，再用拐杖拍实松动的泥土。可是，就在他从厨房门口经过时，蒙露太太叫住了他。她把沾着面粉的手在围裙上擦干净，问他能不能帮个忙把罗杰叫来。于是，福尔摩斯同意了，但多少有些不情愿，因为阁楼里还有尚未完成的工作等着他，还因为花园范围之外的散步虽然能放松身心，但往往都会浪费不少时间（一旦走进养蜂场，他肯定要在那里待到黄昏，看看蜂巢的情况，重新安排一下巢框，搬走不再需要的蜂窝等等）。

几天后，他再回想起来才发觉，蒙露太太的请求是一个多么偶然的悲剧：如果她自己去找儿子，绝对不会走到比养蜂场更远的地方去，至少一开始是不会去的；也绝对不会注意到高高的草丛中被人新踩出了一条狭窄而曲折的小路；更不会注意到罗杰一动不动地躺在那里，盯着洁白的云朵。是的，她只会站在花园小路上大喊他的名字，当无人应答时，她会以为他去了别的地方（在小屋里看书，在树丛中追逐蝴蝶，又或是在海滩上捡贝壳）。她绝对不会突然担心。而当她走进草丛，反复叫着他的名字，朝他走去时，脸上也不会带着忧虑的表情。

"罗杰，"福尔摩斯说，"罗杰。"他站在男孩身边轻声叫着，用拐杖轻轻去碰触他的肩膀。

事后，福尔摩斯把自己再次锁进阁楼书房时，他能想起的只有孩子的一双眼睛，那已经扩散的瞳孔死死地盯着天空，却不知怎的，传达出一种狂喜的情绪。他不愿想起在那微微颤抖的草丛中他很快推测出来的事实：罗杰的嘴唇、双手和脸颊都肿胀着，无数被叮的伤口在他的脖子、脸庞、前额和耳朵上形成不规则的形状。他也不愿想起他在罗杰身边蹲下时喃喃说出的那几句话——如果别人听到了他那严肃的口气，只怕会以为他冷漠得不可思议，麻木得难以想象吧。

"真的死了啊，我的孩子。恐怕，是真的死了啊——"

但福尔摩斯对突如其来的死亡并不陌生——至少他自己是这么

认为的——突发的死亡事件已经不会再让他觉得惊讶了。在生命的长河中，他曾经在无数的尸体旁跪下——有女人，有男人，有孩子，也有动物，往往是完全不认识的陌生人，可有时候也会有熟人——他会仔细观察死神留下的特殊印记（例如，身体一侧蓝黑色的瘀青、毫无血色的皮肤、僵硬弯曲的手指，还有直往活人鼻孔里钻的恶心的甜腥气——表现方式各不相同，但都有着同样不可否认的主题）。死亡，就和犯罪一样，是很普遍的，他曾经这样写过，但逻辑却是罕见的。因此，保持思想的逻辑性就很难了，尤其是在面对死亡时。然而，人始终应当依靠逻辑而非沉溺于死亡。

因此，在那高高的草丛中，他把逻辑拿出来当作盾牌，抵御着发现男孩尸体这一令人心碎的事实（实际上，福尔摩斯已经感觉微微眩晕，手指开始颤抖，痛苦心酸的情绪也开始快要爆炸）。现在，罗杰死去的事实已经不再重要了，他对自己说。重要的是他是怎么走到生命尽头的。他不用检查尸体，甚至不用弯腰去细看那肿胀的脸庞，就已经明白了这孩子已不在人世的可怕现实。

当然，孩子被蜜蜂蜇了，而且被蜇过很多次，福尔摩斯看一眼就明白了。临死前，罗杰的皮肤会发红，他会感到火烧般的疼痛和全身瘙痒。他也许试图逃离攻击者。无论怎么说，他毕竟从养蜂场走到了草坪，但在蜂群的追逐下，他应该是分不清方向的。他的衬衫上、嘴唇边和下巴上都没有曾经呕吐过的迹象，但他一定出现过腹部的抽筋和恶心。他的血压迅速下降，让他感觉虚弱。喉咙和嘴唇都肿了，所以他无法吞咽或呼叫救命。接下来心率的变化和呼吸的困难也许让他感觉到了死亡的逼近（他是个聪明的孩子，应该会预料到自己的宿命）。然后，他就像掉进了陷阱般，瘫倒在草坪上，不省人事了——他瞪圆了眼睛，慢慢死去。

"过敏反应。"福尔摩斯一边自言自语，一边拂去男孩脸上的尘土。他断定，是非常严重的过敏反应导致了罗杰的死亡。被蜇得太厉害了。这是最极端的过敏反应，是一种相对迅速但痛苦的死法。福尔摩斯把绝望的目光投向天空，看着头顶的云朵飘过，发现暮色越发浓重，这一天就快要结束了。

到底发生了什么样的意外？最后，他问自己。他挣扎着，拄着拐杖站起来。男孩都做了些什么，为什么会把蜜蜂激怒成这样？养蜂场看上去和平时一样宁静，而当他之前穿过养蜂场，寻找罗杰，呼喊他的名字时，也没有发现任何聚集的蜂群，蜂巢入口处也没有不同寻常的骚动。还有，目前罗杰的四周也没有一只蜜蜂在盘旋。可无论怎样，必须对养蜂场进行更仔细的观察，蜂房也需要严格的检视。如果他不想面对和罗杰一样的命运，还必须穿上全身防护服，戴好手套、帽子和面纱。可首先要做的，是通知警方，将这个噩耗告诉蒙露太太，再把罗杰的尸体移走。

太阳西斜，田野和森林后面的地平线变得微微发白。福尔摩斯跌跌撞撞地从罗杰身边走开，穿过草坪，躲开养蜂场，自己踏出了一条歪歪斜斜的小路，一直走到了铺着碎石的花园小径。然后，他停下来，回头看着宁静的养蜂场和尸体所在的位置，此刻，这两处都沐浴在金色的夕阳中。就在这时，他突然低语了几句，却被自己沉默而毫无意义的话弄得慌乱不安起来。

"你说什么？"他突然大声说，还一边用拐杖重重地去敲路面的碎石。"你——说——"一只工蜂嗡嗡飞来，接着，又是一只——它们的嗡嗡声压过了他的声音。

他的脸上失去了血色，抓着拐杖的双手也开始颤抖。他想恢复冷静，深吸了几口气，飞快地转身向农舍走去。但他走不动了，眼前的一切变得虚幻，花园里一排排的花床、房屋、松树都模糊起来。有那么一刻，他呆住了，被周围和眼前的情形弄迷糊了。他问自己，我怎么会贸然闯进这个不属于我的地方？我是怎么走到这儿的？

"不，"他说，"不，不，你搞错了。"

他闭上眼睛，把空气吸进胸腔。他必须集中精神，这不仅仅是要找回自我，也是要消除那种不熟悉的感觉：这花园的小路是他自己的设计，花园也是——附近应该就有野生黄水仙，触手可及的地方应该还有紫色醉鱼草。他确定，只要他睁开眼睛，一定还能看到巨大的蓟草和香草园。最后，他努力撑开眼皮，果然看见了黄水仙、醉鱼草、蓟草，以及更远处的松树。他下定决心，逼迫自己往前走。

"当然，"他喃喃说道，"当然——"

那天晚上，福尔摩斯站在阁楼的窗户前，看着外面的一片漆黑。他刻意不去回想他在上楼进入书房前所说过、解释过的细节——他进入农舍后，曾与蒙露太太有过短暂的交谈。当时，她的声音从厨房里传来："你找到他了吗？"

"找到了。"

"他就来了吧？"

"恐怕是的——就来。"

"要我说，早该回来了。"

他也不去回想他在匆忙中给安德森打的电话，告诉了他罗杰去世的消息，以及应该去哪里找到尸体，并警告他和他的手下要记得避开养蜂场："我的蜜蜂有点问题，要小心。请你们处理好孩子的尸体，并通知他的母亲，我会看好蜂房，明天再告诉你我的发现。"

"我们马上就赶过去。对于您的损失，我也感到很遗憾，先生。我真的——"

"赶紧行动，安德森。"

他更不愿回想因为自己不敢直接面对蒙露太太而选择逃避的态度——他无法表达自己的懊恼，也不能与她一起悲伤，当安德森和手下进入屋子时，他甚至都不敢站在她身旁。相反，罗杰的死让他手足无措，他没有勇气把噩耗当面告知男孩的母亲。他爬上楼，把自己关进书房，把门锁上，也忘了按计划返回养蜂场。现在，他只是坐在书桌前，一页接一页地写着笔记，却根本没有在意匆忙间写下的词句到底是什么意思。他注意着窗外来来往往的动静，听到了蒙露太太的哀号声突然从楼下传来（她伤心欲绝的痛哭、上气不接下气的啜泣都传达出最深层的悲伤，那伤心沿着墙壁和地板蔓延，回荡在走廊里，很快又像它开始时那般突然地结束了）。几分钟后，安德森敲响了书房的门，说："福尔摩斯先生——夏洛克——"福尔摩斯不情愿地让他进来，但只让他待了很短的时间。他们谈论的具体内容最终不可避免地被福尔摩斯遗忘了，包括安德森的建议、福尔摩斯表示同意的事项等等。

安德森和手下离开农舍，把蒙露太太送上一辆车，把男孩抬上救护车。在接下来的安静时间里，福尔摩斯走到阁楼窗口，窗外除了彻头彻尾的黑暗，其他什么都没有。但他还是感觉到了什么，那是让他不安、却又无法从记忆中完全摆脱的画面：罗杰瞪着蓝色的眼睛，躺在草坪里，圆圆的瞳孔专注地看着天空，那空洞的眼神让人难以忍受。

他走回到书桌前，在椅子上休息了一会儿，然后弯下腰，手指用力压着紧闭的双眼。"不，"他嘟囔着，摇着头，"是这样吗？"他抬起头大声说，"怎么会这样呢？"他睁开眼睛，环顾四周，似乎是想看到有人在旁边。但这书房里就和以往一样，只有他一个人，坐在书桌前，正心神不宁地伸出一只手去拿钢笔。

他的目光落在面前一沓沓稿纸和散乱的笔记上，还有用一根橡皮筋捆着的尚未完成的手稿。在天亮前接下来的几个钟头里，他不会再去多想什么，也永远不会知道男孩曾经坐在这把椅子上，细读着凯勒太太的案子，希望能看到故事的结局。然而，就在那天晚上，福尔摩斯却突然感觉有了必须把故事写完的动力。他伸手拿过空白稿纸，开始为自己寻找一种心灵上的解脱，这是从来不曾有过的。

笔下文字出现的速度似乎超过了他思想的速度，他毫不费劲地写完了一页又一页。文字催促着他的手向前、向前、再向前，可也同时带着他后退、后退、再后退——退到了在苏塞克斯度过的夏天，退到了他去日本的旅行，甚至退到了两次世界大战之前——回到了一个在上世纪终结、新世纪开始之际繁荣兴盛的世界。他一直写，写到了太阳升起，写到了墨水几乎完全用尽。

16

Ⅲ. 在"物理和植物协会"公园

正如约翰在很多短篇小说里所描述的那样，我在调查案子时，经常也会违反原则，行为举止也并不总能做到大公无私。比如说，我问凯勒先生要来了他太太的照片，其实并不是出于真正的需要。老实说，这个案子在星期四晚上我们从波特曼书店出门之前就已经解决了，如果不是那女人的脸总是萦绕在我的脑海中，我当时就会向凯勒先生道出事情的原委。可是，我想把宣布结果的时间再拖一拖，我知道，我还有机会从更好的角度亲眼见到她。那张照片也是我出于自己的私心想要的，我甚至愿意把它当作这个案子的报酬，永远保留下来。那天晚上，我独自坐在窗边，那女人却一直在我的脑海中轻松地漫步——她高举太阳伞，为自己雪花般的皮肤遮挡着阳光——而照片中，她羞涩的脸则一直在我的膝盖上看着我。

几天过去了，我还一直没有机会全身心投入她的事。在那期间，法国政府委托我处理一件极其重要的案件，占据了我所有的精力——在巴黎，一位外交官桌上的玛瑙纸镇被盗，最终被人发现藏在伦敦西区剧院的地板下。可即便再忙，她的影像仍在我脑中挥之不去，而且还变得越来越梦幻；她充满诱惑，又令人不安。当然，这一切几乎都只是我自己一厢情愿的想象，我当然也意识到了这是我的幻想，并非事实，但我无法抗拒在做这种愚蠢白日梦时心中涌起的复杂冲动——这是我第一次感觉到，内心的温柔情愫竟然可以超过理性的思维。

所以，在接下来的星期二，我对自己进行了一番乔装打扮。我认真思考，到底什么样的人物最适合独一无二的凯勒太太。最后，我决定扮成斯蒂芬·皮特森，一位未婚的中年藏书家，性格温和，甚至可以说略有些阴柔；他近视，戴着眼镜，穿着陈旧的格子外套，总是由于紧张而习惯性地用手去捋乱糟糟的头发，心不在焉地去扯蓝色的宽领带。

"不好意思，打扰您一下，小姐。"我眯起眼睛打量着自己在镜中的形象，思考着我对凯勒太太的说的第一句话到底应该是什么，它应该是礼貌而含蓄的。"对不起，小姐，能不能打扰您一下——"

我调整了一下领带，想到这个人对植物的热情完全可以媲美她对一切能开花事物的喜爱，我又把头发拨乱，确定了他对浪漫主义文学也应该有无人能及的痴迷。毕竟，他是个爱读书的人，相比普通的人际交往，会更喜欢书籍带来的慰藉。但在内心深处，他也是个孤独的人，随着年龄的增长，也会开始思考寻找稳定伴侣的重要性。为了达到这个目的，他学习了神秘的手相术，但更多的是把它作为与他人打交道的方式，而非预测未来的手段；哪怕只是短暂放在他手心里的手，只要对方是合适的人，他也会在之后的好几个月里，仍然感觉到双手相触时那转瞬即逝的温暖。

可是，我却无法想象如何才能隐藏在自己创造出来的这样一个人物中——实际上，当我回想起那天下午的情景时，我感觉自己和发生的一切并无关联。是斯蒂芬·皮特森走进了那天夕阳西下的日光中，他低着头，缩着肩，小心翼翼又从容不迫地朝蒙太格大街走去。他漫无目的的模样显得有点可怜，路人不会多看他一眼，他的存在是微不足道的。对那些和他擦肩而过的人们来说，他只是一个转眼就忘的普通人。

他下定了决心要完成自己的任务，要赶在凯勒太太之前到达波特曼书店。他走进书店，悄无声息地经过柜台。店主和以往一样，正拿着放大镜，把脸凑到书上，认真地看着书，完全没有察觉到近在咫尺的斯蒂芬。而等到他慢慢走进一条过道后，他才开始怀疑店主的听力可能也有点问题，因为无论是店门打开时门上铰链的吱呀声，还是门关上时写着"营业中"的牌子与玻璃的碰撞声，似乎都没有惊动到老人。于是，他穿过微弱阳光中飞舞的细尘，沿着堆满书架的过道继续往前走。他发现，越是往里走，光线也就越暗，直到最后，面前的一切全被笼罩在阴影之中。

他走到楼梯前，爬上七级台阶，蹲在那里，这样，他就可以在凯勒太太进来时清楚地看到她的一举一动，又不会惹人注意。接下来，一切都像被安排好似的依次发生了：楼上传来玻璃琴哀婉的声音，那是男孩的指尖正滑过琴碗；几分钟之后，书店的门开了，凯勒太太就像之前的每个周二和周四一样，从街道上走进来，她把阳伞夹在胳膊下，戴着手套的手中还拿着一本书。她没有理会店主——店主也没有理会她——她飘然走进过道，时不时停下来看看书架，仿佛是情不自禁般地抚摸着书脊。有一段时间，他是能看到她的，但只能看到她的背影；他看着她慢慢地走进暗处的角落，变得越来越模糊。最后，他看到她把一本书放回最高的书架上，又换了一本似乎是随意挑选的书之后，终于完全消失在了他的视线中。

你这不是偷书，他对自己说，不，实际上，你这是借书。

她消失后，他便只能推测她的准确位置了——应该很近，是的，他能闻到她的香水味；应该就在附近的某个暗处，也许她只在那里待过短短几秒。就在这时，发生了一个完全在他意料之中的情况，所以，他并不惊讶，但眼睛却一时没有适应过来：书店后面突然亮起刺眼的白色光线，瞬间照亮了过道，可它的消失和它的出现一样迅速。他飞快地走下台阶，瞳孔中似乎还留着刚刚的白光，他知道，凯勒太太就在那白光之中。

他沿着两排书架之间的狭窄过道通行，闻到了她留下的强烈的香水味。在最后那面墙的阴影处，他停住了。他面朝墙壁站着，眼睛开始适应周围的光线。他低声细语地说，"就是这里，就是这里，没错了。"玻璃琴微弱的乐声清楚地传到耳边。他看了一眼左边——是堆得歪歪斜斜的一摞摞书，又看了一眼右边——是更多的书。而在他的正前方，就是凯勒太太消失的地方——书店的后门，这扇紧闭的门四周透着刚刚让他目眩的白光。他往前走了两步，推开门。他努力控制自己不去追她。当门被推开的一瞬间，光线再度照进了书店里。他却犹豫着，不敢跨进门槛。他小心地眯起眼睛，看到外面的凉亭棚架形成了一道封闭的走廊，这才慢慢迈出步子。

她的香水味很快被更浓郁的郁金香和黄水仙的香气所掩盖。他逼迫自己走到走廊尽头，从爬满青藤的隔栅间看到了一个精心设计栽培的小花园——浓密的灌木丛、常青树和玫瑰花经过精心的修剪，形成了一堵天然的屏障；店主在伦敦市中心苦心营造出一片完美的绿洲，就连从斯格默女士的窗口都几乎看不到它。老人应该是在视力衰退之前，花了好几年时间，根据后院不同位置的气候条件，细心做好规划的：在被屋顶遮住了阳光的地方，店主种上各色阔叶植物，以点缀暗处；而在别的地方，则种着常青的洋地黄、天竺葵和百合花。

鹅卵石铺就的小路蜿蜒通向花园中心，路的尽头是一小块方形的草坪，周围是黄杨木树篱。在草坪上，有一张小小的长椅，长椅旁边是巨大的陶缸，漆着铜绿的颜色；而坐在长椅上的，正是凯勒太太——她把阳伞放在膝盖上，双手捧着书，坐在楼房投下的阴影处，楼上窗口传来的玻璃琴声像是飘进花园的神秘微风。

当然，他想，她当然是在这里看书了。她把目光从书本上抬起来，侧着脑袋，认真地听着乐声。就在这时，乐声停顿了片刻，然后，更加流畅熟练的琴声响起。他知道，是斯格默女士取代了格莱汉在玻璃琴前面的位置，她是在给男孩演示琴碗正确的弹奏方法。当她灵巧的手指在琴碗上弹出优美的音符时，空气中都弥漫着安静的气氛。他在远处认真打量着凯勒太太，看着她脸上表情的微妙变化：她微微张着嘴，轻轻地呼吸，僵直的身体越来越放松，眼睛也慢慢闭上了；隐藏在她内心深处的宁静随着音乐浮现出来，但只有昙花一现般的瞬间。

他不记得自己把脸贴在隔栅上看了她多久，他也被花园里的一切所吸引住了。可他的注意力最终被后门的吱呀一声响打断，紧跟而来的是剧烈的咳嗽声，店主正匆匆跨过门槛。老人穿着脏兮兮的工作服，戴着棕色手套，一手抓着洒水壶，走上了过道。很快，他就会从一个紧张地贴着隔栅而站的身影边经过，走进花园。和往常一样，他大概也不会注意到花园里的入侵者吧。就在玻璃琴最后一个音符消失时，他正好走到了花圃前，洒水壶突然从他手中掉落，侧翻在地上，壶里的水几乎全都流了出来。

此刻，一切都结束了：玻璃琴安静下来；老店主在玫瑰花圃旁弯下腰，在草坪上到处摸索着从他手里掉落的水壶。凯勒太太收好自己的东西，从长椅上站起身，用此刻他早已熟悉的悠闲步调向老人走去。她在他伸长的手臂前弯下腰，身影落在他身上，可店主完全没有察觉到她幽灵般的存在。她把洒水壶摆正，店主很快就抓到了它的把手，又咳嗽起来。然后，她就像一片轻轻掠过地面的云影，朝花园后面的小铁门走去。她转动插在钥匙孔里的钥匙，把门推开到刚好能过人的宽度——门一开一关同样发出了吱吱呀呀的声音，可他却觉得，她似乎从未在花园里出现过，甚至连书店都不曾来过。在他的脑海里，她立刻变得模糊起来，就像斯格默女士琴键上最后的音符，消失了。

可是，他并没有去追她，而是转身经由书店，回到了大街上。黄昏之前，他已经踏上了通往我公寓的楼梯。一路上，他都在责骂自己一时软弱，在她消失时竟然呆呆地留在了花园里。直到后来，当我脱下斯蒂芬·皮特森的行头，把它们整齐地叠好，收进了抽屉柜之后，我才认真思考起这个人物犹豫不决的本质。我在想，一个如此学识渊博、通达人情的男人为什么会为了一个普通得不能再普通的女人神魂颠倒？从凯勒太太温顺的外表，实在看不出她有什么超乎寻常或惊世骇俗的地方。那么，也许是因为他一生与书为伴所导致的孤独感——那些独自度过的漫长时间，他都用来埋头学习人类行为和思想的各种形态，可反而在需要他采取行动时，他却不知道该怎么办了。

我想鼓励他，你一定要坚强。你一定要比我更会思考。是的，她是真实的，可她也是虚构的，是你出于自己的渴求臆造出来的。在你的孤独世界中，你选择了第一张吸引你眼球的面孔。你自己也知道，除了她，还可以是其他任何人。毕竟，我亲爱的朋友，你是一个男人；她只是一个女人，还有成千上万个像她那样的女人散布在这个大城市中。

我有一整天的时间来策划斯蒂芬·皮特森的最佳行动路线。我决定，在接下来的星期四，他会待在波特曼书店外面，远远地看着她走进书店。然后，他会走到店主花园后面的小巷，在她的视线范围之外耐心等待，等着后门最终被她打开。我的计划在第二天下午顺利实现了：大约五点钟，凯勒太太从后门出来，一手高举阳伞，一手拿着书。她开始往前走，他则保持距离跟在后面。虽然他有时候很想拉近两人之间的距离，可总有什么让他不敢轻举妄动。他能看见她浓密黑发上的发夹以及微微翘起的臀部。她时不时停下脚步，抬头看天，而他此时也有机会得以一睹芳容——那下颚漂亮的弧线，那几乎是透明的光滑皮肤。她似乎是在喃喃自语，嘴里嘟囔着，但并没有发出声音。她说完几句话，又会继续朝前看、往前走。她穿过罗素广场，走过吉尔福德大街，在格雷旅店路左转，横穿国王十字街的交叉路口，又在一条小巷里走了一会儿，很快，她便离开了步行道，沿圣潘克拉斯车站旁的铁轨前进。这是一条没有方向、拐弯抹角的路线，可从她坚定的步伐来看，他想她应该不是随意逛逛的。最后，她终于穿过"物理和植物协会"公园的大铁门，此刻的时间也从下午到了傍晚。

他跟着她走进高高的红砖墙，才发现墙里与墙外的世界形成了鲜明的对比：外面，是车水马龙的宽阔主道，挤满了去往各个方向的车辆，人行道上的行人接踵摩肩；可一旦穿过铁门，到处是高耸的橄榄树、蜿蜒曲折的碎石小道和成片的蔬菜、香草和花朵，六点四英亩葱郁的田园景致中央，伫立着一七七二年由菲利普·斯隆爵士遗赠给协会的大宅。在树荫下，她懒洋洋地转着太阳伞，继续往前走；她离开主干道，转上一条狭窄小路，走过蓝荆棘和颠茄，又走过马尾草和小白菊——她时不时停下来轻抚那些小花，像之前一样自言自语着。他跟在她身后，虽然他已经意识到这条小路上只有他们两人，但他暂时还是不愿意缩短两人之间的距离。

他们继续一前一后地走过鸢尾花和红菊花。小路突然绕到了高高的树篱后面，他一时不见了她的踪影，只看见那阳伞还高高飘浮在树篱之上。接着，阳伞也消失了，她的脚步声没有了。当他拐过弯时，才发现自己离她已经非常近了：她坐在小道分岔路口的长椅上，把收起的阳伞放在膝盖上，打开了一本书。他知道，很快阳光就会落到花园的围墙之下，一切都将没入夜色。他对自己说，你现在必须行动了。就是现在，趁着还有光线的时候。

他理好领带，紧张地朝她走过去，说了句："不好意思。"他问她手里拿着的是什么书，并礼貌地解释说，他是个藏书者，也非常地爱看书，总是对别人看的书感兴趣。

"我才刚刚开始看呢。"她警惕地看着他在自己身边坐下。

"真好，"他热情地回应着，似乎是为了掩盖自己的尴尬，"这里确实是个享受新事物的好地方，对不对？"

"对啊。"她镇定地回答。她的眉毛很粗，甚至算得上是浓密，这让她蓝色的大眼睛显出一种严肃的气质。她似乎有点不高兴——是因为他突如其来的出现，还是一个谨慎内向的女人固有的含蓄？

"可以借我看一看吗？"他对着书点了点头。她犹豫了片刻，把书递给他。他用食指压着她刚刚翻过的那一页，看了看书脊："啊，缅绍夫的《秋日晚祷》。很好，我也很喜欢俄国的作家。"

"哦。"她说。

长长的沉默，打破沉默的只有他手指慢慢敲在书本封面的声音。"这一版的书很好，装订很精致。"他把书还给她时，她打量了他很久。他惊讶地发现她的脸有点奇怪，并不对称——眉毛是往上翘的，笑容是勉强的，就和他在照片里看到的一样。然后，她站起身，伸手去拿阳伞。

"先生，不好意思，我要告辞了。"

她觉得他没有什么吸引力吧，要不然，该如何解释她刚坐下又要离开的举动呢？

"对不起，是我打扰到了你。"

"不，不，"她说，"完全不是这回事。实在是时间太晚了，我得回家了。"

"好吧。"他说。

在她的蓝眼睛里和雪白的皮肤里，甚至是她所有的举止神态里，都有一种超凡脱俗的气质——她离开他时，缓慢地移动着，整个人像幽灵般在小路上飘然而去。是的，他很确定，那是一种没有目的，但又泰然自若、神秘莫测的东西。她离他越来越远，最终绕过了树篱。暮色渐重，他感觉怅然若失。这一切不该这么突然地结束啊；对她来说，他应该是有趣的、特别的，甚至也许是似曾相识的。那么他到底欠缺了什么？为什么他身上的每一个细胞都在被她牵引时，她却忙不迭地要离开他？又是为什么，在她明显觉得他很烦人的时候，他还要跟着她追上去？他说不上来，也想不出来，为什么头脑和身体在此刻会出现分歧：明明知道不该如此，可理智上却做不了决定。

不过，树篱后面，还有一个挽救的机会在等着他——她并没有像他以为的那样匆匆离去，而是蹲在了一丛鸢尾花旁，灰色的裙摆垂到碎石地面上。她把书和阳伞都放在地上，右手捧着一朵艳丽的大花，并没有察觉到他的靠近，而在越来越昏暗的光线中，也没有看到他的身影从自己身上掠过。他站在她身边，专心致志地看着她的手指轻轻捏着细长的叶子。而就在她缩回手时，他发现一只工蜂飞到了她的手套上。她并没有退缩，也没有把蜜蜂抖落，更没有一下把它捏死，而是仔细地看着它，脸上露出微微的笑容和崇敬的表情，充满感情地喃喃自语。工蜂停留在她的手掌上，并未急于离开，也没有把刺扎进她的手套，似乎也在打量着她。他想，这是多么有趣的交流，他之前从未见过类似的情景。最后，她终于觉得是时候该放走这个小生物了，便把它放回了它来时飞出的花朵，伸手去拿阳伞和书。

"鸢尾的意思是彩虹。"他结结巴巴地说，但她并不惊讶。她站起身，用冷静的眼神打量着他。他仿佛听到了自己声音中颤抖的绝望，可他还是阻止不了自己开口："这很容易理解，因为鸢尾有很多种颜色——蓝色的、紫色的、白色的、黄色的——像是这些——还有粉色的、橘色的、棕色的、红色的，甚至是黑色的。你知道吗，它们的生命力是很顽强的。只要有足够的光线，它们既能生长在沙漠里，也能生长在遥远寒冷的北方。"

她茫然的表情变得温和，她继续往前走，但在身边留下了足够的空间，好让他走在她身旁。他把自己所知道的关于鸢尾的一切讲给她听，她认真听着：鸢尾是古希腊的彩虹女神，是宙斯与赫拉的信使，她的职责是引领死去女人的灵魂，带她们去往极乐世界——所以，古希腊人会在女人的坟墓上种植紫色鸢尾花；古埃及人会在君主的权杖上用鸢尾花作为装饰，以象征信仰、智慧和勇敢；古罗马人用鸢尾花祭奠女神朱诺，并将它用于洁净礼中。"也许，你已经知道了，鸢尾花还是佛罗伦萨的市花。如果你去过意大利的托斯卡纳，你一定会发现在那里的橄榄树下，种着无数的紫色鸢尾，你会闻到它们芬芳的气味，很像是紫罗兰的香气呢。"

她现在看他的眼神变得专注而入迷，似乎这突然的偶遇让平凡的午后有了亮点。"听你这么说，似乎真的很有趣，"她说，"不过我还从来没去过托斯卡纳呢，就连意大利也还没去过。"

"啊，你一定要去看一看，亲爱的，一定得去。没有什么地方比那里的山丘更美丽了。"

说完，他突然不知道该说什么了。他害怕自己的言语已经全部干涸，他没什么可以告诉她的了。她把目光转开，看着前方。他希望她能说点什么，但他确定她不会说。不知道是由于沮丧，还是因为对自己的不耐烦，他决定卸下沉重的思想包袱，头一次直截了当地开口，不再去考虑说的话到底有什么含义。

"我想——能不能问问你——为什么你会对鸢尾花感兴趣？"

她深吸了一口温暖的春日空气，却不知道为什么摇着头。"我为什么会对鸢尾花感兴趣？我还从来没有想过呢。"她又深吸一口气，微笑着，最后才说，"我想，是因为它在最恶劣的条件下还能茁壮生长吧，对不对？鸢尾的生命力是很顽强的，一朵凋谢了，还会有另一朵来替代它。从这个角度来看，花朵虽然生命短暂，却是生生不息的，周围的环境是好是坏，对它们的影响可能并不大。这能回答你的问题吗？"

"差不多吧。"

他们走到小路与主道交汇的地方。他放慢脚步，看着她，当他停下来时，她也停了下来。他看着她的脸庞。他到底想跟她说什么呢？在这黄昏暗淡的光影中，是什么再次激起了他的绝望情绪？她盯着他一眨不眨的眼睛，等着他继续。

"我有个本领，"他听到自己说，"如果你允许的话，我想跟你一起分享。"

"什么本领？"

"其实说起来更像是爱好吧，不过它给别人带来的好处比给我带来的好处更多。你看啊，我其实算得上是个业余的手相师。"

"我不太明白。"

他朝她伸出一只手，给她看自己的手掌："我能从这里推测未来，还有点准呢。"他解释说，他能通过仔细观看任何一个陌生人的手掌，解读出他或她一生未来的进程——能否找到真爱，能否拥有幸福的婚姻，最终会有几个孩子，会有哪些精神上的困扰，以及能否长命百岁等等。"所以，如果你愿意给我几分钟时间，我很乐意向你展示一下我的本领。"

他觉得在她眼中，他一定是个老谋深算的无赖。她脸上露出困惑的表情，他以为她一定会礼貌地拒绝他，可她并没有——她依然带着困惑的表情，蹲下来，把阳伞和书放在脚边，然后又站起身面对着他。她毫不犹豫地摘下右手手套，目不转睛地盯着他，手心向上地把手伸了过来。

"那就帮我看看吧。"她说。

"没问题。"

他握住她的手，可在傍晚昏暗的光线中，他很难看清楚什么。他弯下腰想看个仔细，却只看到了她手心白皙的皮肤——雪白的肤色也在黄昏的阴影中变得暗淡。手掌上没有什么特色，没有明显的掌纹，也没有深陷的沟路，只有光滑洁白的皮肤。他唯一能从她手掌上看出的就是它还缺乏深度。肉眼看去，它是完美无瑕的，没有任何经历过生活沧桑的痕迹，就好像她从来不曾出生在这世界上。他想，应该是光线造成的错觉。是光线造成的错觉罢了。但他内心深处传出的一个声音却扰乱了他的思绪：这个女人永远也不会成为一个老太太，永远也不会满脸皱纹、步履蹒跚地从一个房间走到另一个房间。

可她的手掌上还是清楚地显示出别的讯息，既包含了过去，也包含了未来。"你的父母都不在了，"他说，"你还很小的时候，你父亲就去世了，而你母亲是最近才过世的。"她没有动，也没有回答。他又说到了她未出生的孩子、她丈夫对她的关心。他告诉她，有人深深爱着她，她会重新找回希望，重新找到生命的快乐。"你相信自己属于一种更伟大的力量，你是正确的，"他说，"一种仁慈博爱的力量，比如，上帝。"

就在那儿，在公园与花树的影子下，她找到了她要的确定答案。她在那儿是自由的，她远离了车水马龙的喧嚣大街，远离了处处潜伏着死亡的危险，远离了昂首阔步向前、把模糊的长长身影丢在后面的人群。是的，他从她的皮肤上就能看出来，当她置身大自然时，她感觉自己是最有活力的、最安全的。

"现在天色太暗，我也说不出更多了，但我很乐意改天再帮你看看。"

她的手开始颤抖，她惊慌失措地摇着头，出乎意料地把手抽了回去，仿佛是被火灼到了手指。"不，不好意思，"她一边慌张地回答，一边蹲下去收拾自己的东西，"我得走了，真得走了。谢谢你。"

她迅速转过身，匆忙沿着主道走了，仿佛身边压根就没他这个人。可她手掌的温度还残留在他手里，她身上的香水味还飘散在空气中。他没有喊她，也没有随她而去。她是应该独自离开的。那天晚上，他对她如果还有别的期待，都是愚蠢的。他想，看着她飘然离去，越走越远，这样才是最好。然而，接下来发生的事情让他简直不敢相信；他后来一直坚信，事情的真相并非是他记忆中的样子，而应该是他想象出来的。因为，就在他的眼前，她突然在走道上消失了，融入了最洁白的一片云朵中。她之前曾经捧过蜜蜂的手套却留了下来，像片落叶，在一瞬间飘落。他惊讶地跑到她消失的地点，弯腰去捡手套。等他再次回到贝克街的时候，开始质疑自己记忆的准确性，因为就连那只手套也似幻影般消失了——从他的手中滑落，再也找不到了。

很快，斯蒂芬·皮特森也和凯勒太太以及她的手套一样消失了，当他活动身体、改变面部妆容、脱掉并收好衣服后，他也就从这个世界上永远退出了。当他彻底退出后，我感觉肩上好似卸下了千斤重担。可我并没有满足，因为这个女人仍然让我无法释怀。每当我冥思苦想一件事时，我总是几天都睡不着觉，我会反复思考证据，从每个可能的角度分析它。而当凯勒太太占据了我的整个脑海后，我想，我可能好一阵子都别想休息了。

那天晚上，我穿着宽大的蓝色睡袍，在屋里闲逛。我把床上的枕头、沙发上和椅子上的靠垫全收集在一起，在客厅里用它们堆出了一张东方人用的睡榻。我拿着刚打开的一盒香烟、火柴和那个女人的照片，躺到了上面。在闪烁的灯光中，我终于见到了她。她从缥缈的蓝色烟雾中走来，向我伸出双手，紧盯着我。我一动不动地坐着，嘴里叼着正在冒烟的香烟，看着灯光照在她柔和的脸上。她的出现仿佛化解了所有困扰我的复杂情绪；她来了，她抚摸着我的肌肤，在她面前，我很轻松地陷入了沉睡。过了一会儿，我醒过来，发现春日的阳光已经照亮了整个房间。香烟都被我抽完了，烟雾还飘浮在天花板附近——但除了照片上那张迷茫而略带忧伤的脸庞，房间四处都已经没有了一丝一毫她的痕迹。

17

清晨来临。

他的笔快要没有墨水了，空白的稿纸也已经用完，桌上堆满了福尔摩斯彻夜疯狂努力的成果。不过和无意识的涂涂写写不同，精神集中的工作更能让他一刻不停歇地写到天亮。这个尚未完成的故事写的是他在几十年前曾经与之有过一面之缘的一个女人，而她不知道为何，总在夜深人静时浮现在他的脑海中，当他坐在书桌旁休息，用大拇指紧压着合上的双眼时，她总会像个幽灵般来找他，那么栩栩如生，那么活灵活现："你还没有忘记我吧？"这位早已不在人世的凯勒太太说。

"没有。"他轻声回答。

"我也没有忘记你。"

"是吗？"他抬起头问，"怎么会呢？"

她也和年轻的罗杰一样，曾与他并肩同行在花丛中、在碎石小道上，她很少说话（她的注意力也经常被路上见到的这样或那样的新奇事物所吸引）；和罗杰一样，她在他生命中的存在也是短暂的，在离别之后，也让他心神不宁、不知所措。当然，她一直不知道他的真实身份，她完全不会想到这样一位著名的大侦探会乔装打扮来跟踪她；她永远只会把他当作腼腆的藏书家，和她一样喜爱花卉和俄国文学的羞涩男人——这个在花园里偶遇的陌生人很亲切、很善良，当她坐在长椅上时，他紧张地走近她，礼貌地问起她正在看的小说："不好意思，不过我忍不住注意到，你看的那本是缅绍夫的《秋日晚祷》吗？"

"正是。"她冷静地回答。

"这本书写得相当好，你觉得呢？"他继续热情地说，似乎是要掩盖自己的尴尬，"当然，也不是完美无缺，不过既然是译本，我想错误是在所难免的，所以也可以谅解吧。"

"我还没有看呢。实际上，我才刚刚开始——"

"不管怎么说，你肯定已经看到了，"他说，"只是还没有留意——不留神很容易错过的。"

她警惕地看着他在自己身边坐下。她的眉毛很粗，甚至算得上是浓密，这让她蓝色的大眼睛显出一种严肃的气质。她似乎有点不高兴，是因为他突如其来的出现，还是一个谨慎内向的女人固有的含蓄？

"可以借我看一看吗？"他对着她手中的书点点头。片刻沉默后，她把书递给了他。他用食指压着她刚刚看的一页，翻到书的最前面，说："你看，就拿这里举例——在故事的一开始，练习体操的学生们是没有穿上衣的，因为缅绍夫这样写道：'那个强壮的男人叫赤裸着胸膛的男孩们站成一排，弗拉迪米尔和安德烈、塞吉站在一起，觉得有点不好意思，便把长长的手臂挡在身体两侧。'可是到了后面——第二页上，他又这样写：'听到这人是将军后，弗拉迪米尔悄悄地在背后把袖口扣好，又挺直了纤瘦的肩膀。'在缅绍夫的作品中，你能找到很多这样的例子——或者，至少在他作品的译本里是这样的。"

然而，在福尔摩斯对她的记录中，却没有记下他们相遇时谈话的具体内容，只写到了他是如何问起那本书，又是如何被她长时间的注视弄得心慌意乱的（她不对称的脸庞有种奇特的吸引力——她挑起一边的眉毛，露出他已经在照片里见到过的勉强笑容，完全是一副冷漠女主角的模样）。在她的蓝眼睛里、雪白的皮肤里，甚至是她所有的举止神态里，都有一种超凡脱俗的气质——她缓慢地移动，整个人像幽灵般在小路上飘然而去。显然，那是一种没有目的，但又泰然自若、神秘莫测的东西，可它对命运是顺从的。

福尔摩斯把笔放到一边，回到了书房中残酷的现实世界。从清早开始，他就没有理会自己的身体需求，可现在，他必须从阁楼走出去了（无论他有多么不情愿）。他要去上个厕所，喝点水，再吃点东西填饱肚子，他还必须趁着白天光线明亮时，去检查养蜂场的情况。他小心地把书桌上的稿子收起来，分门别类，堆成一摞。然后，他打了个呵欠，伸了个懒腰。他的皮肤和衣服上全是雪茄烟腐臭而刺鼻的味道，经过整夜埋头的工作，他只觉得头重脚轻。他拄好拐杖，推着自己离开座位，慢慢站起来。他转过身，开始朝门口一步步走去，没有在意腿上的骨头咯咯作响，刚刚启动的关节也发出轻微的嘎嘎声。

罗杰和凯勒太太的影子在他脑海中混在一起。他终于离开了烟雾弥漫的工作室，条件反射般地去看走廊里有没有罗杰留下的晚餐盘，可还没跨出门槛，他就知道不会有了。他穿过走廊，前一天晚上，他也正是沿着这条路线满心痛苦地爬上了楼。可是，昨晚的混沌状态已经消失；让他麻木震惊、把愉快午后变成漆黑暗夜的可怕乌云也已经消散，福尔摩斯做好了准备，完成接下来的任务：他要下楼走进一间只有他自己的屋子，换上合适的衣服，走到花园后面去——他会穿上白色的防护服、戴着面纱，像个幽灵般进入养蜂场。

福尔摩斯在楼梯顶端站了很久，就像以前，他会站在这里等罗杰来扶他下楼。他闭上疲惫的双眼，仿佛看到了男孩快步跑上来。接着，男孩还在别的地方也出现了，那些福尔摩斯曾经见到他出现过的地方：他慢慢地把自己的身体没入满潮池，冰冷的海水淹过他的身体，让他的胸口冒出了鸡皮疙瘩；他穿着纯棉的衬衫，衬衫下摆没有扎到裤子里面，袖子挽到胳膊肘，他高举着捕蝴蝶的网，在高高的草丛中奔跑；他把花粉喂食器挂到蜂巢旁边阳光充足的地方，好让他后来深深爱上的小蜜蜂们能更好地吸收营养。奇怪的是，每次见到男孩的瞬间都是在春天或是夏天，可福尔摩斯却只感觉到冬天的寒冷，这总会让他突然想到男孩被埋葬在冰冷漆黑的地下。

这时，他的耳边会响起蒙露太太的话："他是一个好孩子，"当她接下管家的工作时，曾经这么说过，"喜欢一个人待着，很害羞，很安静，这点更像他爸爸。他不会给您添麻烦的，我保证。"

然而，福尔摩斯现在知道了，那孩子已经成了一个麻烦，一个最令他痛苦的负担。可他告诉自己，无论是罗杰，还是其他任何人，每个生命都有终点，人人都一样。他曾经蹲下来仔细观察过的每一具尸体都曾有过生命。他把目光转向下面的楼梯，开始往下走，心里却在重复着他从年轻时就一直思考却没有找到答案的问题："这一切的意义是什么？这痛苦的循环到底有什么目的？它应该是有种目的的吧，否则世界岂不是完全被几率所控制了吗？可到底是什么目的呢？"

他走到二楼，上了个厕所，用冷水洗了脸和脖子。就在这时，他听到了微弱的嗡嗡声，他觉得可能是昆虫或鸟儿在歌唱，反正窗外浓密的树枝会把它们挡在外面。可无论是树枝还是昆虫，都不会参与人类的悲伤，他想，也许这正是它们为什么能一而再再而三地重生，和人类不同的原因所在吧。等他走到一楼时，他才发觉，那嗡鸣声竟然来自于室内。它温柔而低沉，断断续续，但肯定是人的声音，是女人或者小孩的声音，让厨房有了生气——不过，显然不会是蒙露太太的声音，更不会是罗杰的声音。

福尔摩斯灵活地走了六七步，来到厨房门口，看见炉子上的锅里正冒着腾腾的热气。他走进厨房，看到她就站在切菜板前，背对着他，正切着一只马铃薯，漫不经心地哼着歌。她又黑又长的头发让他立马就心神不宁起来——那飘逸的长发、手臂上又白又粉的皮肤、娇小玲珑的身材都让他联想到了不幸的凯勒太太。他哑口无言地站在那里，不知道该如何与一个幽灵对话。最后，他终于张开嘴，绝望地说："你怎么到这儿来了？"

嗡嗡的哼歌声停了，她猛地转过头，与他四目相对。面前这姑娘是个相貌普通的女孩，应该不超过十八岁——有着温柔的大眼睛，善良甚至是带点愚钝的表情。

"先生？"

福尔摩斯从容地走到她面前。

"你是谁？在这里做什么？"

"是我啊，先生，"她诚挚地回答，"我是安——汤姆·安德森的女儿——我还以为您都知道呢。"

沉默。女孩低下头，避开他的目光。

"安德森警官的女儿？"福尔摩斯悄声问。

"是的，先生。我想您还没有吃早饭吧，我现在正帮您准备午餐呢。"

"可是，你在这儿干什么呢？蒙露太太呢？"

"她还在睡觉，可怜的人。"女孩的语气听起来并不悲伤，反倒像是庆幸找到了个话题。她继续低着头，仿佛在对着她脚边的拐杖说话，当她开口时，话音里带着轻微的口哨声，像是把那些话从双唇间吹出来。"贝克医生整晚都陪着她，不过她现在睡着了，我也不知道他给她吃了什么药。"

"她在小屋那边吗？"

"是的，先生。"

"我知道了。是安德森叫你来的吗？"

她看上去有点迷惑了。"是的，先生，"她说，"我还以为您都知道，我以为我父亲告诉过您他会派我来的。"

福尔摩斯想起了昨天晚上安德森确实来敲过他书房的门，还问了不少问题，说了一些细枝末节的事，还把手温柔地放在他肩上——但一切都很模糊。

"我当然知道。"他看了一眼水槽上方的窗户，阳光洒满了橱柜的台子。他深吸一口气，又用略带混乱的眼神看着女孩："对不起，过去的这几个小时我太累了。"

"不用道歉，先生，真的，"她抬起了头，"您现在最需要的就是吃点东西。"

"我只想喝杯水就好。"

极度的缺乏睡眠让福尔摩斯无精打采，他挠着胡须，打了个呵欠。他看着女孩飞快地跑去倒水，当看到她用玻璃杯在水龙头下接满了水后，把两手在臀部擦了擦，他不由得皱起了眉头（女孩带着开心甚至是有些感恩的笑容，把水递给他）。

"还要点别的什么吗？"

"不用了。"他把一支拐杖挂到手腕上，空出一只手去接水杯。

"那我就烧水准备午饭了，"她对他说完后，又转过身回到切菜板前，"但如果您改变主意，又想吃早饭了，就告诉我一声。"

女孩从橱柜台面上拿起一把削皮刀。她弯下腰，削起了一只马铃薯，一边清着嗓子，一边把马铃薯切成块。当福尔摩斯喝完水，把水杯放进水槽后，她又开始了哼歌。于是，他离开了，什么话都没有多说，径直从厨房里走了出来。他穿过走廊，走出大门，那翻来覆去、不成曲调的哼唱声一直跟着他，跟到了前院，跟到了花园小屋里，即便是他已经听不到了，它也还是一路跟随。

但走到小屋前，女孩的哼唱声就像他周围的蝴蝶般扇扇翅膀消失了，在他脑海中取而代之的是花园的美景：朝着晴朗天空盛开的花朵，空气中弥漫的鲁冰花香味，在附近松林中叽叽喳喳的小鸟——还有四处盘旋的蜜蜂，它们轻盈地从花瓣上起飞，消失在花蕊中。

你们这些任性而为的工蜂啊，他想，都是些变化无常的惯性小虫。

他把目光从花园转开，盯着面前的木头小屋，突然想起了数个世纪前一位罗马作家关于农业方面的建议（作家的名字他一时想不起来了，但古老的讯息却清晰地浮现在他的脑海）：你们切不可用烟熏它们或朝它们吹气，也不可在它们中间惊慌失措；当它们看似对你形成威胁时，不可贸然自卫，而应该用手轻轻地在你面前拂过，温柔地把它们赶走；最后一点，你一定要和它们熟悉起来。

他拉开小屋的门闩，把门大敞四开，好让阳光在他之前洒进那满是灰尘的阴暗角落。光线照亮了屋里摆得满满的架子（一袋袋的泥土和种子、园艺用的铲子和耙子、空的水壶，还有曾经属于养蜂新手的一整套衣服），一切都在他触手可及之处。他把外套挂在竖在墙角的耙子上，穿上白色连体服，戴上浅色手套和宽边帽子，又将面纱遮好。很快，他就全副武装地走了出去，在面纱的保护下视察着自己的花园，慢慢往前走，走过小路，穿过草坪，来到了养蜂场——唯一能辨别他身份的只剩下他的拐杖。

可当福尔摩斯在养蜂场四处查看时，一切都显得非常正常，倒是他穿着这身拘谨的衣服，突然感觉不自在起来。他看了看一个蜂箱里面，又看了看另一个。他看到用蜂蜡建成的城市里有无数的小蜜蜂，它们或清理着自己的触角，或使劲搓着复眼旁边的前腿，或准备着再度出发飞行。初步观察看来，它们在自己的世界里如鱼得水——它们是高度社会化的生物，过着机器般的生活，发出稳定而和谐的嗡嗡声，在这昆虫帝国有序的运转中，找不到任何骚乱的痕迹。第三个蜂箱同样如此，第四个、第五个也不例外。他曾经有过的顾虑迅速消散，取而代之的是对蜂巢复杂结构的敬畏和崇拜之情，而这样的情绪是他并不陌生的。他拿起在查看蜂巢期间放在一边的拐杖，突然涌上一种无坚不摧的感觉。你们伤害不了我，他冷静地想，我们俩在这里都没有什么好怕的。

可是，当他弯下腰，揭开第六个蜂箱的盖子时，一个可怕的身影让他吓了一大跳。他透过面纱朝旁边望去，首先注意到的是黑色的衣服——女人穿的镶着蕾丝花边的连衣裙——然后是一只右手，纤细的手指上还抓着一个一加仑的红色金属罐。可最让他苦恼的还是盯着他的那张隐忍冷漠的脸——她眼里大大的瞳孔是那样镇静，麻木的表情传递着最深的悲伤，让他想起了那个抱着死去婴孩来到这花园的年轻女人。可面前的这张脸是蒙露太太。

"我觉得这里不太安全，你明白吗？"他站起身对她说，"你应该马上回去。"

她没有移开自己的目光，也没有回应他，连眼睛都没有眨一下。

"你听到我说话没有？"他说，"我虽然不敢确定，但你可能真的随时会有危险。"

她仍然目不转睛地盯着他，嘴唇动了动，虽然开始没有发出什么声音，但最后，她终于小声问："您会杀了它们吗？"

"什么？"

她稍稍提高了音量："您会杀了您的蜜蜂吗？"

"当然不会。"他坚定地回答。虽然他十分同情她，但对于她越来越强势的态度也有点不习惯了。

"我认为您必须杀了它们,"她说,"要不然,我就替您动手。"

他已经明白了,她手里拿的是汽油(那金属罐本就是他的,里面的东西是他用来烧附近森林里的枯树枝的)。他还看到了她另一只手里的火柴盒。以她目前的状态而言,他实在想象不出她还有点燃蜂巢的力气,可她平静的声音中充满了坚毅和果决。他知道,人到了最悲伤的时候,会被强大而冷酷的愤恨之情所掌控,面前的蒙露太太(是无所畏惧的、冷酷麻木的)根本就不是那个他认识了多年的爱聊天、爱跟人打交道的管家。这个完全不同的蒙露太太让他犹豫,让他害怕。

福尔摩斯掀起面纱,露出和她一样的克制表情。他说:"孩子,你这是太难过了——你迷糊了。拜托你回到小屋去吧,我会叫那个女孩子找贝克医生来的。"

她一动不动,也没有把目光从他身上移开。"两天后,我就要给我的儿子下葬了,"她平静地告诉他,"我今天晚上就要走了,他和我一起走。他会被装在棺材里,去伦敦——这是不对的。"

福尔摩斯的脸上露出深深的忧伤:"我很抱歉,亲爱的。我非常抱歉——"

他的表情开始放松,而她用盖过了他声音的音量说:"您连亲口告诉我的勇气都没有,是不是?您躲在您的阁楼里,不愿意见我。"

"对不起——"

"我觉得您就是个自私的老头,真的,我觉得您该为我儿子的死负责——"

"不要乱说，"他喃喃自语，可他只感觉到她的痛苦。

"我怪您，也怪您养的那些怪物。如果不是因为您，他压根就不会到这儿来，不是吗？不会的，应该被蜜蜂蜇死的人是您，而不是我的儿子。这压根就不是他的工作，不是吗？他根本就不需要一个人来这儿——他压根就不该来这儿，不该一个人。"

福尔摩斯打量着她冷峻的脸——那深陷的两颊、充血的眼睛。他寻思着该说点什么好，最后，他对她说："他是自己想来这儿的，你也一定明白。如果我能预见到他会陷入危险，你以为我还会让他照料蜂房吗？你知道失去他，我有多么痛苦吗？我也为你感到痛苦，难道你还不明白吗？"

一只蜜蜂绕着她的头飞舞，在她的头发上停留了片刻。她喷着怒火的双眼依然紧盯着福尔摩斯，完全没有去在意那小飞虫。"那您就把它们都杀了，"她说，"如果您还对我们有一丝一毫的关心，那就把它们统统都杀了。这是您应该做的。"

"我不会那样做的，亲爱的。那对任何人都没有好处，包括对罗杰。"

"那我现在就动手，您也不能阻止我。"

"你不会做那样的事情的。"

她一动不动。有几秒钟时间，福尔摩斯都在想自己该怎么办。如果她把他推倒，那他也将对她的破坏无能为力：她比他年轻，而他已年老体弱。但如果他首先发动进攻，用拐杖去打她的下巴或脖子，她也许会倒地，而一旦她倒在地上，他就可以再次对她出击。他看了一眼自己的拐杖，两根拐杖都竖在蜂巢旁边。他又把目光转向她。时间在沉默中流逝，两人都没有挪动分毫。最后，她放弃了，摇着头，用颤抖的声音说："我真希望我从来没有见过您，先生，我希望我在这世界上从来没有认识过您。您死的时候，我绝对不会掉一滴眼泪的。"

"拜托你，"他恳求着她，同时伸手去拿拐杖，"你在这里不安全，回到小屋去吧。"

可蒙露太太已经转过了身，仿佛是在梦境中一般，摇摇晃晃地走开了。等她走到蜂场边缘时，手里的金属罐掉在地上，紧接着，火柴盒也掉了。然后，她穿过草坪，很快便离开了福尔摩斯的视线范围。福尔摩斯听到她的哭泣，那哭声越来越悲恸，可沿着小路也变得越来越微弱了。

他走到蜂箱前，继续看着草坪的方向。高高的草丛在蒙露太太身后摇晃着，她打破了养蜂场的宁静，现在又扰乱了草坪的安详。他想大声喊，还有更重要的事情要做，但他控制住了自己：这个女人悲伤得不能自已，而他想到的却只有手头上的工作（检查蜂房，在养蜂场里找到一点点的平静）。你是对的，他想，我是个自私的人。这个真实的念头让他愁容满面的脸上眉头皱得更紧了。他把拐杖放在一旁，跌坐在地上，静静地坐在那里，让内心的空虚感涌上来。他耳朵里听到了蜂房传来的低沉的嗡嗡声，此刻，这声音没有让他想起养蜂时孤独但自我满足的岁月，而是让他感觉到存在于这世上越来越深又无法否认的寂寥。

空虚感将他彻底吞没，他完全有可能像蒙露太太那样大哭起来，可一只黄黑相间的陌生访客扇动着翅膀，停在了蜂巢旁边，吸引了福尔摩斯的注意力。他思考了很久，说出了它的名字："黄胡蜂。"话音才落，它又飞走了，在他头顶来回盘旋，向罗杰的丧身之处飞去。他心不在焉地取来拐杖，疑惑不解地紧锁着眉头：那蜂针是什么样的？在男孩的衣服上、皮肤上有蜂针吗？

他努力回想罗杰尸体的状况，却只能看到他的眼睛，无论怎么努力尝试，他都无法确定自己问题的答案。但无论如何，他应该警告过罗杰关于黄胡蜂的危险性，提到过它们可能对养蜂场造成威胁。他也一定说过，黄胡蜂是蜜蜂的天敌，能用下颚把它们一只一只咬碎（有些种类的黄胡蜂甚至每分钟能杀死四十只蜜蜂），将整窝蜜蜂全部消灭，再夺走幼蜂。当然，他也告诉过男孩蜜蜂蜂针和黄胡蜂蜂针之间的区别：蜜蜂的蜂针上有粗大的倒钩，在刺入人皮肤的同时，也会让蜜蜂的内脏随之被带出；黄胡蜂的蜂针上倒钩很细，蜂针几乎不会穿透皮肤，黄胡蜂可以将它拔出后再多次使用。

福尔摩斯爬起来。他匆忙穿过养蜂场，高高的草丛扫到了他的双腿，然后，他又踏上了罗杰之前踩出来的一条小路，想要了解那孩子从养蜂场出来后的死亡之路到底是怎样的（不，他自己跟自己理论道，你这不是在逃避蜜蜂。你不是在逃避任何事，至少现在还不是）。罗杰踩出的小路在半途转了个急转弯，通向尸体被草丛掩盖的地方，终结于男孩倒地身亡处：一小片被草坪包围的石灰岩空地。这一次，福尔摩斯又看到了两条人踩出来的小路，从远处花园的走道延伸出来，绕开养蜂场，一条通往这片小空地，一条从小空地出去（一条是安德森和他的手下踩出来的，一条是福尔摩斯在发现尸体后踩出来的）。他犹豫着，是否要沿着已有的小路继续走到草坪，寻找他知道他可能会发现的东西。但是，当他回过头看着被踩平的草丛时，他注意到了指引那孩子走到空地的拐弯，便决定沿原路返回。

他走到拐弯处，看着前方罗杰走过的小道：草丛被踩得很平整，说明男孩和他一样，是从养蜂场慢慢走来的。他又看了一眼空地：那里被踩平的野草却是断断续续的，说明男孩是从这里跑到那里去的。他又把目光投向拐弯处，路径是突然转折的。他想，你到这里来是走来的，从这里之后却是跑的。

他继续往前，走到了男孩踩出的小路上，看着拐弯处旁边的草丛。几码之外，他看见深深的草丛中闪过一道银光。"那是什么？"他自言自语，再次寻找银光。不，他没有看错，确实有什么东西在草坪中闪光。他走过去想看个仔细，便离开了男孩踩出的小路，可很快他就发现，自己踏上了另一条比较隐蔽的小路，男孩应该是顺着这里，一步步走进了草坪最深处。福尔摩斯不耐烦起来，加快了步伐，踏过男孩仔细踩过的地方，却没有注意到，一只黄胡蜂停到了自己肩上，还有好几只在他帽子周围盘旋。他半弯着腰，又走了几步，终于发现了奇怪闪光的来源。原来是他花园里的洒水壶，侧翻在地上，壶嘴还是湿的，正在滴水，三只口渴的黄胡蜂正接着喝水（黑黄相间的工蜂在喷嘴周围飞舞，想要喝到更多的水）。

"我的孩子啊，你做出了一个错误的决定，"他用拐杖戳了戳洒水壶，惊慌失措的黄胡蜂飞走了，"严重的失算——"

他把面纱先放下，才继续往前走，对于在面纱周围盘旋不停的黄胡蜂，他倒没有十分担心。因为他知道，他就要接近它们的蜂巢了，他还知道，它们是无力自我保护的。毕竟，他已经全副武装，比男孩做好了更充分的准备来实施毁灭，他要完成罗杰之前想做但最终没能做完的事情。他仔细观察了地面，每迈一步都很小心。他的内心充满了愧疚。他教会那孩子很多很多，却显然忘了告诉他一个最重要的事实：把水灌进黄胡蜂的巢只会加速激怒它们，就像是火上浇油一样——福尔摩斯多么希望自己告诉过他这一点啊。

"可怜的孩子，"他看着地上一个奇形怪状的洞口，就像一张张大的脏嘴，"我可怜的孩子啊。"他把拐杖插进洞口，又抽出来，再把它举到面纱前，仔细看着爬在上面的黄胡蜂（一共有七八只，被拐杖的搅动激怒了，正气愤地看着入侵者的模样）。他抖了抖拐杖，它们便飞走了。接着，他查看了洞里的情况，由于洒水壶里流出的水，洞口显得很泥泞。黑暗的洞穴里，一只又一只黄胡蜂争着往外爬，很多直接飞到了空中，有些落在他的面纱上，有些在洞口周围拥挤徘徊。他想，原来这就是事情的真相，我的孩子，原来这就是你丧命的原因。

福尔摩斯不慌不忙地撤退了，满心悲伤地走回养蜂场。很快，他就将给安德森打去电话，说出跟验尸官在验尸后得出的一模一样的结论，也就是当天下午警方向蒙露太太转述的话：男孩的皮肤和衣服上都没有凸出在外的蜂针，说明他是被黄胡蜂害死的，而非蜜蜂。除此之外，福尔摩斯还会说明，男孩是为了保护蜂巢牺牲的。毫无疑问，他首先在养蜂场里发现了黄胡蜂的踪迹，然后找到了它们的巢穴。他想通过水淹的方式将它们消灭，不料却激怒了它们，招来了一场全面进攻。

福尔摩斯还有更多的话想跟安德森说，有更多的细节要与他分享（比如，男孩在被蜇以后，是沿着与养蜂场相反的方向逃跑的，也许是为了把黄胡蜂从蜂场引开）。可是，在给警官打电话之前，他必须先拿回被蒙露太太扔掉的汽油罐和火柴盒。他把一支拐杖留在养蜂场，抓起汽油罐，走回草坪，将所有的汽油倒进了黄胡蜂的洞穴，被淹没的黄胡蜂绝望地向外挣扎。这时，一根火柴完成了他的任务，火焰穿过草坪，嗖的一声引燃了洞口，那地上张开的黑色大嘴里瞬间腾起一团火焰（什么东西都没能从里面逃出来，除了一缕消散在平静草地上的黑烟），将困在里面的蜂后、蜂卵和成群的工蜂全部消灭。曾经庞大而复杂的帝国灰飞烟灭，就像年轻的罗杰一样。

干得好，福尔摩斯穿过高高的草坪时，心里一直在想。"干得好！"他又大声说了出来。他仰头看着万里无云的天空，一望无际的蓝色让他头晕目眩，分不清方向。在说出这句话时，他心中突然涌起一股悲壮伤感之情，为所有活着的生命，也为过去、现在和未来将永远在这完美宁静天空下流浪的一切。"干得好啊！"他又重复了一遍，可眼泪却在面纱后默默流了出来。

18

为什么会有眼泪？虽然他不曾号啕大哭，或悲伤到麻木的程度，可为什么躺在床上休息时，在书房踱步时，第二天早上以及第三天早上去养蜂场时，他都会发现自己双手抱头，触到胡须的指尖被泪水沾湿？在某个地方——他想象，应该是伦敦郊区的某处小公墓吧——蒙露太太和她的亲戚们正站在一起，穿着颜色暗淡的衣服，海面和陆地上乌云笼罩。她也在哭吗？还是在她孤身前往伦敦的路上，早已流光了所有的眼泪，当她回到城里，在家人的支持下、朋友的安慰下反而能够勉强支撑自己了？

这都不重要，他对自己说，她在别的地方，而我在这里，我什么都不能为她做。

他曾经努力想要帮她。在她离开之前，他派安德森的女儿带着一个信封去了小屋两次，信封里的钱支付路费和葬礼的开支后还绰绰有余。但两次女孩都带着矜持而愉快的表情回来了，告诉他，她拒绝收下信封。

"她不肯要，先生，也不肯和我说话。"

"没关系，安。"

"我要再去试一次吗？"

"不用了，再试我想也不会有什么结果。"

现在，他独自一人面对养蜂场站着，表情茫然而严肃，仿佛置身于罗杰墓边哀悼的人群中。一排排的蜂箱就像一座座的墓碑——长方形的白色箱子上没有任何装饰，竖立在草丛中。他希望，埋葬罗杰的小墓园能像这养蜂场一样，是个简单朴素的地方。有人细心地看管，绿草茵茵，没有杂草，附近也不会看到什么高楼大厦、车水马龙或拥挤人潮，没有人来打扰长眠的亡灵。就是一个与大自然和谐共存的平静所在，一个让男孩能好好安息、让母亲能最终道别的好地方。

可他为什么总是毫无来由地就哭了起来，还不带任何情绪，就好像那眼泪都是自己掉下来的？为什么他不能双手捂脸，放声大哭出来？他也曾经遭遇过其他亲友的故去，当时的痛苦不亚于现在，可他从不去参加所爱的人的葬礼，也不曾流过一滴眼泪，就好像悲伤是种该遭人鄙夷的东西。这到底又是为什么呢？

"没关系，"他喃喃说道，"都没有意义——"

他不会寻找什么答案（至少今天不会），也永远不会相信那泪水可能是他这么多年来所见、所知、所喜爱、所失去、所压抑的一切的集中爆发——他年轻时生活的片段、历史上伟大城市和帝国的毁灭、改变了世界地理的浩大战争，还有逐渐失去的心爱同伴，渐渐衰退的个人健康、记忆能力以及生命回忆；生命中一切不可言喻的复杂，每一个深邃而足以改变未来的时刻，都浓缩成了他疲惫眼中不断涌出的咸咸液体。他不再多想，任由自己坐到地上，像个摆在才剪过草坪上的莫名其妙的石雕。

他以前也曾经在这里坐过，就是这个地方，离养蜂场不远，四周还有十八年前他从海滩上捡来的四块石头，被他对称地摆在四角（黑灰色的石头已被海潮打磨得光滑而扁平，正好可以放在手心）——一块在他前面，一块在后面，一块在左边，一块在右边，形成了一片隐秘的小空地。以前，他曾经在这里默默释放自己的绝望。那就像是心灵的诡计，是一种游戏，但它是有益的。在四块石头的范围之内，他可以冥想，可以回忆与已逝亲人温暖的过往；而当他踏出这片区域时，他之前有过的所有悲伤都将被留在那里，哪怕只是短暂的一会儿。"身灵合一"，这是他的咒语，他走进来时念一次，走出去时再重复一次："万物循环往复，周而复始，哪怕是诗人朱文纳尔也得承认。"

第一次是在一九二九年，第二次是在一九四六年，他曾经经常来这里与死去的人交流，把自己的悲痛埋葬在这养蜂场。但一九二九年带给他的打击是毁灭性的，他沉浸在无比的伤痛中，久久不能自拔：那一年，已经年迈的哈德森太太（自从他住在伦敦开始，哈德森太太就是他的管家兼厨师，也是他退休后唯一一个陪他来到苏塞克斯的人）在厨房摔倒，跌碎了髋骨，撞破了下巴，磕掉了牙齿，陷入了昏迷（后来才发现，她的髋骨可能早在那致命的一摔前就已经碎裂，她脆弱的骨头已经无法支撑她超重的身躯了）；在医院，她最终死于急性肺炎（华生医生在给福尔摩斯写信通报她离世的消息时说，这已经算是不错的结局了。你也知道肺炎对上了年纪的衰弱老人们来说，不会带来什么折磨。）

等到华生医生的信件被归档收好，哈德森太太的遗物被她的侄子带走，他也刚刚请来了一位缺乏经验的管家帮忙料理家务后，他多年来的同伴、善良的华生医生也在一个深夜突然寿终正寝了（那天晚上，他和来探望他的儿女孙辈们共进了晚餐，喝了三杯红酒，长孙在他耳边悄悄说的笑话还逗得他哈哈大笑。十点不到，他跟所有人道了晚安，午夜之前，就离开了人世）。华生医生的第三任太太发电报告诉了福尔摩斯这个令人心碎的消息，年轻的管家不以为然地把电报交到他手上（这是他继哈德森太太之后请来的第一位管家，她忙碌穿梭于农庄中，默默忍受着雇主的暴躁脾气，在她之后又有众多继任者，但往往不到一年时间便都辞职不干了）。

在接下来的日子里，福尔摩斯一连好几个钟头都在海滩上闲晃，从清晨直到黄昏，他久久地眺望大海，或是看着脚边的石头。自从一九二〇年夏天之后，他就没有见过华生医生，也没有直接同他说过话了。那年夏天，医生带着妻子和他共度了一个周末，可感觉却很糟糕，或者说，福尔摩斯的感觉比客人们的感觉更加糟糕。他对医生的第三任太太并不十分友好（他觉得她十分无趣且傲慢专横），他还发现，除了重温过去的经历之外，他和华生之间已经再没有什么共同语言了。晚上的聊天也不可避免地陷入令人尴尬的沉默，而唯一打破沉默的只有太太无聊的闲话，不是提起她的孩子们，就是说到她对法国美食的热爱，似乎沉默是她最大的仇敌。

可无论如何，福尔摩斯一直把华生当作比亲人还要亲近的人，所以，他的突然离世，再加上最近离开的哈德森太太，让福尔摩斯感觉到一扇门在他面前猛地关上了，把以往塑造过他人生的一切都锁在了里面。他在海滩上漫步，时不时停下来看看翻滚的海浪，他明白自己有多么漂浮不定：在那一个月里，与他过去的自我联系最纯粹的两个人突然一个都不剩，可他还留在这里。第四天，他又去海边散步，开始研究起了海滩上的石头。他把它们拿到面前，喜欢的就留下来，不喜欢的丢掉，最后，他找到了四块最喜欢的。在他看来，哪怕是最小的石子也隐藏着整个宇宙的奥秘。他把它们放在口袋里，带到峭壁之上，这四块石头在他出生之前就已经存在，在他被孕育、出生、接受教育、年华老去的时候，它们却丝毫不曾改变，一直在这海滩上等待。四块普通的石头，就像他曾经踩到过的其他石头一样，融合了构成人类、各种生物和人们所能想象得到的一切事物的基本要素；毫无疑问，它们也包含了华生医生和哈德森太太最初的痕迹，当然，也有不少他自己的痕迹。

于是，福尔摩斯把石头摆在特定的地方，双腿盘坐在中间，清理着困扰自己的思绪——由于永远失去了两个他最在乎的人而引发的困扰。他认为，感受某个人的消失，从某个方面来说，也就是感受他的存在。他呼进的是养蜂场吹来的秋日的清新空气，呼出的是自己的懊恼心情（他在心中默念着，思绪平静，心灵平静，这是西藏喇嘛教徒教给他的）。他感觉自己和亡灵的告别仪式正在开始，他们如同潮水般慢慢退去，要把平静留给他。最后，他站起来，走上前，在那些庄严的石头之间，他的悲伤暂时得到了抑制："身灵合一——"

一九二九年下半年，他六次来到这里，每次冥想的时间都越来越短（分别是三小时十八分钟、一小时两分钟、四十七分钟、二十三分钟、九分钟、四分钟）。到了新年之前，他已经不再需要坐在石头之间了，他到这里来都是为了打理花园的需要（拔掉杂草、修剪草坪，以及把石头深嵌进泥地里，就像铺在花园走道上的石子那样）。又过了差不多两百零一个月，在得知哥哥麦考夫去世的消息之后，他才又回到这里，坐了好几个钟头——那是一个寒冷的十一月下午，他呼出的白气在眼前消散，让他有种如梦如幻、半真半假的感觉。

可脑海中浮现的那个人影始终让他无法释怀。四个月前，那人还在第欧根尼俱乐部的会客室欢迎过他——那是福尔摩斯与他唯一还活在世上的兄弟的最后一次见面（两人一边抽着雪茄，一边喝着白兰地）。麦考夫看起来身体挺好，眼神清澈，丰润的脸颊上还透着红润，实际上当时他的身体状况已经每况愈下了，还表现出丧失心智的迹象，可那天，他头脑简直清醒得不可思议，不仅回忆起了自己战争时期的光荣故事，对弟弟的陪伴也显得非常开心。福尔摩斯刚开始往第欧根尼俱乐部定期寄去一罐罐的蜂王浆，所以，他相信是蜂王浆的功效让麦考夫有了好转。

"即便是你发挥想象力，夏洛克，"麦考夫庞大的身躯里似乎随时都会爆发出一阵大笑，"我觉得，你也没法想象我跟我的老朋友温斯顿从登陆舰上爬上岸的样子。'我是灰雀先生，'温斯顿说——那是我们事先商定的暗号——'我来亲自看看北非的情况怎么样。'"

然而，福尔摩斯还是怀疑两次世界大战实际上给他这位优秀的哥哥造成了可怕的影响（麦考夫在达到退休年龄后还在军队服役了许久，虽然他很少离开第欧根尼俱乐部里的扶手椅，但他却为政府做出了不可磨灭的贡献）。他是个神秘的人物，位居英国秘密情报机关的最顶层，经常几周不眠不休地工作，只靠狼吞虎咽来补充体力。他曾经单枪匹马监视了大量国内国外的阴谋事件。第二次世界大战结束后，他的健康状况迅速恶化也就是意料之中的事了。不过，看到哥哥在持续服用蜂王浆之后，又恢复了一些活力，福尔摩斯也并不意外。

"麦考夫，见到你真高兴，"福尔摩斯站起身准备离开，"你的精神又变好了。"

"就像开在乡间小路上的电车？"麦考夫微笑着说。

"差不多吧，就是那样。"福尔摩斯伸出手握住哥哥的手，"我觉得我们之间见面太少了。什么时候再见见呢？"

"恐怕再也见不到了。"

福尔摩斯弯下腰，抓住哥哥柔软而沉重的手。他此刻应该笑，可他却看到哥哥的眼中没有丝毫笑意——那犹豫不决的眼神中带着向命运顺从的谦卑，突然就牢牢吸引住了他自己的目光。那眼神仿佛在竭尽全力地传达着什么信息，它们似乎在说：和你一样，我也是经历了两个世纪的人了，我的人生长跑就要到达尽头了。

"哎呀，麦考夫，"福尔摩斯用一根拐杖轻轻敲了敲哥哥的小腿，"我敢打赌，你这句话可是说错了。"

可麦考夫从来不曾错过。很快，福尔摩斯与过去联系的最后一根纽带也随着第欧根尼俱乐部寄来的一封信被彻底切断了。信件没有署名，信里也没有任何安慰之词，只是简单地说明他哥哥在十一月十九号星期二与世长辞。按照他最后的遗愿，将不举行葬礼，尸体也将匿名下葬。他想，这真是太符合麦考夫的风格了。他把信折好，放进书桌上的文件中。后来，当他坐在石块间思考时，他觉得麦考夫做得很对。那天晚上很冷，他一直坐在那里，完全没有发觉罗杰正站在暮色中的花园小道上观察他，也没有听到蒙露太太在找到男孩时对他的责备："儿子，你不要去打扰他。他今天的心情很奇怪，天知道是为什么——"

当然，福尔摩斯没有把麦考夫的死讯告诉任何人，也没有公开承认他还收到过第欧根尼俱乐部寄来的第二个包裹。那个小包裹是在收到信件之后整整一周才到的。那天早上，他正要出去散步，却在前门台阶上发现了它，差点就一脚踩上去。打开棕色的包装纸，他发现里面是一本陈旧的温伍德·瑞德的《人类的殉道》（他还是个孩子时，生了重病，在父母位于约克郡乡间农舍的阁楼卧室里躺了好几个月，日渐憔悴，这本书是父亲西格那时送给他的），里面还有麦考夫写的一张便条。这本书的内容相当沉重，但却给年轻的福尔摩斯带来了深远的影响。他看完便条，再次捧起书本，尘封许久的一段回忆又涌上心头——一八六七年，他把这本书借给哥哥，坚持要他看一看："等你看完以后，你一定要告诉我你的感想，我想知道你的想法。"七十九年后，麦考夫对它给出了一个简短的评价：书里有很多有趣的反思，但我觉得有点过于迂回曲折了。花了这么多年才看完。

这不是他第一次收到离世者给他的留言了。哈德森太太在世时就曾经写过不少纸条，但显然她当时是想留给自己看的，她把要提醒自己记住的事项潦草地写在随便撕下的纸条上，顺手一塞——厨房的抽屉里，放扫把的柜子里，管家小屋的各个角落里——她去世后，接任者们陆续发现了这些纸条，每个人都带着同样困惑的表情，把它们交给福尔摩斯。福尔摩斯将它们保留了一段时间，对每张纸条都认真研究，就好像把它们拼凑在一起就能解开某个毫无意义的谜团似的。但最后，他从哈德森太太留下的讯息里并没有找出任何确定的含义，所有的纸条一般都只包含了两个名词：帽盒、拖鞋；大麦、皂石；旋转焰火、杏仁糖；猎犬、小摊贩；教会日历、圆垫片；胡萝卜、家居服；小水果、试吃；假导管、盘子；胡椒、甜松饼。终于，他得出客观的结论：书房里的壁炉才是这些纸条最好的归宿（在一个冬日，他点燃了哈德森太太随意涂写的密码般的文字，而一同化为乌有的还有完全不认识的陌生人写给他的信）。

在此之前，华生医生的三本从未公开的日记也遭遇过相同的命运。当然，他烧掉它们的理由非常充分。从一八七四年到一九二九年，华生医生将自己日常生活的点点滴滴全都事无巨细地记录下来，由此产生的无数本日记摆满了他的书架。其中有三本，他在临终前转赠给了福尔摩斯——时间是从一九〇一年五月十六日星期四到一九〇三年十月下旬，其内容都比较敏感。他按照时间的顺序，记录了几百起小案子和几次著名的大冒险，还有一件关于赛马被盗案的有趣传闻（"赛马案"）。但在这些或微不足道或值得注意的记录中，还混杂了十来件很可能会带来严重影响的丑闻：皇室亲属的各种不检点行为、外国某高官对黑人小男孩的特殊嗜好，以及很可能会将十四名议会成员曝光的嫖妓事件。

于是，华生医生很明智地将三本日记送给了他，以免误入他人之手。福尔摩斯决定，应该将它们全部销毁，否则在他也离开人世后，这些记录也许就会被公之于众了。他想，要么把它们作为无足轻重的虚构小说出版，要么把它们永久毁灭，以保守住那些当初信任他的人们的秘密。于是，他自己忍住了没有去翻看那几本日记，连一眼都没有看，就把它们扔进了书房的壁炉，纸页和封面冒出浓烟，瞬间爆发出橘色和蓝色的火焰。

很多年之后，在日本旅行时，福尔摩斯又不无遗憾地想起了被毁的三本日记。根据梅琦先生的讲述，他应该是在一九〇三年帮助过他的父亲，这也就意味着，如果梅琦的说法属实，那么关于他父亲的所有细节可能都在壁炉中化为灰烬了。在下关旅店里休息时，他再次想起了在壁炉中燃烧的华生医生的日记——那炙热的灰烬记录了过去的岁月，却在炉火中分崩离析，像是升天的灵魂般，飘上烟囱，飘入空中，再也找不回来了。回忆让他的思维变得迟钝，他躺在蒲团上伸了个懒腰，闭上眼睛，感受着内心的空虚和无法解释的失落感。几个月之后，当他在一个阴沉多云的清晨坐在石头之间时，这种尖利无助的感觉再度回到他心头。

罗杰下葬时，福尔摩斯不在现场，但他却突然无法感觉、也无法理解任何事了。不知怎么回事，他觉得自己好像全身都被扒光，一种窒息感挥之不去（他衰弱的灵魂此刻正穿越荒无一人的区域，一点点地被驱逐出了他所熟悉的地方，再也找不到回到世界的路了）。可一滴孤独的眼泪让他苏醒，那眼泪滑落到他的胡须里，流到他的下巴，挂在下巴的一根胡子上，他赶紧伸出手。"好吧好吧，"他叹了一口气，睁开红肿的眼睛，望着养蜂场——他把手从草坪上抬起来，在眼泪掉落之前接住了它。

19

在养蜂场的旁边——然后，又到了别的地方：阳光越来越强烈，多云的夏日清晨退回到了刮着风的春天，他来到了另一个海滩，另一片遥远的土地。山口县位于本州岛的最西端，隔着一道狭窄的海峡，与九州岛相望。当福尔摩斯和梅琦先生（他们都穿着灰色的和服，坐在能看到花园景色的桌子旁）在榻榻米垫子上坐下时，圆脸的旅店老板娘用日语向他们问了早上好。他们住在下关一家传统的日式旅店里，店主会借给每个客人一套和服，并且只要客人提出要求，就有机会在用餐时品尝当地人在饥荒时用以充饥的食物（各种汤、饭团，以及用鲤鱼做主要原料的菜品等）。

老板娘从早餐室走到厨房，又端着托盘从厨房回到了早餐室。她是一个很胖的女人，腰带下面的肚子鼓得高高的，她走近时，地上的榻榻米都在随之震动。梅琦先生大声问，在国家如此缺粮少食的时候，她怎么还能长这么胖。可她只是不断地朝客人鞠躬，并没有听懂梅琦的英语，她就像一只营养过剩、温顺服从的狗，不断进出早餐室。等到碗盘和冒着热气的饭菜都在桌子上摆好后，梅琦先生擦了擦自己的眼镜，又重新戴好，伸出手去拿筷子。福尔摩斯一边研究着早饭，一边也小心地拿起了筷子——他一整晚都没有睡安稳，此刻呵欠连天（没有方向的大风一直吹到天亮，风摇晃着墙壁，发出可怕的呜咽声，让他始终只能半睡半醒）。

"如果您不介意的话，能不能告诉我您晚上都梦到了些什么？"梅琦夹起一个饭团，突然问道。

"我晚上梦到了什么？我敢肯定地说，我晚上是不会做梦的。"

"怎么可能，您一定有时候也会做梦的呀。难道不是每个人都会做梦吗？"

"我还小的时候，确实做过梦，这点我很确定。我也说不上来是从什么时候开始不再做梦的，也许是青春期之后，或者更晚一点吧。不管怎么说，就算我曾经做过梦，我也完全不记得任何细节了。幻觉只对艺术家和有神论者更有用，你不觉得吗？对于像我这样的人来说，它们是完全靠不住的，还很麻烦。"

"我曾经在书上看到过，有人宣称自己从不做梦，但我不相信。我觉得他们也许是出于某种原因，压抑着自己。"

"嗯，如果我真的做过梦，那我也已经习惯忽略它们了。我现在问你，朋友，在晚上，你的脑子里又出现过什么呢？"

"很多很多东西啊。您看啊，可能是非常具体的事物，比如我曾经去过的地方，每天都能看到的面孔，最最普通的场景；有时候，又可能是遥远而令人不安的情形，比如我的童年，已经去世的朋友，我很熟悉但和他们原来的样子丝毫不像的人。有时候，我醒来的时候一片茫然，不知道自己到底在哪儿，也不知道到底看到了些什么——在那一刻，我就像被困在了现实和想象之间，虽然只是短短的片刻。"

"我知道那种感觉。"福尔摩斯微笑着看着窗外。在早餐室外的花园里，红色和黄色的菊花在微风吹拂下轻轻摆动。

"我把我的梦看作是记忆中磨损的片段。"梅琦先生说，"记忆本身就像是一个人生命的布料，我认为梦就像代表过去的松散线头，它与布料相连的地方虽然有些破了，但还是布料的一部分。也许这么比喻有点奇怪，我也不知道。不过，您难道不觉得梦就是一种记忆，是过去的一种抽象吗？"

福尔摩斯继续望着窗外，过了好一会儿才说："是，这个比喻是有点奇怪。就我的情况而言，我这九十三年都在不断地蜕变、更新，所以，你所说的所谓松散的线头，在我这里应该有很多，但我可以非常肯定地说，我是不做梦的。又或者，是我记忆的布料十分牢固——按照你的说法，我大概是在时间里迷失了方向。不管怎么说，我都不相信梦是过去的抽象。它们倒可能是我们内心恐惧和欲望的象征，就像那个奥地利医生老爱说的那样。"福尔摩斯用筷子从碗里夹起了一片腌黄瓜，梅琦看着他小心翼翼地把黄瓜送到自己嘴边。

"恐惧和欲望，"梅琦说，"也是过去的产物。我们只是把它们随身携带而已。梦远远不止这些，不是吗？在梦中，我们难道不像是去了另一个地方，进入了另一个世界吗？而那一个世界就是根据我们在这个世界的经历而创造的。"

"我完全不明白你的意思。"

"那么，您的恐惧和欲望有哪些？我自己就有很多。"

梅琦停下来等待福尔摩斯的回答，但福尔摩斯并没有回应。他只是牢牢盯着面前的一盘腌黄瓜，脸上露出深深困扰的表情。不，他不会回答这个问题的，他不会说出自己的恐惧和欲望的，它们在有的时候是相同的：不断加重的健忘一直困扰着他，甚至会让他在睡梦中喘着粗气，猛然惊醒——熟悉和安全的感觉离他远去，让他孤立无助、呼吸困难；但健忘也压抑了他绝望的念头，让他暂时忘却了那些再也见不到的人——把他困在此时此刻，而他可能想要或需要的一切都近在咫尺。

"原谅我，"梅琦说，"我并不是有意要刺探您的隐私。昨天晚上我去找您以后，我们应该谈一谈的，但当时感觉时机不对。"

福尔摩斯放下筷子，用手指从碗里拿起两片黄瓜，吃掉了。吃完以后，他把手指在和服上擦了擦："我亲爱的民木啊，你是怀疑我昨天晚上梦到了你的父亲吗？所以你才问我这些问题？"

"也不完全是。"

"还是你自己梦到了他？现在，你希望用这种迂回的方式，在吃早饭的时候告诉我你都梦到了些什么？"

"我确实梦到过他，是的，不过那是很久以前的事了。"

"我明白了，"福尔摩斯说，"那么，请你告诉我，这一切到底有什么关系呢？"

"对不起，"梅琦低下头，"我道歉。"

福尔摩斯意识到自己没有必要如此尖锐，但不断被人逼问一个他并不知道答案的问题，确实让他厌烦。再说，昨天晚上，他睡不安稳时，梅琦进入他房间、跪在他蒲团旁边的行为也让他很不高兴。当时，他被风声惊醒，哀怨的呜呜声吹打着窗户，而一个男人在黑暗中的身影让他吓得呼吸都停止了（他就像一片乌云，飘浮在头顶，用低沉的声音问道："您还好吗？告诉我，是什么——"），可福尔摩斯压根说不出话，手脚也无法移动。当时，他真的很难想起自己到底置身何处，也听不出在黑暗中说话的这个声音到底是谁。"夏洛克，是什么？您可以告诉我——"

　　直到梅琦离开，福尔摩斯才恢复了知觉。梅琦静静地走了，他打开两人房间之间的推拉门，然后又关上。福尔摩斯侧身躺着，听着哀怨的风声。他摸着蒲团下面的榻榻米，用指尖压了压，又闭上眼睛，想起了梅琦问的话，才反应过来他的意思：告诉我，是什么？您可以告诉我——实际上，虽然梅琦之前一直在说他们共同的旅行是多么开心，但福尔摩斯还是知道，他早已下定决心，要打探到一些关于他失踪父亲的事，哪怕这意味着要在福尔摩斯的床边守上一整夜（要不然他为什么要擅闯进房间，还有什么理由需要他非进来不可的呢？）。福尔摩斯也曾经以类似的方式对梦中的人问过话——小偷、抽鸦片的瘾君子、谋杀嫌疑犯等等（在他们耳边私语，从他们气喘吁吁的嘟囔中收集信息，睡梦中坦白的准确性往往让罪犯们自己都惊讶不已）。所以，他对这种方法并不反感，但他还是希望梅琦不要再对父亲的谜追根究底了，至少，在他们的旅程结束前，能暂时放一放。

　　福尔摩斯想告诉他，这些事情都已经过去很久了，现在继续烦恼也无济于事。松田离开日本也许有其合理的原因，也许确实是为了家庭着想。但即便如此，他也明白，父亲一直不在梅琦身边让这个男人觉得自己的人生是不完整的。那天晚上，福尔摩斯想了很多，但他从来不认为梅琦的寻找是毫无意义的。恰恰相反，他一直坚信，一个人人生中的谜团值得他不懈地努力调查。在松田的这件事上，福尔摩斯知道，就算他有可能提供什么线索，那线索也早在几十年前就已经被毁灭在壁炉里了。他满脑子想的都是华生医生被烧掉的日记，最后终于筋疲力尽，很快就脑子一片空白了。他还躺在蒲团上，外面的风呼啸刮过大街，将方格窗上的窗纸撕裂，但他也听不到风声了。

"该道歉的人是我，"福尔摩斯在早饭时一边说，一边伸出手拍了拍梅琦的手，"昨晚我睡得很不好，天气的原因吧，还有其他的，我今天感觉更不舒服了。"

梅琦继续低着头，点了点头："我只是有点担心，我好像听见您在梦中大叫，那声音好可怕——"

"当然，当然，"福尔摩斯安慰着他，"你知道吗，我曾经在荒野中游荡，呼呼的风声就像是人在远处大喊或痛哭，或是在叫救命——风雨声中，人很容易听错的，我自己就弄错过，不用担心。"他微笑着抽回自己的手，转而伸向装腌黄瓜的碗。

"那您觉得是我听错了吗？"

"很有可能，不是吗？"

"是的，"梅琦如释重负般地抬起头，"是有这种可能，我猜——"

"很好，"福尔摩斯把一片黄瓜拿到嘴边，"这件事就到此为止吧。不如，我们开始全新的一天？今天上午有什么安排？再去海边散步吗？还是应该完成我们此行的目的——去寻找那难得一见的藤山椒？"

梅琦却显得很困惑。他们以前不是经常讨论福尔摩斯来日本的原因吗（想尝一尝藤山椒做成的料理，亲眼看一看野生的藤山椒树）？那天晚上，不正是他们此行的目的地指引着他们来到了海边乡村的居酒屋（福尔摩斯一踏进门口，就明白了，居酒屋就相当于日式的酒吧）吗？居酒屋里，一口大锅正冒着热气，老板娘忙着把新鲜的藤山椒叶子切碎。当他们走进屋时，所有正喝着啤酒或清酒的当地人都把头抬起来，有些人脸上还带着明显不信任的表情。自从福尔摩斯来到日本后，梅琦先生有多少次说起过在居酒屋出售的一种特殊蛋糕？它用经过烘焙磨碎后的水果和藤山椒籽做成，揉进面粉里以增添风味。他们又有多少次提到了过去多年来往返的信件？那信件的内容总是会讲到这种生长缓慢但也许能让人延年益寿的植物（在盐分多、日照充足、风力强劲而干燥的地方生长最为繁茂），那就是他们都很感兴趣的藤山椒。到底有多少次？似乎一次都没有。

居酒屋里充满了胡椒和鱼的味道，他们坐在桌子旁，小口喝着茶，听着周围喧嚣的说话声。"那两个是渔民，"梅琦说，"他们正在为一个女人争吵。"

就在这时，老板掀开后面房间的门帘，走了出来。他笑着，嘴里没有牙齿，用夸张滑稽的语气跟每位顾客打招呼，和熟人一起开怀大笑。最后，他走到了他们桌旁。当他看到一位年迈的英国绅士和衣着讲究的日本同胞在一起时，似乎觉得很有意思。他开心地拍了拍梅琦的肩膀，又朝福尔摩斯眨眨眼睛，就好像他们都是亲密无间的朋友。他在他们桌旁坐下，一边打量着福尔摩斯，一边用日语跟梅琦先生说着什么，他的话让居酒屋里的每个人都大笑起来，除了福尔摩斯。"他说什么？"

"真好笑，"梅琦告诉他，"他谢谢我把我父亲带来光顾他的酒店。他说我们简直是一个模子里印出来的，不过觉得您比我更帅。"

"我同意他的后半句。"福尔摩斯说。

梅琦又把福尔摩斯的话翻译给店主听，店主点着头，哈哈大笑起来。

喝完茶，福尔摩斯对梅琦说："我想看看那锅里煮的东西。你能不能帮忙问问我们的这位新朋友？你能不能告诉他，我很想看看藤山椒到底是什么煮的。"

梅琦转达了他的请求，店主立刻站起身。"他很乐意让您看一看，"梅琦先生说，"但负责煮饭的人是他妻子，她一个人就可以给您演示了。"

"太好了，"福尔摩斯也站起来，"你要一起来吗？"

"我就来——我先把茶喝完。"

"这个机会很难得的呀，你知道吗。那我就不等你了，希望你不要介意。"

"不会，完全不会介意。"梅琦说，但他却用锐利的眼神盯着福尔摩斯，仿佛是被抛弃了一般。

不过很快，他们就都来到了大锅边，手里拿着藤山椒的叶子，看着老板娘搅动着锅里的汤汁。之后，老板娘告诉他们，藤山椒生长在离海更近的沙丘之间。

"我们明天早上去吧？"梅琦说。

"现在去也不是很晚。"

"还有很远的路程呢，福尔摩斯先生。"

"要不就走一段路——至少走到日落之前？"

"如果您想去，那我们就去吧。"

他们带着好奇的目光，看了居酒屋最后一眼——那大锅，那汤汁，那些拿着酒杯的男人们——然后，他们走出店外，穿过沙滩，慢慢地走到了沙丘之中。暮色降临，他们仍然没有看到藤山椒的任何踪迹，便决定先回旅店吃晚饭。两人都因为长时间的行走而筋疲力尽，吃完晚饭后，他们没有像往常一样出去喝酒，而是早早上床休息了。但这个晚上——他们在下关的第二个晚上——福尔摩斯却在半夜就醒了过来，他辗转反侧，怎么也睡不安稳。一开始他觉得很惊讶，前一晚呼啸的风声居然消失了。然后，他想起了临睡前几分钟，一直盘旋在他脑海中的场景：海边简陋的居酒屋，在一大锅鲤鱼汤里沸腾的藤山椒叶子。在昏暗的光线中，他躺在被子里，盯着天花板。过了一会儿，他又犯困了，便闭上眼睛。但他并没有沉沉睡去，而是想起了那位没有牙齿的居酒屋店主——他叫和久井。他幽默的话语曾经让梅琦那么开心，他们还拿天皇开了个很没品位的玩笑（"为什么说麦克阿瑟将军是日本的肚脐？因为他在日本的阳具上面啊。"）。

可让梅琦最最开心的，还是和久井说福尔摩斯是梅琦父亲的玩笑话。那天傍晚，他们一起在沙滩上漫步时，梅琦又提起了这个话题，他说："想起来也奇怪，如果我父亲还活着的话，应该跟您是差不多的年纪。"

"是吗？"福尔摩斯看着前方的沙丘，在沙质的土壤中寻找着藤山椒生长的痕迹。

"要不，您就当我在英国的父亲吧，怎样？"梅琦突然出乎意料地抓起福尔摩斯的手臂，他们往前走时，他仍然牢牢牵着，"和久井是个很有意思的家伙，我明天还想去找他。"

就在这时，福尔摩斯才意识到，自己已经被梅琦选中做了松田的替身。也许他并不是有意的，但很明显，在梅琦成熟周到的外表之下，还潜伏着童年的心理创伤。他一再重提和久井的玩笑话，又在沙滩上紧紧牵住福尔摩斯的手，一切都再明显不过了。福尔摩斯想，你最后一次听到父亲的消息正是你第一次听到我的名字的时候。松田从你的生命中消失了，我却以一本书的形式出现——一个取代了另一个，如此而已。

所以，才有了那些盖着亚洲邮戳的信件，有了在几个月愉快的书信往来后诚挚的邀请，有了横跨日本乡野的旅行，有了朝夕相处的这些日子——他们就像一对父子，在经历了多年的疏远之后，静静地弥补着过去。就算福尔摩斯不能给梅琦确切的回答，可他远渡重洋来与他会面，留宿在他们位于神户的房子里，并最终一起踏上向西的旅程，还去了梅琦小时候松田曾经带他去过的广岛景观园，这一切也足以让梅琦稍稍释怀了吧。现在，福尔摩斯也发现了，梅琦对藤山椒、蜂王浆以及他们在信里详细讨论过的那些东西其实都没有什么兴趣。他想，这就是一个简单的诱惑诡计，但很有效——他认真研究了和我聊的每一个话题，在信里大书特书，把我骗来以后，又假装统统忘记。

福尔摩斯在走向沙丘的路上，默默地想起了梅琦和罗杰。当梅琦牵着他手臂的手越来越紧时，他想，这些失去了父亲的孩子到了这个年纪，灵魂仍然在孤独的探索中。

与梅琦先生不同，罗杰对自己父亲的命运是理解的，他坚信，父亲的死虽然对个人而言是悲剧，但从更宏大的角度来看，却是充满英雄主义色彩的。梅琦却无法说出这样的话来，他只能靠眼前这位年老体弱的英国人寻找答案。他陪着他走到海边的沙丘，紧紧抓住他瘦骨嶙峋的手臂，与其说是牵引着他，倒不如说是依赖着他。

"我们回去吗？"

"你已经找累了吗？"

"不，我更担心的是您。"

"我觉得我们已经很接近目标了，现在回去——"

"可天色已经很暗了——"

福尔摩斯睁开眼睛，盯着天花板，掂量着该如何解决这个问题。如果要安抚梅琦先生，那就要事先想好一个可以以假乱真的答案（他想，就像华生医生在构思故事情节时一样吧，把已经发生过的事情和从来没有发生过的事情混合在一起，创造出一个让人无法否认的结论）：是的，他确有可能和松田打过交道；是的，他可以对松田的失踪作出解释。但他必须要精心构思好。他们第一次见面是在哪里？也许是由麦考夫介绍的，就在第欧根尼俱乐部的会客室里？但见面的原因呢？

"麦考夫，如果侦探艺术的开始和终结都只需要坐在这个房间里思考，那你一定会是有史以来最厉害的罪案探员。但你显然不能解决很多实际的问题，而它们又是在做决定前必须深入研究的——我猜，这就是你又把我叫到这里来的原因吧。"

他想象着麦考夫坐在扶手椅上的样子。旁边还坐着 T.R. 拉蒙特
（还是 R.T. 拉蒙？）——他是个严厉阴沉、野心勃勃的波利尼西亚裔
人，伦敦传教会成员，曾居住在太平洋上的曼加利亚岛，实际身份
是秘密情报机关的探员，以维护社会道德为名，对当地的居民进行
严密的监视。后来，英国当局为了帮助新西兰扩张，又开始考虑把
拉蒙特（或拉蒙）安排到更重要的位置，即担任英国公使，与库克
群岛上的酋长们谈判，为新西兰吞并这些岛屿铺平道路。

或者他是叫 J.R. 拉本？不，不，福尔摩斯记得，他是叫拉蒙
特，绝对是拉蒙特。不管怎样，在一八九八年——还是在一八九九
年，又或者是一八九七年？——麦考夫叫福尔摩斯去对拉蒙特
的性格做些评价（哥哥在电报中写道：你知道，我也可以给出
很好的专业意见，但观察一个人真实本性的细节，实在不是我的
长项）。

"我们手上必须握有筹码。"麦考夫解释，他很清楚法国在大溪
地岛和社会群岛的影响力。"自然，玛琪亚·塔克女王希望她的岛屿
能够附属于我国，但我们的政府并不愿意接手管理。另一方面，新
西兰总理已经表明了坚定的立场，所以，我们必须尽量提供帮助。
拉蒙特先生跟当地人非常熟悉，又与他们有很多共同点，所以，我
们相信，他对于我们达成目标会非常有帮助。"

福尔摩斯瞥了一眼坐在哥哥右边的人，他个子矮小，不善言辞
（此刻正盯着自己的眼镜下方，膝盖上放着一顶帽子，在左边身形巨
大的麦考夫衬托之下，显得格外矮小）。"麦考夫，你说的我们，除

了你，还包括谁？"

"这个嘛，亲爱的福尔摩斯，就像我提过的其他事情一样，是绝对的机密，也不是现在的重点。我们现在所需要的，是你对我们这位同事的意见。"

"我明白了。"

可福尔摩斯现在看见坐在麦考夫身边的，并不是拉蒙特，也不是什么拉蒙或拉本，而是身材高大、脸庞细长、留着山羊胡的松田梅琦。他们在那间私密的会客室里首次见面，而福尔摩斯几乎立马就能看得出来，他完全符合那个职位的条件。从麦考夫给他的档案资料来看，松田显然是个非常聪明的人（他写了好几本著名的书，其中一本讲的就是秘密外交），作为特使相当有能力（他曾在日本外交部工作的背景就能说明这一点），而作为亲英派的代表人物，他又对自己的国家并不抱任何幻想（在需要他的时候，他愿意随时从日本前往库克群岛或欧洲）。

"你觉得他适合这份工作吗？"麦考夫问。

"很适合，"福尔摩斯微笑着回答，"我们认为，他就是最完美的人选。"

松田和拉蒙特一样，在运筹帷幄、开展各种政治活动时，会非常谨慎——他会在库克群岛合并一事中进行斡旋，而他的家人还以为他在伦敦正潜心研究宪法呢。

"祝您好运，先生，"问话结束以后，福尔摩斯握着松田的手说，"我确定您一定能顺利完成任务。"

他们后来又见了一面——在一九〇二年的冬天，或者，是一九〇三年初（新西兰开始正式合并群岛后的两年左右），当时，松田就纽埃岛的问题向福尔摩斯寻求建议，那座岛原本是和萨摩亚群岛、汤加王国联盟的，但在新西兰合并库克群岛一年后被新西兰占据了。松田此时还面临着是否要接受另一个重要职位的选择，但这次他代表的不是英格兰，而是新西兰。"我必须承认，这是一个相当诱人的机会，夏洛克先生。我可以永远待在库克群岛，处理好纽埃岛人的抗议，并帮助这座叛乱的小岛建立独立的管辖机构，同时，还能改进其他岛屿上的公共设施。"

他们坐在福尔摩斯位于贝克街上的客厅里，一边喝着干红葡萄酒，一边谈着。

"可你害怕你这样的行为会被看作是对英国政府的背叛？"福尔摩斯说。

"差不多吧，是有这样的担心。"

"如果我是你，我才不会担心呢，我的好兄弟。你已经完成了你的任务，而且还完成得相当出色。我想，你现在终于可以自由地把你的才华运用到别的地方了，为什么不去呢？"

"你真是这么想的吗？"

"当然，当然。"

然后，松田跟拉蒙特一样，向福尔摩斯道了谢，又请求他对这段谈话保密。他在离开前，喝完了杯里的红酒，鞠了一躬，才跨出前门，走到大街上。他很快就回到了库克群岛，开始频繁往返于岛屿与岛屿之间，与五位主要的岛屿大酋长和七位地位稍低的酋长会面，阐述他对未来岛上立法机构的设想。最终，他甚至去了新赫布里底的埃罗芒奥岛，最后一次有人看见他时，他正要深入那里最偏远的地区（那个地方极少有外人进入，与世隔绝，丛林茂密，最出名的是当地人用头骨竖立起来的巨大图腾柱和用人骨头做成的项链）。

　　当然，这个故事还远远算不上无懈可击。如果梅琦先生追问下去，福尔摩斯担心自己很可能把各种细节、人名、日期或历史事实弄混。再说，他也无法合理解释为什么松田必须要抛弃自己的家人住到库克群岛上去。但梅琦是那么迫切地想要找到答案，福尔摩斯觉得这个故事应该能够满足他的要求了。他想，无论是什么未知的原因促使松田开始一段新的生活，对梅琦而言，都已经不重要了（毫无疑问，这些原因应该都是基于个人或隐私的考虑，是他不可能知晓的）。但梅琦还是能知道一些关于父亲的重要事实：他曾经在阻止法国入侵库克群岛时扮演过重要的角色，他平息了纽埃岛的叛乱，在他消失在丛林之前，还曾经号召岛民有朝一日建立起属于自己的政府。"你的父亲，"他将如是告诉梅琦，"受到了英国政府的高度尊敬，而对于拉罗汤加岛上的老人，以及周围岛屿上上了年纪的人们来说，他的名字就是一个传奇。"

　　借着蒲团旁边一盏灯笼的微弱光线，福尔摩斯抓起拐杖，站了起来。他穿上和服，走过房间，非常小心地不让自己被绊倒。当他走到墙板前时，站了一会儿。对面就是梅琦先生的房间了，他能听到打呼的声音。他盯着墙板，用一根拐杖轻轻地敲了敲地板。然后，他听到里面像是传来一声咳嗽，接着是轻微动作的窸窸窣窣声（翻身的声音，掀开被单的声音）。他听了一会儿，但又什么都听不到了。最后，他摸索着想找门把手，结果只找到一道凹槽，他抠住凹槽，拉开了推拉门。

隔壁房间完全是福尔摩斯所睡房间的翻版——灯笼发出暗淡而昏黄的光线，地板中央摆着一张蒲团，桌子是固定在地上的，靠墙摆着用来坐或跪的垫子。他走到蒲团边。被子被踢开了，勉强能看到梅琦先生半裸着身体，仰面睡着，一动不动，非常安静，看上去甚至连呼吸都停止了。蒲团的左边，灯笼旁边，是一双拖鞋，摆得整整齐齐。福尔摩斯弯下腰时，梅琦突然醒了，他用日语惊恐地说着什么，盯着在面前不断逼近的黑影。

"我有话必须对你说。"福尔摩斯把拐杖横放在自己膝盖上。

梅琦仍然直盯前方，他坐起来，伸手去拿灯笼，又把灯笼举起，照亮福尔摩斯严肃的脸庞。"夏洛克先生？您还好吧？"

福尔摩斯在灯笼的照耀下，眯起了眼睛。他用手掌摁着梅琦抬起的手，轻轻地把灯笼往下压。然后，他在暗处开口了："我要求你，只需要听我说就好，等我说完以后，请你不要再追问有关这件事的任何问题了。"梅琦没有回答，于是福尔摩斯继续说，"过去这么多年，我一直严格恪守着一条原则，那就是，无论在任何情况下，都绝对不能谈论那些必须严格保密或涉及国家机密的事件。我希望你能够理解，因为破坏这条原则很可能会危及很多人的性命，也会让我的名誉毁于一旦。但我现在意识到，我已垂垂老矣。我想，我的名誉早已有定论，而我保守了几十年的秘密中所涉及的人，也恐怕不在人世了。换句话说，造就了我的一切都已不在这个世界上，而我还活着——"

"不是这样的，"梅琦先生说。

　　"请你千万不要说话，如果你什么都不说，我会把关于你父亲的事一五一十告诉你。你看，我希望能趁着我忘记他之前，把对他的了解跟你解释清楚——我希望你只要认真听就好——等我说完以后，我会走的，我请求你再也不要和我讨论这件事了，因为今天晚上，我的朋友，这是我第一次违背自己坚守一辈子的原则。现在，就让我尽我所能，让我们俩的心绪都能得到一些平静吧。"

　　说完，福尔摩斯开始讲述他的故事，他的声音低沉而含糊，仿佛是在梦中。当他悄声说完以后，他们面对面坐了一会儿，都没有动，也没有说一个字，只有两个模糊的身影坐在那里，彼此像是对方的倒影。他们的头隐藏在黑暗中，脚下的地板反射着微微的光线。最后，福尔摩斯一言不发地站起来，摇晃着走向自己的房间，疲倦地上了床，拐杖砰然掉到了蒲团旁。

20

自从回到苏塞克斯后，福尔摩斯再也没有去多想那天晚上在下关跟梅琦说的故事，也不再回想一直被松田之谜所困扰的行程。可是，当他把自己反锁在阁楼书房时，思绪突然把他带回了那里——就是他和梅琦曾经一起漫步的遥远沙丘；更准确地说，他仿佛看见自己和梅琦在海滩上，又朝那些沙丘走去，两人时不时停下来远眺大海，或是看看地平线上飘浮的几朵白云。

"天气真好，是不是？"

"啊，是啊。"福尔摩斯表示同意。

这是他们在下关的最后一天，两人睡得都不好（福尔摩斯在去找梅琦之前，一直睡得断断续续的，而梅琦在福尔摩斯找过他之后，完全无法入睡），但劲头却很足，他们继续寻找着藤山椒。那天早上，风完全停了，呈现出一片完美春日的景色。当他们很迟才吃完早餐，从旅店离开时，整个城市仿佛也恢复了生机：人们从家里或商店里出来，清扫着街道上被风刮落的杂物；在赤间神宫大红色的神庙前，一对老夫妻正在阳光下吟诵佛经。他们走到海边，看到远处的海滩上有不少捡东西的流浪汉——十来个女人和老人在海面漂浮的杂物中翻找着，把随海浪漂来的贝壳或其他有用的东西收集起来（他们的背上已经背着沉重的浮木，有些人还把厚重的海草串成串，挂在脖子上，就像一条条肮脏不堪的大蟒蛇）。很快，他们就走过了流浪汉身边，踏上了一条通往沙丘深处的狭窄小路，越往里走，小路也就越宽，直到最后，他们来到了一片微微闪亮、柔软开阔的空地。

沙丘的表面被风吹得起伏不平，四处还有野草、贝壳碎片或石头的点缀。沙丘挡住了海洋，倾斜的山坡似乎是从海滩无边无尽地伸展出来，又朝着东边远处的山脊或北边高高的天空爬升再落下。哪怕是在这样一个无风的日子，沙丘的形状也随着他们前进的脚步而不断变化，在他们身后打着旋，让他们的衣袖都蒙上了带着咸味的细沙。他们身后留下的脚印慢慢消失了，就像被一只看不见的手抚平。前方，沙丘与天空交界处，海市蜃楼的幻景如水蒸气般从地面上升起。他们能听见海浪拍岸的声音、流浪汉们相互喊叫的声音，以及海鸥在海面上鸣叫的声音。

让梅琦意外的是，福尔摩斯指着前一天晚上他们找过的地方，又指了指他认为现在应该找寻的地方——沙丘北边最接近海的位置。"你看，那边的沙子更潮湿，是最适合藤山椒生长的环境。"

他们一刻不停地继续向前，眯起眼睛以阻挡强烈的阳光，不断吐掉吹进嘴里的沙子，鞋子还不时陷进沙丘的深坑里。福尔摩斯有好几次差点失去平衡，还好梅琦及时牢牢扶住了他。最后，脚下的沙地终于变硬，海洋似乎就在几尺开外。他们来到了一处长满野草和各种灌木的开阔地，这里还有一大块浮木，像是渔船外壳的一部分。他们在一起站了很久，喘着气，拂去裤腿上的沙子。然后，梅琦在浮木上坐了下来，掏出手帕擦着从眉毛流到脸上又流到下巴上的汗滴。福尔摩斯则把一支没有点燃的牙买加雪茄塞进嘴里，开始认真地搜寻野草，查看周围的植物，最后，他在一丛苍蝇围绕的灌木边弯下了腰（那些害虫包围了灌木，大批聚集在它盛开的花朵周围）。

"原来你在这儿呀，我的小可爱。"福尔摩斯感叹着，把拐杖放到一旁。他轻轻地抚摸着它的嫩枝，那叶片底部有成对的短刺以自我保护。他发现，它的雄花和雌花生长在不同的植株上（腋生总状花序；雌雄异花，花朵浅绿色，很小，大约只有零点二到零点三厘米长，花瓣五到七片，白色），雄花大约五个花蕊，雌花四个或五个心皮（每个心皮包括两个胚珠）。他看着黑色闪亮的圆圆种子。"真漂亮。"他就像对着知心好友般对藤山椒说着话。

此刻，梅琦先生已经在藤山椒旁蹲下了，他拿出一支香烟，对着苍蝇吐出烟雾，把它们熏走。但最吸引他注意的，却并不是藤山椒，而是福尔摩斯入迷的表情——他灵活的指尖触碰着叶片，像念咒语般自说自话（"单数羽状复叶，二到五厘米长；主茎狭窄，刺多，三到七对小叶，再加上最末的一片光滑叶片——"），脸上微笑的表情和闪亮的眼睛明显流露出了最纯粹的满足和惊喜之情。

而当福尔摩斯看着梅琦时，他也看到了类似的表情，这是他在整趟旅行中都还不曾见过的——那是一种发自内心的自在与包容。"我们找到了想找的东西了。"他看到了自己在梅琦眼镜镜片上的倒影。

"是的，我想我们找到了。"

"这其实是很简单的一样东西，真的，但它就是让我很感动，我也不知道该怎么解释了。"

"我和您有同样的感受。"

梅琦鞠了一躬，马上又直起身。就在那时，他似乎很急切地想说点什么，但福尔摩斯摇摇头，阻止了他："就让我们静静地感受这剩下的一刻，好吗？多嘴多舌只会破坏这难得的机会——我们都不想这样吧，对不对？"

"当然。"

"那就好。"福尔摩斯说。

此后，两人都久久没有说话。梅琦抽完香烟，又点了一支，他看着福尔摩斯一边仔细地看着、摸着、研究着那株藤山椒，一边不停地嚼着牙买加雪茄的烟蒂。附近的海浪卷起一波又一波，流浪者们的声音似乎越来越近。后来，正是这心照不宣的沉默在福尔摩斯脑中留下了最深刻的印象（两个男人，在海边，在藤山椒树旁，在沙丘间，在完美的春日里）。他曾经试着回忆他们一起住过的小旅店，一起走过的街道，在路上一起经过的建筑，但总也想不起什么具体的实质内容。只有那沙丘、那海洋、那灌木、那诱骗他来到日本的同伴，让他无法忘怀。他记得他们之间短暂的沉默，也记得从海滩上传来的奇怪声音，那声音一开始很微弱，后来越来越响，低沉的说话声和单调尖利的和弦声打破了他们之间的寂静。

"有人在演奏日本三弦。"梅琦站起身，望着野草的远方，草茎挠着他的下巴。

"演奏什么？"福尔摩斯抓起拐杖。

"日本三弦，有点像鲁特琴。"

在梅琦的帮助下，福尔摩斯站起来，也望向野草丛的远方。他们看到，在海滩边，一支又长又细的队伍正慢慢朝南边流浪者的方向走去。队伍里几乎全是小孩，领头的却是一个穿黑色和服、头发蓬乱的男人，正用一把大拨子拨弄着一个三条弦的乐器（一手的中指和食指还紧紧压着琴弦）。

"我知道这种人，"队伍走过后，梅琦说，"他们演奏乐器，讨点吃的或钱。很多人很有才华，实际上，在大城市里，他们的生活过得还不错呢。"

孩子们就像童话故事《吹笛手》里着了魔的听众般，紧紧跟在男人身后，听他一边唱歌一边弹琴。队伍走到流浪者面前时，停了下来，歌声和乐声也停止了。队伍散开来，孩子们围绕着乐师，各自找地方坐在沙滩上。流浪者也加入了孩子的行列，他们解开绑着东西的绳子，卸下沉重的负担，或跪或站在孩子们身边。等每个人都安顿好以后，乐师开始表演了。他的歌声情感丰富，但属于叙事的表达方式；他高高的音调与和弦相得益彰，带着点类似电子震动乐的感觉。

梅琦懒懒地把头歪到一边，看着海滩，然后又像是事后想起般，补充了一句："我们要不要去听听？"

"我觉得我们应该去。"福尔摩斯盯着人群回答。

但他们并没有匆忙离开沙丘——福尔摩斯要去看藤山椒最后一眼，他扯下几片叶子，放进口袋（后来，在去往神户的路上，这些叶子却不知道放到哪里去了）。在横穿沙滩之前，他再次恋恋不舍地看了几眼那株灌木。"从来没有见过像你这样的，"他对那植物说，

"恐怕以后再也见不到了，见不到了啊。"

说完，福尔摩斯才离开，他和梅琦穿过野草丛，走到沙滩上。很快，他就和流浪汉以及孩子们坐在了一起，听着乐师拨动琴弦，唱出自己的故事（福尔摩斯后来才得知，乐师的眼睛是半盲的，却以步行的方式走遍了大半个日本）。海鸥在头顶俯冲盘旋，像是也被音乐吸引了；地平线上轻轻滑过一艘船，朝港口开去。所有的一切——完美的天空，专心的听众，坚韧的乐师，异域的音乐，平静的海滩——福尔摩斯都把它们看得清清楚楚，并认为这是他整段旅程中最开心的一刻。后来发生的一切像梦中的惊鸿一瞥，在他脑海中飞快闪过：队伍在傍晚时分重新聚集，半盲的乐师引领着人群走过海滩，穿过一堆堆用浮木点燃的篝火，最终走进了海边茅草屋顶的居酒屋，受到了和久井和他太太的迎接。

阳光照在窗户的窗纸上，树枝的黑影是模糊的。福尔摩斯在餐巾纸上写下了"下关，最后一天，一九四七年"的字样，把它收好，用以提醒自己不要忘了这个下午。和梅琦一样，他也已经在喝第二杯啤酒了。和久井告诉他们，用藤山椒做的特别蛋糕都已卖光，但他们可以找点别的代替。福尔摩斯愉快地喝了一会儿酒，回味着自己的发现。就在那儿，就在那天傍晚，就在他和梅琦喝着酒的时候，他仿佛又看到了那株在城市之外蓬勃生长的灌木。它是孤独的、被蚊虫困扰的，它多刺的外表并不美丽，但却是独特而有用的——他顽皮地想，和我自己也没什么区别嘛。

客人们在三弦琴乐声的召唤下，不断涌进居酒屋。孩子们都回家了，他们的脸被阳光晒得通红，衣服上满是沙尘，他们跟乐师挥手道别，表示着感谢。"他叫高桥竹山，"和久井说，"他每年都会走路到这儿来，孩子们就像苍蝇似的围着他。"但特别的蛋糕已经卖完，只有啤酒和汤用以招待流浪的乐师、福尔摩斯和梅琦先生。船只卸下货物，渔民漫步街上，走到居酒屋敞开的大门前，呼吸着诱人的酒精香味，就像迎面感受着宁静的微风。夕阳预示着黄昏的来临，福尔摩斯感觉到有什么东西完整了——是在喝第二杯、第三杯，还是第四杯酒的时候？还是在找到藤山椒的时候？又或者是在听到美妙的春日乐声的时候？——那感觉妙不可言，让人心满意足，就好像是从一夜安睡中慢慢醒来。

梅琦放下香烟，从桌子上俯过身，尽可能轻声地说道："如果您允许的话，我很想谢谢您。"

福尔摩斯看着梅琦，仿佛他阻碍到了什么般，说："到底怎么回事？应该是我要谢谢你，这次的旅行非常有趣。"

"如果您允许的话，我要谢谢您，是您解开了我人生最大的谜局。也许我还没有得到我要找的所有答案，但您已经给我足够多了。我感谢您对我的帮助。"

"我的朋友，我真的完全不知道你在说什么。"福尔摩斯固执地说。

"重要的是我说了，这就够了。我保证，再也不会提起了。"

福尔摩斯玩弄着自己的杯子，最后开口道："嗯，如果你真那么感谢我，那就帮我把杯里的酒倒满吧，我好像快要喝完了。"

梅琦的感激之情溢于言表，并以不止一种的方式表现了出来——他立马点了一轮酒，很快又点了一轮，又是一轮。他整个晚上都莫名其妙地微笑着，问着关于藤山椒的各种问题，似乎突然对这种植物有了兴趣。他向盯着他看的其他客人表达着满心的喜悦（鞠躬，点头，举起手里的酒杯）。喝完酒，他已经酩酊大醉，但仍能飞快地起身，扶着福尔摩斯站起来。第二天早上，登上开往神户的火车时，梅琦依然保持着体贴细心的态度，他满脸微笑、心情放松地坐在座位上，显然并不像福尔摩斯那样正受到宿醉的困扰。他指出一路经过的景点（隐藏在树丛后面的庙宇，曾经爆发过著名领地战争的村庄），还时不时地问："您感觉还好吗？您要点什么吗？要我把窗户打开吗？"

"我挺好的，真的。"福尔摩斯总是嘟囔着回答。在这种时候，他无比地怀念之前旅途中漫长的沉默。他也明白，返程的路途往往都比出发时感觉更冗长乏味（刚开始出发时，见到的一切都是奇妙而独特的，而每一个未来的目的地都能让人有各种新的发现），所以，在回程时，最好尽量多睡觉，在昏昏睡意中跨越千山万水的距离，让疲惫的身躯赶紧回家。但他在座位上不断被惊扰，他睁开眼睛，用手捂住嘴，呵欠连天，梅琦那过分殷勤的脸庞、永无休止地在他身边出现的笑脸让他开始觉得厌烦了。

"您还好吗？"

"我挺好的。"

所以，在到达神户后，福尔摩斯万万没有想到，见到玛雅严肃冷漠的表情，自己会那么高兴，而一向和蔼亲近的健水郎居然也有比不上梅琦热情奔放的时候。可即使再受不了梅琦令人厌烦的微笑和刻意展现的活力，福尔摩斯也知道，他的本意至少是好的：他想在客人停留的最后几天，营造出好的氛围，消除自己内心反复无常的情绪和烦闷，让福尔摩斯知道他已经有所改变了——是福尔摩斯推心置腹的坦诚让他受益匪浅，他会永远感激自己所知道的事实的真相。

可他的变化并没有改变玛雅（福尔摩斯想，梅琦到底有没有把自己知道的事告诉他母亲，还是他母亲压根就不在意？）她尽可能地躲避着福尔摩斯，从不关注他的存在，当他在她对面的餐桌旁坐下时，她会嘟囔着表示不满。最终，她知道或是不知道福尔摩斯说的关于松田的故事都已经没有差别了，知道不会比不知道更令她得到解脱。无论如何，她会继续怪罪于他（自然，事情的真相根本不会对她产生任何影响）。就算她知道了，她也只会得出结论，是福尔摩斯在不经意中将松田送到了野蛮的食人族地区，让她唯一的儿子失去了父亲（在她看来，这对孩子是个毁灭性的打击，他从此失去了一个可以作为模范的男性榜样，导致他拒绝除母亲之外的其他所有女人的爱意）。无论她选择相信的是哪个谎言——是松田多年前寄来的那封信，还是梅琦在深夜得知的故事——福尔摩斯都清楚，她会一如既往地讨厌他，期待她会有什么别的态度只是枉然。

即便如此，他在神户度过的最后几天虽然波澜不惊，但还是相当愉快（和梅琦、健水郎绕着市区散步，直到筋疲力尽，晚餐后一起喝酒，早早休息）。他说过、做过、聊过的细节已经记不起来了，只剩下海滩和沙丘填补着记忆中的空白。在厌倦了梅琦没完没了的关心之后，在神户，福尔摩斯反倒对健水郎产生了真正的好感——这位年轻的艺术家不带任何不可告人的目的，抓着福尔摩斯的胳膊，热情地邀请他到自己的工作室参观，把画作展示给他看，自己却谦虚地把目光投向了溅满颜料的地板。

"这些画非常——我也不知道该怎么说——非常现代，健水郎。"

"谢谢您，先生，谢谢您。"

福尔摩斯仔细研究起了一幅未完成的油画——饱受蹂躏、瘦骨嶙峋的手指绝望地从废墟下往外扒，一只橘色的大花猫在前面咬着自己的后爪——然后，他又看了看健水郎：他带着孩子气的脸庞是那么敏感，害羞的棕色眼睛中透露出单纯和善良。

"这么温和的性格，却有如此残酷的观点……我想，这两者的结合是很难得的吧。"

"是的——谢谢您——是的——"

在靠墙摆放的许多已经完成的画作中，福尔摩斯走到了一幅与其他作品明显不同的画前。这是一幅相当正式的肖像画，画中是一位三十出头的年轻男人，非常英俊，背景是深绿色的树叶，他穿着和服、剑道裤、羽织外套、分趾袜和日式木屐。

"这是谁?"福尔摩斯问。一开始他并不确定到底这是健水郎的自画像，还是梅琦先生年轻时候的样子。

"这是我的——哥哥。"健水郎努力解释道，他哥哥已经死了，但并非因为战争或什么重大的悲剧。不是的，他用食指划过自己的手腕，表明哥哥是自杀的。"他爱的那个女人——你知道吧——也像这样——"他又划了一下自己的手腕，"我唯一的——哥哥——"

"两人共同赴死?"

"是的，我想是的——"

"我明白了。"福尔摩斯弯下腰，仔细看着油画中的脸，"这幅画很可爱，我非常喜欢。"

"非常感谢您的夸奖，先生——谢谢您——"

最后，在福尔摩斯就要离开神户前的几分钟，他突然感觉很想拥抱一下健水郎以示道别，但他控制住了自己，只是点点头，用拐杖轻轻敲了敲他的小腿。倒是站在火车站台上的梅琦先生往前跨了一步，双手搭在福尔摩斯的肩膀上，鞠了个躬，说："我们希望有一天能再次见到您，也许是在英国，也许我们能去拜访您——"

"也许吧。"福尔摩斯说。

然后，他就登上了火车，选了一个靠窗的座位。梅琦和健水郎仍然站在站台上，抬头看着他。但福尔摩斯最讨厌伤感的离别，讨厌夸张而郑重其事的分离，于是，他避开他们的目光，忙着摆放自己的拐杖，又伸伸腿活动筋骨。火车从站台开出了，他回头看了一眼那两人站的地方，却不禁皱起眉头，原来，他们已经走了。火车快要开到东京时，他发现自己的口袋里被偷偷塞进了一些礼物：一个装着两只日本蜜蜂的小玻璃瓶；一个写着他名字的信封，信封里是梅琦写的一首俳句。

我失眠了——
有人在睡梦中大喊，
风声回答着他。

在沙滩中寻找，
曲折辗转，

藤山椒却隐藏在沙丘之间。

三弦琴声响起，
黄昏暮霭降临——
夜色拥抱树林。

火车与我的朋友
都走了——夏天开始，
春日里的疑问有了答案。

　　福尔摩斯对这俳句的来源非常确定，但面对玻璃小瓶却困惑了。他把瓶子拿到眼前，仔细看着封存在里面的两只死蜜蜂——一只与另一只纠结在一起，双腿缠绕着。这是从哪里来的？是东京郊区的养蜂场吗？还是他和梅琦旅程中经过的某个地方？他不确定（就像他也无法解释口袋里出现的很多零碎东西到底从何而来一样），他也无法想象健水郎抓住蜜蜂，把它们小心地放进瓶子，再偷偷塞进他口袋时的样子。这口袋里除了蜜蜂，还有残破的纸头、香烟烟丝、一个蓝色的贝壳、一些沙子、从微缩景园捡来的天蓝色鹅卵石，以及一颗藤山椒的种子。"我到底是在哪儿找到你们的？让我想一想——"可无论他怎么努力，都想不起是怎么得到这个玻璃瓶的了。但他显然是出于某个原因，才收集了两只死的蜜蜂——或者是为了研究，或者是为了留作纪念，又或者，是为了给年轻的罗杰带一份礼物（以感谢罗杰在他出门期间细心照料养蜂场）。

在罗杰葬礼之后的两天，福尔摩斯在书桌上的一沓纸下面，又发现了那封写着俳句的信。他用指尖拂过被压皱的边缘，身体瘫坐在椅子上，嘴里叼着牙买加雪茄，烟雾缭绕，直飘向天花板。过了一会儿，他把信纸放下，吸进烟雾，又从鼻孔中呼出去。他看着窗口，看着烟雾朦胧的天花板，烟雾飘浮升起，就像天上的白云。然后，他仿佛看到自己又坐上了火车，外套和拐杖就放在膝盖上。火车开过逐渐远去的乡村，开过东京的郊区，开过铁轨上方的桥梁。他看到自己坐在皇家海军的大船上，在军人们的围观中，独自静坐或吃饭，就像是与时代脱节的古董。他基本不说话；船上的食物和单调的旅程让他的记忆力受到了进一步的影响。回到苏塞克斯后，蒙露太太发现他在书房里就睡着了。然后，他去了养蜂场，把装蜜蜂的小瓶子送给罗杰。"这是送给你的，我们可以叫它们日本蜜蜂，怎么样？""谢谢您，先生。"他看见自己又在黑暗中醒来，听着喘气的声音，头脑一片模糊，但天一亮，思绪似乎又回来了，就像过时的老机器又恢复了运转。安德森的女儿给他端来早餐，是涂着蜂王浆的炸面包，并问他："蒙露太太托人带了什么话吗？"他看见自己摇了摇头，说："她什么话都没有带。"

　　那两只日本蜜蜂呢？他突然想起了这件事，探身拿来拐杖。男孩把它们放在哪里了？他一边想，一边站起来看了一眼窗外——晚上他在书桌前工作时就开始出现的乌云笼罩着天空，天色阴沉，压抑了黎明的光线。

　　他到底把你们放在哪里了？最后，他走出农舍时，心里还在想，挂着拐杖的手里还紧紧握着小屋的备用钥匙。

21

乌云席卷海面和农庄上空，福尔摩斯打开蒙露太太所住的小屋房门，蹒跚走了进去。窗帘都是拉着的，灯都是关着的，四处弥漫着树皮般的樟脑丸气味。每走三四步，他都要暂停片刻，向前方的黑暗张望，重新调整手中的拐杖，似乎是担心某个无法想象的模糊影子会从阴影处跳出来，吓他一跳。他继续向前走，拐杖敲在地板上的声音远没有他的脚步声沉重而疲惫。最后，他走进了罗杰敞开的房门，进入了小屋中唯一一间并未与阳光完全隔绝的房间。这是他第一次、也是最后一次踏足男孩屈指可数的领地之一。

他在罗杰铺得整整齐齐的床边坐下，看着周边的环境。衣柜门把手上挂着书包，捕蝴蝶的网立在角落。他又站起来，慢慢在房间四处走动。好多书。《国家地理杂志》。抽屉柜上的小石头和贝壳。墙上挂的照片和彩色画作。学生书桌上摆满各种东西——六本教科书、五支削尖的铅笔、画笔、白纸——还有装着两只蜜蜂的玻璃瓶。

"原来在这里。"他拿起瓶子，看了一眼里面的东西（两只蜜蜂没有受到丝毫打扰，仍然保持着他在开往东京的火车上第一次发现它们时的样子）。他把瓶子放回桌上，确定它的位置和之前完全一样。这个男孩的房间是多么井井有条、多么精确严密啊，一切都是摆好的、整齐的，就连床头柜上的东西也是规规整整——剪刀、一瓶胶水、一本大大的纯黑色封面的剪贴簿。

福尔摩斯把剪贴簿拿起来，又在床边坐下，随意地翻开查看。里面贴着男孩精心收集剪贴的图片，有的是野生动物和森林，有的是士兵和战争，最终，他的视线落在了广岛原政府大楼破败凋敝的照片上。看完剪贴簿，自从天亮起就挥之不去的疲惫感终于将他完全吞没。

窗外，阳光突然变得暗淡。

纤细的树枝划过窗户玻璃，几乎没有发出任何声音。

"我不知道，"他坐在罗杰的床上，毫无来由地说了一句，"我不知道。"他又说了一遍。说完，他躺在男孩的枕头上，闭上了眼睛，把剪贴簿紧紧抱在胸口："我什么都不知道——"

接着，他就睡着了，不过，这种睡眠既不是筋疲力尽后的安枕，也不是梦境与现实交错的小睡，而是一种把他拖入无尽宁静之中的慵懒状态。现在，那庞大而深沉的梦境把他送到了别处，把他拖离了身体所在的卧室。他睡了六个多小时，呼吸均匀而低沉，手脚一下也没有动过。他没有听见正午响起的惊雷，也没有察觉到正从他土地上刮过的暴风雨，高高的草丛被狂风折弯，豆大的雨滴砸湿了地面；他更没有发现暴雨过后，小屋的门被吹开了，雨后凉爽的空气吹进客厅，吹过走廊，一直吹进罗杰的卧室。

但福尔摩斯感觉到了脸上和脖子上的凉意，像是轻轻压在他皮肤上的冰凉手掌，催促着他快点醒来。"是谁?"他嘟囔着醒了过来。他睁开眼睛，盯着床头柜（剪刀、胶水）。他缓缓移开视线，最终把目光锁定在了房间外的走廊，走廊夹在男孩明亮的卧室和打开的前门之前，显得很模糊。好几秒钟之后，他才确认有人正在走廊的暗处等着，那人一动不动，面对着他，被身后的光线勾勒出剪影般的轮廓。微风吹得她的衣服窸窣作响，掀起了裙边。"是谁？"他又问了一遍，但他此时还没法坐起来。就在这时，人影往后退缩，似乎是滑向了门厅——他终于看见她了。她把一只手提箱拿进小屋，然后把前门关上，小屋再次陷入黑暗之中，而她也像刚刚出现时那样迅速地消失了。"蒙露太太——"

她现身了，像是被磁铁吸引般走向男孩的卧室。她的头飘浮在黑暗中，像是漆黑背景中一个虚无缥缈的白色球体，可那黑暗并不是一种颜色，而是在她下方飘浮着、摇摆着。福尔摩斯推测，应该是她穿的丧服吧。她确实穿着黑色的裙子，镶着蕾丝的花边，样式相当简单朴素；她皮肤苍白，眼睛周围可以看到深深的黑眼圈（悲伤夺走了她身上的年轻气质，她现在形容枯槁、动作迟缓）。她跨过门槛，不带任何表情地点了点头，朝他走来，看不出一丝她在罗杰去世当天痛哭流涕的悲伤，也没有她在养蜂场时表露出的愤怒。相反，他却从她身上感觉到了一种温柔、一种顺从，甚至是平静。他想，你不能再责怪我或我的蜜蜂了，你错怪我们了，孩子，你现在也意识到你弄错了吧。她朝他伸出苍白的手，小心翼翼地把他手里的剪贴簿抽了出去。她躲避着他的目光，但他从侧面看到了她圆圆的瞳孔，就和他看到的罗杰尸体的眼睛一样空洞。她一言不发地把剪贴簿放回床头柜，按照男孩的习惯，把它摆得整整齐齐。

"你怎么来了？"福尔摩斯把脚搁在地上，让自己在床垫上坐直。

他刚说完这句话，却立马尴尬得红了脸——是他睡在她的小屋，抱着她死去儿子的剪贴簿，就算有人要问这个问题，那提问的人也应该是她。但蒙露太太并不介意他的存在，这反而让他更加不自在了。他环顾四周，看到了靠床头柜摆放的拐杖。"没想到你会这么快回来，"他一边说，一边心不在焉地摸索着，抓到了拐杖的把手，"希望你这一路不是太累。"他为自己如此浅薄的话语感到羞愧，脸越发红了。

此刻，蒙露太太站在书桌前，背对着他（他坐在床上，也背对着她）。她解释说，她觉得还是回到小屋比较好。福尔摩斯听到她平静的语气，不安的感觉消失了。"我在这里还有好多事需要处理，"她说，"很多事情要办——罗杰的事、我的事。"

"你一定饿坏了吧，"他拄好拐杖，"我让那个女孩子给你拿点东西来吃。要不，你就去我的餐厅吃饭？"

他不知道安德森的女儿在镇上买完了杂货没有，他站起身，蒙露太太却在他身后回答："我不饿。"

福尔摩斯朝她转过身，她正斜眼盯着他（那充满嫌恶之情的空洞眼神从来没有正眼瞧过他，总是把他放在视线边缘）。"你还需要什么吗？"他只能想到这样的问题，"我能做什么？"

"我能照顾好自己，谢谢您。"她把目光彻底转开了。

她松开交叉抱在胸前的双臂，开始翻看桌上的东西。福尔摩斯观察着她的侧影，突然明白她这么快回来的真正原因了：她想要好好地终结生命中的这一段篇章。"你要离开我了，对不对？"他还没有想清楚，就已经脱口而出。

她的指尖拂过桌面，掠过画笔和白纸，在光滑的木桌表面停留了一会儿（罗杰曾经就在这里写过家庭作业，画了那些挂在墙上的精美图画，显然还能认真地看完了他的杂志和书）。虽然孩子已不在人世，但她仿佛还能看见他坐在那里，而自己则正在主屋忙着煮饭打扫。福尔摩斯也仿佛看见罗杰坐在桌前——跟自己一样，他俯身趴在桌上，从白天坐到黑夜，又从黑夜坐到黎明。他想把自己的所见告诉蒙露太太，告诉她，他们都想象着同样的画面，但他并没有说，他只是保持着沉默，等待着从她嘴里最终说出的确定回答："是的，先生，我要离开您了。"

福尔摩斯心想，你当然是要走的。他理解她的决定，可她确定的态度让他感觉很伤心。他结结巴巴地开口了，像是在恳求她再给他第二次机会："拜托，你不需要如此草率地决定，真的，尤其是在这个时候。"

"一点也不草率，您明白吗。我想了好几个钟头——我怎么看待这件事都不可能再改变主意了——对我来说，这里没有什么价值了，除了这些东西，其他都不重要了。"她拿起一支红色的画笔，若有所思地在指间转动着，"不，这个决定一点也不草率。"

一阵微风突然轻轻吹动了罗杰书桌上方的窗户，树枝从玻璃上擦过。一时间，微风变强，晃动着窗外的大树，树枝猛烈地敲在窗上。蒙露太太的回答让福尔摩斯沮丧不已，他只得叹了口气，又问："那你会去哪儿呢？伦敦？你准备做什么呢？"

"我真的不知道。我觉得我的生活无论怎么样，都不再重要了。"

她的儿子死了。她的丈夫死了。她亲手埋葬了她最深爱的人，也从此把自己埋进了他们的墓中。福尔摩斯想起了年轻时曾经读过的一首诗，其中的一句话一直萦绕在年少时他的脑海中：我要孤独地去了，你也许能在那里找到我。她的绝望让他无言以对，他走上前，说："怎么可能不重要？放弃希望就等于放弃了一切，你可不能这样，亲爱的。无论境况如何，你都必须坚持，如果你不坚持，那你对儿子的爱又该如何延续呢。"

爱，这是一个蒙露太太从来不曾听他说过的字眼。她瞥了他一眼，用冰冷的眼神阻止了他。接着，她似乎是不想再讨论这个话题，便把目光转向书桌，说："我学了很多关于这些东西的知识。"

福尔摩斯看到她伸出手去拿装蜜蜂的玻璃瓶。"是吗？"他问。

"这两只是日本蜜蜂，很温柔、很害羞，对不对？跟您养的那些蜜蜂不同，对吧？"她把玻璃瓶放在自己掌心。

"你说得对。看来你真是做过一番研究。"蒙露太太掌握的这点小知识让他觉得惊讶，可当她不再说话时，他又皱起了眉头（她的目光仍然停留在瓶子上，紧盯着里面死去的蜜蜂）。他无法忍受沉默，便继续说："它们是非常了不起的生物——正如你所说的，非常害羞，但在消灭敌人时，却是不遗余力。"他告诉她，日本大黄蜂会捕猎各种类型的蜜蜂和黄胡蜂。一旦大黄蜂找到蜂巢，就会留下分泌物以做标示，这种分泌物会把附近区域里的大黄蜂都召集起来，对蜂巢发动攻击。但日本蜜蜂能够探测到大黄蜂的分泌物，从·而让自己有时间准备应对即将到来的攻击。当大黄蜂进入蜂巢后，蜜蜂会把它们各个包围，用自己的身体把对方团团围住，让它们处在四十七摄氏度的温度中（这对大黄蜂来说太热，而对蜜蜂来说却刚刚好）。"它们真的是很神奇，对不对？"他得出结论，"我在东京碰巧遇到了一个养蜂场，你知道吧。我很幸运地得以亲眼见到它们——"

阳光穿透云层，照亮了窗帘。就在这时，福尔摩斯感觉自己此时发表这样的长篇大论实在是不合时宜（蒙露太太的儿子被埋在坟墓里，自己能给她的居然是关于日本蜜蜂的介绍）。他摇摇头，为自己的无助和愚蠢而懊恼。就在他思索该如何道歉时，她把玻璃瓶放在桌上，用激动而颤抖的声音说："这都没有意义——它又不是人，您怎么这么说——它们都不是人，只是些科学知识和书本上的东西，被塞在瓶子里和箱子里的东西。您难道知道爱一个人的滋味吗？"

她沙哑的声音中带着轻蔑与鄙视，福尔摩斯被她尖刻怨恨的语气激怒了。他努力让自己在回答之前平静下来，可他发现自己的手已经紧紧抓住拐杖，指关节都开始发白。你知道什么，他想。他愤怒地叹了一口气，松开抓住拐杖的手，蹒跚走回罗杰的床边。"我没有那么死板，"他在床脚坐下，"至少，我自己不愿意这么认为。但我要怎么跟你说，才能让你相信呢？如果我告诉你，我对蜜蜂的喜爱既不是出于任何科学研究的目的，也不是来自书本上的说教，你会觉得我更有人情味一点吗？"

她依然盯着玻璃瓶，没有回答，也没有动。

"蒙露太太，随着年纪的增长，我的记忆力恐怕也在逐渐衰退，你肯定很清楚这一点。我经常把东西放错地方——我的雪茄烟、我的拐杖，有时候甚至是我的鞋——我在口袋里找到的东西自己也不知道是什么时候放进去的，这既让我觉得好笑，也让我觉得害怕。

还有的时候，我会忘记我为什么从一个房间走到了另一个房间，或是怎么也看不懂自己刚刚写下的句子。但有其他很多事情，却牢牢地烙在我的脑海里，似乎永远都无法磨灭，这真是矛盾极了。比如说，我对自己的十八岁就记得非常清楚。我当时是个高个子、独来独往、算不上英俊的牛津大学学生，每天晚上和教数学与逻辑的导师在一起。导师是个循规蹈矩但很爱挑剔的人，并不讨人喜欢，和我一样住在基督教会学院，你也许听说过他的名字，刘易斯·卡罗——我叫他C.L.道格森教士。他发明了神奇的数学谜题和字谜游戏，还有最让我感兴趣的密码文，他的魔术手法和折纸艺术直到今天还令我记忆犹新。还有，我也清楚地记得我小时候养过的一匹小马，我记得我骑着它，奔驰在约克郡的荒野上，在石南花盛开的花海中迷了路，但我却那么高兴。在我的脑海中，还有其他很多这样的场景，很容易就回想起来。为什么它们能保存下来，而其他的记忆却烟消云散了呢，我也说不上来。

"但还是请你听我再说一件关于我自己的事，因为我觉得它很重要。我知道，你看着我的时候，一定觉得我是个没有感情的人。孩子，你会有这种感觉，错更多地在我，而不在你。你只认识年老时的我，隐居在这与世隔绝的养蜂场里。每次我多说几句话，往往说的也都是蜜蜂。所以，我不怪你对我有这样的看法。可是，在四十八岁之前，我从来不曾对蜜蜂以及蜂巢的世界产生过一丝一毫的兴趣——到了四十九岁，我的脑子里却除了它们再没有别的了。我该怎么解释这一切呢?"他深吸一口气，闭了一下眼睛，继续说，"你知道吗，当时我在调查一个女人，她比我年轻，跟我素昧平生，但我觉得她是那么迷人，我发现自己满脑子想的都是她——我其实也不完全明白个中缘由。我们在一起的时间非常短暂，还不到一个小时，真的。她对我一无所知，我对她也知之甚少，只知道她喜欢看书，喜欢在花丛间散步，于是，我就和她一起散步，知道吧，在花丛间漫步。这案子的细节都不重要了，重要的是，最终她还是从我的生命中消失了。我无法解释自己的心情，只感觉好像是弄丢了什么很重要的东西，内心出现了一个大大的空洞。可是，可是，她又开始在我思绪中出现了。她第一次出现时，我的头脑很清醒，觉得也没有什么，后来，她一次又一次出现，再也没有离开过我了——"他沉默了，眯起眼睛，仿佛在召唤着过去。

蒙露太太回过头看了他一眼，微微做了个鬼脸："您为什么要告诉我这件事？这件事有什么意义吗？"她开口说话时，光洁的额头上显出皱纹，而深陷的皱纹成了她脸上最显眼的地方。福尔摩斯没有看她，而是把目光投向地板，仿佛盯着一样只有他才能看见的东西。

是没有什么重大意义，他告诉她，哪怕是凯勒太太在他面前现身，穿越历史的长河，向他伸出了她戴着手套的手，也都没有什么意义。在物理和植物协会的公园里，她曾经抚摸过蓝荆棘和颠茄、马尾草和小白菊，又把一朵鸢尾花捧在手心。她缩回手时，发现一只工蜂飞到了手套上。但她没有退缩，也没有把蜜蜂抖落，更没有一下把它捏死，而是仔细地看着它，露出崇敬的表情（她好奇地微笑，用深情的语气悄悄说着什么）。工蜂停留在她手上，并不急于离开，也没有把刺扎进她的手套，似乎和她一样，也正打量着对方。

"那种亲密的交流，我没法用言语来准确描述，从那以后，我也再没有见过类似的画面。"福尔摩斯抬起头，"总而言之，那交流持续了也就十来秒钟，绝对不会再长了。然后，她觉得是时候该放走这个小东西了，便把它放回了它来时飞出的花朵。这短暂而简单的经过，这女人和她温柔的手，还有她曾经全心信赖、握在手中的生命，促使我一头扎进了蜜蜂的世界，并全身心投入了进去。你看，这并不是什么精确计算的科学，亲爱的，可它并不像你说的那样毫无意义。"

蒙露太太仍旧盯着他："但那很难算是真爱吧，不是吗？"

"我对爱没有什么了解，"他痛苦地说，"我从来没有说过我懂爱。"无论是谁或是什么激发了他对蜜蜂的兴趣，他知道，他这孤独一生的追求将完全依靠于科学的方法，他的想法和所著的书籍都不是感情丰富的门外汉们所能理解的。不过，他还有金色的蜂群，金色的花朵，金色的花粉。神奇的蜂群文化支撑了蜜蜂们的生活方式——持续了一个世纪又一个世纪、一个时代又一个时代、一个万年又一个万年——证明了昆虫王国在克服生存困境时的巧妙功力。蜂巢是一个自给自足的小小社会，没有一位成员需要依赖人类的施舍。只有守卫在蜜蜂世界边缘的人、保护它们的复杂王国不断进化的人，才会对人与蜜蜂的伙伴关系感兴趣，在它们和谐的嗡鸣声中找到平静，舒缓心灵，在面对世界纷扰变迁时，能得到一丝丝的安慰。而由此生发的神秘、惊喜与敬畏之情，又在傍晚照耀养蜂场的橘黄色阳光中更加彰显。他确定这一切罗杰也都曾体会过、思考过。当他们一起在养蜂场时，他不止一次在那孩子的脸上发现了由衷的惊奇表情，这也让他心中涌上一种无法准确表达的情绪。"也许有人会说那是一种爱，如果他们硬要这么说的话——"他的表情突然变得哀伤而压抑。

蒙露太太发现他偷偷在哭（泪水涌上眼眶，顺着脸颊，流到了胡须里）。可是，那眼泪的消失和它的出现同样迅速，福尔摩斯把脸上的泪痕擦干，叹了一口气。最后，他听到自己说："我真的希望你能再考虑考虑，如果你能留下来，对我来说真的很重要。"蒙露太太不愿说话，只是把目光转向墙上的画，仿佛当他不存在。福尔摩斯又低下头。这是我罪有应得，他想。眼泪又开始涌出，但马上停止了。

"您想他吗？"终于，她打破沉默，语气平淡地问。

"当然想。"他立马回答。

她的目光掠过画作，停在了一张褐色的照片上（照片里，她怀抱着还是婴儿的罗杰，年轻的丈夫骄傲地站在他们身边）。"他很崇拜你，真的。您知道吗？"福尔摩斯抬起头，如释重负地点了点头。她转身看着他："是罗杰告诉我关于瓶子里蜜蜂的事的。您跟他说过的关于蜜蜂的一切，他都提过；您说的一切，他都跟我说过。"

尖锐严肃的语气消失了，蒙露太太突然想要跟他说话了。她温柔的声音中透着忧郁，她直视着他的眼睛，这让福尔摩斯感觉她似乎原谅他了。可他只敢认真聆听，点头赞同，偷偷地打量着她。

她的痛苦越来越明显，她仔细盯着他懊恼而憔悴的脸："先生，我现在该怎么办？儿子不在了，我该怎么办呢？他为什么会那样离开我？"

可福尔摩斯也想不出任何确定的答案回答她。她用目光恳求着他，似乎她只要一样东西，一样有价值的东西，一样确定的而且是好的东西。在那一刻，他突然感觉全世界最残酷无情但又是最坚韧不屈的心态应该就是在没有确定答案的情况下，还想要寻找一件事真正的意义。况且，他知道，他不能像对待梅琦先生那样，编造谎言去安慰她；也不能像华生医生写小说那样，创造出一个令人满意的结论来填补事实的空白。不行，这一次，事实的真相是明明白白、无法否认的：罗杰死了，而且死于不幸的意外。

"这一切为什么会发生，先生？我必须知道为什么。"

她说的这句话之前有无数人曾经说过——他在伦敦时就来找过他的人；多年以后，他退休隐居在苏塞克斯时，还来打扰他的人——他们都想要他的帮助，请求他减轻他们的困扰，让他们的人生重新恢复正常。如果事情真有那么简单，就好了，他想。如果每个问题都能确定找到一个解决的办法，就好了。

然后，困惑感再次席卷而来，让他感觉无法再思考，但他尽力要把自己的想法表述清楚。他庄重地说："有时候，很多事情的发生似乎确实超出了我们的理解范围，亲爱的，现实的情况对我们来说是不公平的，是毫无逻辑的，是我们无论怎样都找不出个中缘由的。可它们就是如此，很遗憾。我相信，我真的相信，我们如果要生活下去，就必须接受最残酷的现实。"

蒙露太太盯着他看了一会儿，似乎并不打算回应，但接着，她苦笑着说："是的，是这样的。"在接下来的沉默中，她又把目光转向了书桌——笔、纸、书、玻璃瓶——她把她曾经碰过的每样东西都摆得整整齐齐。摆完以后，她转过身，对他说："对不起，我要睡

福尔摩斯先生 | **233**

一觉了，过去这几天真的太累了。"

"你今天晚上要待在我那边吗？"福尔摩斯很担心她，同时，他也感觉此时的她不应该一个人待着。"安德森的女儿正在做饭，不过，也许你会发现她的厨艺实在不怎么样。客房里还有干净的床单，我确定——"

"我在这里挺舒服的，谢谢您。"她说。

福尔摩斯想坚持己见，但蒙露太太的目光已经越过他，投向了黑暗的走廊。她弓着背，头却坚定地仰着，眼睛睁得大大的，瞳孔又圆又黑，周围还有一圈浅绿色。她无视他的存在，把他推到一边，一言不发地走进罗杰的房间。他想，她大概也会以同样的方式出来吧。她朝门口走去时，他拦住她，抓住她的手，不让她往前走。

"我的孩子——"

她没有挣扎，他也不再阻止她，只是握着她的手，她也抓住了他的手，两个人都没有说话，也没有看对方一眼——他们掌心贴着掌心，手指轻轻的触碰已经传达出了对彼此的关怀——最后，她点了一下头，抽出手，走出了房门，很快消失在走廊里，只剩下他孤独地留在黑暗中。

过了一会儿，他站起身，头也不回地离开了罗杰的房间。在走廊里，他用拐杖在前面一边敲，一边走，就像盲人一样（他身后是男孩明亮的房间，面前是昏暗的小屋，而蒙露太太就在他前方某处）。走到门口，他摸索着找到门把手，费了很大力气，才将门打开。外面的光线刺痛了他的双眼，让他一时停住脚步；他站在那里，眯起眼睛，呼吸着雨后湿润的空气。宁静的养蜂场就像座避难所，召唤着他，他感觉自己就像坐在四块石头间时一样平和。他深吸一口气，往前迈步，走上小路时，眼睛还是睁不开。他在路上停下来，在口袋里搜寻牙买加雪茄，但只找到一盒火柴。算了，他想。他继续往前走，鞋子在稀泥里发出啪叽啪叽的声音，小路两侧高高的草丛上闪耀着露珠的光芒。快到养蜂场的时候，一只红色蝴蝶从他身边飞过。又一只蝴蝶跟着来了，像在追赶前面的一只——接着，又有一只。当最后一只蝴蝶飞走后，他扫视了一眼整个养蜂场，最后把目光落在了一排排蜂巢和隐藏了四块石头的草坪上（雨后的一切都是湿漉漉的、安静的）。

他继续往前，朝着农庄与天际线交接之处走去；地平线上，是他的农庄、花园和蒙露太太的小屋。白色而纯净的土壤中，岩层的变化显示了岁月的变迁，通往海滩的蜿蜒小路边峭壁林立，每一个岩层都暗示了历史的沧桑巨变，它们在漫长的时间里持续而缓慢地形成，层与层之间还夹着化石和卷曲的树根。

他开始沿着小路往下走（仿佛是双脚不停地指引着他，他拄着拐杖，在潮湿的石灰岩地面上留下一个个小坑），他听着海浪拍岸的声音，遥远的隆隆声、嘶嘶声，以及随之而来的短暂沉默，就像是人类生命尚未孕育之前，造物主最初的语言。他看到，午后的微风与海洋的波动和谐地融合在一起；海滩上，几英里之外，阳光反射在海面上，波光粼粼。时间一分钟一分钟过去，海水也变得越来越耀眼，太阳似乎从海底深处升起，海浪中橘色和红色的范围也越来越大。

可一切在他看来，都是那么遥远、那么抽象、那么陌生。他越是看着大海与天空，就越能感觉到它们与人之间的距离。他想，这也许就是人类为什么总是纷争不断的原因——人类进化的速度远远超过了自我天生的本质，那种背离就是一个无法回避的副作用。想到这里，突然涌出的悲怆之情让他几乎无法承受。海浪依然卷着，悬崖依然高耸，清风依然带着咸咸的味道，暴风雨依然缓解着夏日的炎热。他继续沿着小路往下走，内心冒出一个不安分的念头：他只想成为那原始的自然秩序的一部分，逃离身为人的约束和人类自以为是的无谓喧嚣。这想法在他脑中根深蒂固，超越了他所重视、所相信的一切（他写下的众多作品和理论，他对无数事物的观察）。太阳西沉，天空开始摇晃；月亮占据了天空，反射着太阳的光芒，像个模糊又透明的半圆，挂在蓝黑色的苍穹之上。他飞快地想了想太阳和月亮，一个是炙热而耀眼夺目的星球，一个是严寒而毫无生命的新月，运行在各自的轨道上，却又是彼此不可或缺的。想到这里，他觉得满足了。一句话突然浮现在他脑海中，至于出处，他早已忘了：太阳无法追上月亮，夜晚也不能超越白天。最后，就像他过去走在这条小路上一而再再而三发生过的那样，黄昏降临了。

他走到小路的中点，太阳已经落到地平线上，阳光照耀着满潮池和碎石堆，与深色的阴影混在一起。他在可以俯瞰海景的长椅上坐下，把拐杖放到一旁，望着下面的海滩——然后是海洋，然后是变幻不定、无边无际的天空。几片不肯离去的乌云仍然停在远处，云层里偶尔亮起的闪光就像萤火虫一般。几只海鸥似乎在对着他鸣叫，相互绕圈飞行，灵巧地趁着轻风起飞；在它们下方，是橘黄色的海浪，模模糊糊，但又闪着光。在小路拐弯通往沙滩的地方，他注意到了几处新长出来的草丛和怒放的野蔷薇，但它们就像是被从上方肥沃土地上驱逐出来的流浪者。他觉得他好像听到了自己呼吸的声音——持续不断，低沉而有节奏，和风声的呜咽有些类似——又或者，它是别的什么声音？从附近什么地方发出的声音？他想，也许是悬崖峭壁微弱的低吟，也许是无数土层岩缝的震动，也许是石头、草根和土地千百年来宣告它们超越人类而永远存续的声音；而现在，它在对他说话，就像时间在轻轻诉说。

他闭上眼睛。

他的身体放松了，全身只觉得疲惫。他坐在长椅上，告诉自己，不要动，想一想所有能持久的东西吧。野生的黄水仙和香草园，从松林间吹过的微风，在他还没有出生前，它们就已经存在了。他突然感觉脖子上有刺痛感，胡须上仿佛也有。他将一只手慢慢地从膝盖上抬起。巨大的蓟草弯曲着往上爬。紫色的醉鱼草盛开着鲜花。今天下的雨湿润了他的土地。明天又会下雨吧？大雨后的土地更加芬芳。茂密的杜鹃和月桂在草丛中微微摆动。这是什么？他的手也开始发麻，刺痛感从脖子蔓延到拳头。他的呼吸变得急促，但眼睛还是睁开的。就在那儿，在他张开的手指上，它像一只没头的苍蝇般正在乱窜，原来是一只孤独的工蜂。它的花粉篮是满的；它远离蜂巢，独自来寻找食物。真是了不起的小生命，他一边想，一边看着它在手心起舞。然后，他摆摆手，把它送入了空中。它迅速地、毫不费力地飞入了这变幻不定、自相矛盾的世界，让他嫉妒不已。

22

尾 声

即便过了这么长的时间，当我再次提起笔，写下有关凯勒太太短暂人生的最后篇章时，心情还是无比沉重。现在我能够确定，我是在以一种不连贯且完全不可靠的方式，试图记录我和这个女人之间少之又少的关系。从第一眼看到她的照片，直到那天下午最终有机会得以一睹她的风采，我一直希望整个故事能在物理和植物协会的公园结束，可以绝口不用再提后来发生的事。但后来的事态发展却在我心中留下了奇怪的空白，在经过了四十五年漫长的时间后，那空白仍然无法完全抹去或被其他东西取代。

在这样漆黑的深夜里，我被自己的欲望驱使，想要挥笔尽可能将一切记下，除非我迅速退化的记忆力又违背了我的意愿，将她抛诸一旁。这种情况总有一天会不可避免地发生，我想我别无选择，只能尽量将所发生的细节呈现出来。我记得，在她离开物理和植物协会公园之后的那个星期五，《标准晚报》的早版中，有一个简短的公告，从它刊登的位置来看，报社显然觉得它并不是什么大事。它的内容是这样的：

今天下午，在圣潘克拉斯车站附近的铁轨上，发生了一桩不幸的意外，一名女子被火车撞至身亡。伦敦地区及西北铁路公司的火车司机伊恩·罗麦克斯说，下午两点半，他看到一个撑着阳伞的女子朝正在开动的火车走来，他十分惊讶，但实在无法在火车撞到她之前让车停下，于是他鸣笛警告，但女子仍然走在铁轨上，没有任何要躲开的意思。最终，她被火车撞倒，强大的冲击力撞碎了她的身体，她被抛到离铁轨很远的地方。随后，人们在仔细检查了这位不幸女子的随身物品后，确定她就是住在福提斯林区的安妮·凯勒。据说，她的丈夫极度悲伤，到目前为止尚未正式说明她走上铁轨的原因，但警方正在加紧调查事情的真相。

这就是我所知道的关于凯勒太太突然身亡的所有信息。虽然我已经花了大量的篇幅来阐述关于她的故事，但我还是想再提一提她去世后第二天早晨的事。那天清晨，我用颤抖的双手戴上我用来伪装的眼镜和假胡须，在从贝克街走到福提斯林区的一路上，我都努力保持着镇静。走到她家，大门缓缓为我打开，出现在我面前的是托马斯·R.凯勒无精打采的脸以后他身后模糊的黑影。对我的到来，他显得既不惊愕，也不鼓舞，而我的伪装也没有引来他任何疑问的神情。当他平静地开口说"请进"时，我立马闻到一股强烈的赫雷斯白兰地的气味——更准确地说，是朗马克特制白兰地的气味。我想跟他说的几句话一时也说不出来了。我跟着他默默地穿过拉着窗帘的房间，经过楼梯，走进了只点着一盏台灯的书房。灯光照在两把椅子上，椅子之间是一张茶几，正放着两瓶我在他呼吸中闻到的那种烈酒。

就在这时，我无比怀念起约翰来。他可以用精心构思的细节和几近夸张的修辞，把平凡无奇的故事变成让人感兴趣的话题，这才是衡量一个作家真正才华的标准。但当我自己写自己的故事时，却没有能力写出那般华丽而精致的文字。不过，我会尽我所能，尽量生动地描述此刻我的客户的悲伤情绪。当我坐在凯勒先生身边，向他表达我最深切的同情时，他几乎什么都没有说，只是一动不动地把胡子拉碴的下巴垂在胸口，整个人仿佛陷入了昏迷的恍惚状态。他空洞呆滞的眼神盯着地板，一手抓着椅子扶手，另一手紧紧地握着白兰地酒瓶的瓶颈，但在疲惫不堪的状态下，他已经没法把瓶子举到嘴边了。

凯勒先生的举止出乎我的想象，他并没有把她的死怪罪到任何人头上，而当我说到他太太没有做错任何事时，我的言语听起来是那样空洞无力。如果她在他不允许的时候，就没有再去上玻璃琴课，如果斯格默女士真的是被误解了，如果她绝大多数时候对他都是诚实的，那又怎么样呢？但我还是透露了一些她隐瞒的事情，我说起了波特曼书店小小的花园绿洲，说起了她从书架上借走的书，说起了她一边看书一边听玻璃琴。我也说到了书店后面能让她直接走进小巷的后门。我还说到了她漫无目的的散步——沿着小路，沿着狭窄的巷子，沿着铁轨边，还有，她是怎么自己找到物理和植物协会的花园去的。尽管如此，我没有任何理由提起斯蒂芬·皮特森，也没有必要说起她曾与一个动机不纯的男人共度午后的时光。

"但我还是不明白，"他在椅子上扭动了一下，把痛苦的目光转向我，"是什么让她这样做的，福尔摩斯先生？我真的不明白。"

我也曾经反复问过自己这个问题，也没有找到简单的答案。我轻轻地拍了拍他的腿，又盯着他充满血丝的眼睛，他的双眼似乎被我的目光锁定，又再度带着倦意看向地板。

"我没法确定，我真的说不出来。"

也许解释有很多，但我在心里反复思量，没有一个是能令人信服的。一种可能的解释是，未出生的孩子让她深陷无法承受的痛苦。还有一种解释是，传说中玻璃琴的魔音在某种程度上掌控了她脆弱的神经；或者，她是被不公平的生活逼疯了；又或者，是某种未知的疾病让她疯癫。我找不到其他更有可能的解释，所以，只好花费无数个钟头，将这些解释一遍遍筛选，一个个比较，但仍然没有满意的结果。

有一段时间，我觉得发疯是比较合理的解释。她对玻璃琴狂热无休的痴迷已经说明了她的天性中某些神经质的方面。她曾经把自己锁在阁楼，一待就是好几个小时，还创作乐曲，召唤未出生的孩子，这就更加支持了她可能发疯的理论。但从另一个方面来看，这个女人会坐在公园长椅上看浪漫小说，对花园里的花朵和生物有着深切的共鸣，与自己、与周围的世界也似乎完全能和平共处。虽然受到精神疾病困扰的人也可能展现出许多自相矛盾的行为，但她的外表确实没有任何精神错乱的迹象。实际上，在她身上，完全找不到一丝一毫的征兆，预示她有一天会迎面走向疾驰的火车。如果她是一个会轻生的人，那她又为什么对春天里生长、繁荣、盛开的一切如此醉心呢？我无法得出能解释真相的结论。

不过，还有最后一个看似相当可能的理论。在那段时间，铅中毒不算是罕见的疾病，尤其在很多的餐具、厨具、蜡烛、水管、窗框、颜料和白镴水杯中都能找到铅的存在。毫无疑问，玻璃琴上的玻璃碗和每个碗上用来区分不同音调而涂的颜料也一定是含铅的。我一直怀疑，慢性铅中毒就是导致贝多芬疾病缠身、耳聋，以致最后死亡的原因，因为他也每天花费大量的时间练习玻璃琴的弹奏。所以，这个理论还是很站得住脚的，我下定决心要证明它的正确性。可很快，我就发现凯勒太太没有任何急性或慢性铅中毒的症状，她并没有步履蹒跚，也没有抽搐、腹痛或智力衰退。虽然她有可能从玻璃琴之外的地方接触铅而中毒，但我又想起来，她之前萎靡不振的状态在接触了玻璃琴后并没有加重，而是减轻了。再说，她的双手也可以打消这种怀疑，因为它们并没有在指尖附近出现斑点或蓝黑色的印记。

不，我终于得出了结论：她既没有发疯，也没有生病，更没有绝望到癫狂的程度。她只是出于某种不为人知的原因，选择从这个人世上消失；也许，她是把这作为生存的对立方式。直到现在，我仍然会想，对少数特别敏感的灵魂而言，生命的创造是否既美丽，又恐怖，而当意识到这一对立的二元性时，他们是否别无选择，只能自行离开。除此之外，我再也想不到更接近事实真相的解释了，可它绝对不是我能安心接受的结论。

我说完了对他太太的这番分析，凯勒先生放松地坐在椅子上，俯身向前，手无力地从酒瓶上滑落，手心向上，摊开在茶几的角落。但他阴沉枯槁的面容第一次变得缓和，胸口轻柔地呼吸起伏着。我知道，他是太过悲伤，又太缺乏睡眠了，还喝了太多的白兰地。我停留了一会儿，也给自己倒上一杯朗马克特制白兰地，接着又倒了一杯，直到酒精让我双颊通红，让我暂时忘却了身心的伤痛，才放下酒杯。很快，我就将穿过这屋里的房间，搜寻着从窗帘边缘透过的微弱阳光，在此之前，我把凯勒太太的照片从外套口袋拿出来，有些不情愿地把它放在了我客户摊开的手心里。然后，我头也不回地走了，以最快的速度穿行在黑暗与光明之间，走入了一个我永远也不会忘记的午后。阳光是那么明媚，天空是那么湛蓝，万里无云，就像很久以前的那天一样。

但我还不想回到贝克街，于是，在阳光灿烂的春日午后，我沿着蒙太格大街走着，我走过凯勒太太曾经非常熟悉的大街小巷，体会着她可能有过的感受。一路上，我一直想象，当我踏进波特曼书店的花园时，会有什么在等我。一转眼，我已经到了。我穿过空无一人的书店，走过阴暗的走廊，打开后门，站在花园的中心，黄杨木的树篱之间是一张小小的长椅。我停下脚步欣赏美景，看着围墙边四季常青的植物和玫瑰花。一阵微风吹来，我看到树篱后面的毛地黄、天竺葵和百合随风轻摆。我在长椅上坐下，等着玻璃琴声响起。我带来了几只约翰的布拉德利香烟，从马甲里拿出一支，开始边抽烟，边等待音乐。当我坐在那里，看着树篱时，花园清新的香味与烟草味混合在一起，并不难闻，可我内心深处却涌上了一种强烈的渴望与孤独感。

风越吹越猛，树篱剧烈地抖动起来，常青植物也被吹得左右摇摆。但很快，风停了，在接下来的寂静中，天色渐暗，我意识到乐声不会为我这样的人响起了。那诱人的乐器、那摄人心魄的琴弦、那独具特色的琴声，都已经不能像过去那样让我心情澎湃了，这是多么可惜。可一切怎么还会和以前一样呢？她结束了自己的生命，她离开了人世。如果所有的一切最终都将消散失去，如果世界上所发生的每件事都没有最终的缘由、模式和逻辑，那又有什么关系呢？她已经不在了，可我还在。我从来不曾感觉内心有过如此无法理喻的空虚，就在那时，就在我从长椅上起身的时候，我开始明白，我在这世上是如何的孤独。于是，当暮色迅速降临之际，我从这花园离开，除了那不可能弥补的空虚、那仍旧承载着一人重量的内心失落外，我什么都不会带走——那空虚感幻化成一位神奇女子的轮廓，而她，从来不曾见过真正的我。

黑色系列

第一辑